cahier jour soir

3e

14-15 ans

Maths

W0306163

BREVET

Auteures

Annie Le Goff

Françoise Peynaud

Professeures de Mathématiques au collège

Magnard

Présentation

Un cahier pour réussir

• **Ce cahier de Mathématiques, destiné aux élèves de 3e, est conforme aux derniers programmes.**

Il reprend toutes les notions et couvre tous les domaines :
– Nombres et calculs
– Organisation et gestion de données
– Grandeurs et mesures
– Espace et géométrie
– Algorithmique et programmation

• **La rubrique « Observer et retenir »** propose toutes les **leçons** accompagnées de **documents**.

• **La rubrique « S'entraîner »** propose des **exercices progressifs** pour réinvestir les acquisitions. Ils sont classés par niveau de difficulté (de ★ à ★★★).

• À la fin de chaque page, l'élève est invité à **s'auto-évaluer**.

• En fin d'ouvrage sont proposés deux **Brevets blancs** complets pour s'entraîner à l'examen.

➜ ***Les corrigés détachables sont situés au centre du cahier.***

Des mémos visuels

Des schémas et cartes mentales sur les rabats avec l'essentiel à retenir, pour une mémorisation visuelle efficace !

Des quiz numériques interactifs

Des quiz interactifs pour aller plus loin sur chacun des thèmes du programme, accessibles grâce au QR code ou sur lienmini.fr/7323-01

Achevé d'imprimer en Novembre 2022 par Imprimerie IPS en France
Dépôt légal : Janvier 2023 – N° éditeur : MAGSI20220385

IMPRIM'VERT – PEFC 10-32-2813 – FABRIQUÉ EN FRANCE

Illustration de couverture : Oriol Vidal – **Illustrations des mémos visuels :** Antoine Levesque – **Cartographie :** PAO Magnard
Conception graphique : Yannick Le Bourg

Sommaire

NOMBRES ET CALCULS

ORGANISATION ET GESTION DE DONNÉES

GRANDEURS ET MESURES

ESPACE ET GÉOMÉTRIE

ALGORITHMIQUE ET PROGRAMMATION

ANNEXE

BREVETS BLANCS

Corrigés détachables au centre du cahier

1 Division euclidienne

→ Corrigés p. I

Observer et retenir

■ Effectuer la **division euclidienne** du nombre entier a par le nombre entier non nul b, c'est trouver deux entiers naturels q et r tels que :

$$a = b \times q + r \text{ et } r < b.$$

$$\begin{array}{r|l} a & b \\ \hline r & q \end{array}$$

• q est le **quotient** (entier) et r le **reste** de cette division euclidienne.

Exemple

$$\begin{array}{r|l} 1283 & 49 \\ \hline 9 & 26 \end{array}$$

Donc :
1 283 = 49 × 26 + 9

Remarque
La calculatrice permet de déterminer le quotient et le reste d'une division euclidienne (touche ⊦). Quand on saisit 1283 ⊦ 49, elle affiche Q = 26 et R = 9.

S'entraîner

1 ★ **Effectuez les divisions euclidiennes suivantes :**
345 par 74 et 6 675 par 89.

2 ★ **On sait que : 325 = 52 × 6 + 13. Sans effectuer de division, donnez le quotient et le reste de la division euclidienne d e 325 par 52.**

q = ... et r = ...

3 ★ **Dans une bibliothèque, 360 livres sont à ranger sur des étagères contenant 22 livres chacune. Combien faut-il d'étagères pour ranger tous ces livres ?**

....

4 ★★ **Traduisez les situations suivantes par une égalité.**

Exemple « Avec ses 75 DVD, Théo remplit 5 boîtes de 13 DVD mais il lui en reste 10 qui ne sont pas rangés. » Cela se traduit par l'égalité :
75 = 13 × 5 + 10 et 10 < 13.

1. Avec ses 514 livres, Samir remplit 14 cartons pouvant contenir 35 livres, mais il reste 24 livres non rangés.

Égalité : ....

....

2. Sarah a apporté un sac de 121 bonbons pour fêter son anniversaire. Elle en a donné 4 à chacun de ses 27 camarades de classe et il en est resté 13 pour les plus gourmands.

Égalité : ....

....

5 ★★ **Calcul mental**
Sans poser d'opérations et sans utiliser la calculatrice, écrivez en ligne la division euclidienne de 35 par 4 :

....

puis celle de 853 par 200 : ....

6 ★★★ **Les lettres d'un mot sont données dans le désordre à partir des réponses aux questions a, b, c, d et e, selon la correspondance : 1 pour A, 2 pour B, 3 pour C, etc. Quel est ce mot ?**

1. Quotient de la division euclidienne de 510 par 34.
2. Reste de la division euclidienne de 774 par 21.
3. Reste de la division euclidienne de 505 par 8.
4. Quotient et reste de la division euclidienne de 300 par 149.
5. Quotient de 1 474 par 67.

Auto évaluation — Très bien ☐ Bien ☐ Pas assez bien ☐

2 Diviseurs d'un nombre entier

→ Corrigés p. I

Observer et retenir

■ Un nombre entier non nul b **est un diviseur** du nombre entier non nul a, si le quotient $\frac{a}{b}$ est un nombre entier. Ce qui équivaut à dire qu'il existe un nombre entier q, tel que $a = b \times q$.

■ On dit que le nombre **a est un multiple de b**, ou encore que **a est divisible par b**.

Exemples 1 274 ÷ 49 = 26, c'est-à-dire que 1 274 = 49 × 26. On dira que 49 et 26 sont des diviseurs de 1 274 ou encore que 1 274 est un multiple de 49, ainsi que de 26.
329 ÷ 14 = 23,5. Le quotient de 329 par 14 n'est pas un nombre entier, donc 14 n'est pas un diviseur de 329 (on dira aussi que 329 n'est pas un multiple de 14).

Remarque
Pour un nombre entier n, 1 et le nombre entier lui-même sont des diviseurs de ce nombre, les autres diviseurs de n sont compris entre 1 et n.

■ Les **diviseurs de 32** sont : 1 ; 2 ; 4 ; 8 ; 16 et 32. Les **diviseurs de 25** sont 1 ; 5 et 25. Les **diviseurs de 11** sont : 1 et 11.

■ Les **diviseurs de 288** sont : 1 ; 2 ; 3 ; 4 ; 6 ; 8 ; 9 ; 12 ; 16 ; 18 ; 24 ; 32 ; 36 ; 48 ; 72 ; 96 ; 144 et 288.

S'entraîner

1 ★ Dans un jeu, 180 jetons noirs et 120 jetons blancs doivent être tous répartis entre les joueurs. Tous les joueurs doivent avoir le même nombre de jetons noirs et le même nombre de jetons blancs.

1. Peut-il y avoir vingt joueurs ? Neuf joueurs ?

....

2. Combien peut-il y avoir de joueurs ? Donnez toutes les possibilités. ....

2 ★ Calcul mental. Trouvez tous les diviseurs de 45.

....

3 ★★ Tableur : La formule MOD(a ; b) d'un tableur donne le reste de la division euclidienne de a par b.
Saisissez dans un tableur les données suivantes et la formule dans la cellule C1 pour faire apparaître dans cette colonne le reste de la division euclidienne du nombre de la colonne A par 12.

C1 | fx

	A	B	C	D	E
1	431				
2	2844				
3	10292				
4	5063916				
5					

Parmi 431, 2 844, 10 292 et 5 063 916, quels sont ceux qui sont multiples de 12 ? ....

4 ★★ Au pied de mon immeuble passent les autobus des lignes A et B. Ceux de la ligne A toutes les 24 minutes et ceux de la ligne B toutes les 15 minutes.
Un autobus A et un autobus B viennent de passer en même temps.
Dans combien de temps au minimum cela se reproduira-t-il ?

....

....

5 ★★★ En rentrant du collège, Aurélien dit à Paul : « J'ai entre 250 et 300 morceaux mp3. En les groupant par 2, ou par 3, ou par 5, c'est toujours pareil : il en reste 1. » Combien Aurélien a-t-il de morceaux mp3 ?

Aide
n étant le nombre de morceaux mp3, cherchez la valeur de $n - 1$.

....

....

Auto évaluation Très bien ☐ Bien ☐ Pas assez bien ☐

3 Diviseurs d'un nombre entier, critères de divisibilité

→ Corrigés p.I

Observer et retenir

■ Pour **reconnaître les multiples** de certains nombres entiers :

- Les multiples de 2 sont les nombres pairs (**ex. :** 1 026 est un multiple de 2).
- Les multiples de 5 ont pour chiffre des unités 0 ou 5 (**ex. :** 4 308 590 est un multiple de 5).
- Les multiples de 3 ont la somme de leurs chiffres qui est un multiple de 3 (**ex. :** 2 517 est un multiple de 3).
Idem pour les multiples de 9 (**ex. :** 4 320 est un multiple de 9).
- Les multiples de 4 ont le nombre formé par leur chiffre des dizaines et des unités qui est un multiple de 4 (**ex. :** 17 324 est un multiple de 4 car 24 est un multiple de 4).

Remarque
La somme ou la différence de deux multiples d'un nombre entier est encore un multiple de ce nombre entier.

S'entraîner

1 ★ **Complétez le tableau par oui ou non.**

Nombre entier	360	1 314	3 075	32 716	564
multiple de 2					
multiple de 3					
multiple de 4					
multiple de 5					

2 ★★ **On appelle diviseur strict d'un entier non nul tout diviseur différent du nombre lui-même.**
On appelle nombre parfait un nombre qui est égal à la somme de ses diviseurs positifs stricts.

1. Vérifiez que 28 est un nombre parfait.

....

....

2. 126 est-il un nombre parfait ?

....

....

3 ★★ **Quel est le nombre entier strictement compris entre 310 et 350 qui est divisible par 3 ; n'est pas divisible par 5 ; n'est pas pair et qui a la somme de ses chiffres égale à 12 ?**

Aide
Ce nombre a trois chiffres *cdu* ; il faut traduire les conditions portant sur ce nombre pour déterminer les trois chiffres.

....

....

....

....

....

4 ★★★ **Numéro sur un billet en euros**

Sur un billet, on peut trouver un numéro composé d'une lettre et d'un nombre à 11 chiffres.
Pour vérifier la validité de ce numéro, on associe à la lettre son rang dans l'alphabet (1 pour A ; 2 pour B ; etc.)
Puis, on additionne ce nombre compris entre 1 et 26 avec la somme de tous les chiffres du nombre à 11 chiffres qui suit la lettre.
La somme obtenue doit être un multiple de 9.
Pour le billet de 20 € dont le numéro est V14734568507, vérifiez la validité de ce numéro.
Cette vérification vous paraît-elle être un moyen efficace pour détecter un faux billet ?

....

....

....

....

....

Auto évaluation — Très bien ☐ Bien ☐ Pas assez bien ☐

4 Nombres premiers

→ Corrigés p.I

Observer et retenir

■ Un nombre entier strictement supérieur à 1 est un **nombre premier** s'il n'a pour diviseur que 1 et lui-même.

Exemples Les diviseurs positifs de 11 sont : 1 et 11.
11 est un nombre premier. 2 est le seul nombre pair premier.
127 est un nombre premier.
441 n'est pas un nombre premier car il est multiple de 9 (4 + 4 + 1 = 9).

■ Les nombres premiers jouent un rôle important en mathématiques dans la **cryptographie**.

Remarque
Un nombre entier strictement supérieur à 1 est composé de facteurs premiers.
Par exemple : $360 = 2^3 \times 3^2 \times 5$;
$68 = 2^2 \times 17$.

S'entraîner

1 ★ **Suivez les instructions ci-dessous.**

Algorithme pour déterminer les nombres premiers compris entre 1 et 100 :
Début

Étape 1 : écrivez tous les nombres entiers de 2 à N (on exclut le nombre 1 car il n'est pas premier)

Étape 2 : entourez le premier nombre non rayé de la liste
Étape 3 : rayez de la liste les multiples de ce nombre
Étape 4 : recommencez à l'étape 2 jusqu'à ce que tous les nombres de la liste soient rayés ou entourés

Fin

1	2	3	4	5	6	7	8	9	10
11	12	13	14	15	16	17	18	19	20
21	22	23	24	25	26	27	28	29	30
31	32	33	34	35	36	37	38	39	40
41	42	43	44	45	46	47	48	49	50
51	52	53	54	55	56	57	58	59	60
61	62	63	64	65	66	67	68	69	70
71	72	73	74	75	76	77	78	79	80
81	82	83	84	85	86	87	88	89	90
91	92	93	94	95	96	97	98	99	100

2 ★ **Deux nombres impairs immédiatement consécutifs et premiers sont des nombres premiers jumeaux.**

Exemple 5 et 7 sont deux nombres jumeaux.

1. Déterminez les nombres premiers jumeaux inférieurs à 20.

....

2. 23 peut-il être un nombre premier jumeau ?

....

3 ★ **Décomposez en produits de facteurs premiers : 175 et 1 960.**

Exemple Pour 48 : $48 = 2 \times 24$
$= 2 \times 2 \times 12$
$= 2 \times 2 \times 2 \times 6 = 2 \times 2 \times 2 \times 2 \times 3$
$= 2^4 \times 3$

....

....

....

4 ★★★ **Deux nombres entiers positifs sont homogènes s'ils sont composés des mêmes facteurs premiers.**

1. Montrez que 60 et 90 sont homogènes.

....

2. Trouvez tous les nombres entiers inférieurs à 150 homogène avec 45.

Aide
Décomposez 45.

....

Auto évaluation Très bien ☐ Bien ☐ Pas assez bien ☐

5 Fractions irréductibles : critères de divisibilité

→ Corrigés p.II

Observer et retenir

■ La propriété fondamentale $\frac{a}{b} = \frac{a \times k}{b \times k}$, où a, b et k sont des nombres entiers ($b \neq 0$ et $k \neq 0$) permet de **simplifier des fractions**.

■ Une **fraction irréductible** est une fraction qu'on ne peut plus simplifier.

■ Une écriture fractionnaire $\frac{a}{b}$ est irréductible si, et seulement si, les nombres a et b ont 1 pour seul diviseur commun positif.

Méthode Pour simplifier une fraction, on recherche des diviseurs communs au numérateur et au dénominateur. Pour cela, il peut être utile d'utiliser les critères de divisibilité vus dans la fiche 3.

Exemple Recherche de la fraction irréductible égale à $\frac{300}{480}$.

300 et 480 sont des multiples de 10 (leur chiffre des unités est 0).

$\frac{300}{480} = \frac{30 \times 10}{48 \times 10} = \frac{30}{48}$; 30 et 48 sont divisibles par 2.

$\frac{30}{48} = \frac{15 \times 2}{24 \times 2} = \frac{15}{24}$; 15 et 24 sont multiples de 3.

$\frac{15}{24} = \frac{5 \times 3}{8 \times 3} = \frac{5}{8}$; 5 et 8 n'ont que 1 comme diviseur commun,

$\frac{5}{8}$ est la fraction irréductible égale à $\frac{300}{480}$.

On aurait pu obtenir $\frac{5}{8}$ avec d'autres étapes de simplification, ou en une seule en simplifiant par 60.

Remarque
Les calculatrices ont une fonction qui permet de simplifier une fraction (touche SIMP).

S'entraîner

1 ★ Pour chaque fraction, trouvez la fraction irréductible qui lui est égale.

1. $\frac{60}{72} =$ ....

2. $\frac{45}{30} =$ ....

3. $\frac{216}{540} =$ ....

4. $\frac{126}{28} =$ ....

2 ★ Entourez les fractions simplifiées au maximum.

$\frac{3}{27}$; $\frac{8}{13}$; $\frac{10}{25}$; $\frac{147}{60}$; $\frac{43}{125}$; $\frac{17}{51}$; $\frac{40}{27}$

3 ★★★ Vrai ou faux ?

« La fraction $\frac{821}{93}$ est une fraction irréductible ».

....

Aide
Quels sont les diviseurs de 93 ?

4 ★★★ On considère la fraction $\frac{21\star}{7\,770}$.

Déterminez le chiffre représenté au numérateur par une étoile, sachant que cette fraction est une fraction irréductible.

Aide
Considérez les diviseurs du nombre 7 770.

....

....

Auto évaluation Très bien ☐ Bien ☐ Pas assez bien ☐

6 Outils de calcul : fractions et nombres décimaux

→ Corrigés p.II

Observer et retenir

■ Pour effectuer les opérations des nombres en écriture fractionnaire et des nombres décimaux, il faut respecter les **priorités opératoires**.

- On commence par les **parenthèses**, puis les **multiplications** ou **divisions** et enfin les **additions** ou **soustractions**.
- On effectue les calculs **dans l'ordre** lorsque l'expression ne comporte que des additions ou soustractions, et que des multiplications ou divisions.
- Diviser par une fraction, c'est **multiplier par son inverse**.

Exemple Ne pas oublier de donner la réponse sous forme irréductible !

$$I = \left(-\frac{2}{3}+\frac{2}{9}\right) \div \frac{5}{6} = \left(-\frac{6}{9}+\frac{2}{9}\right) \div \frac{5}{6} = \frac{-4}{9} \div \frac{5}{6} = \frac{-4}{9} \times \frac{6}{5} = -\frac{24}{45} = -\frac{3\times 8}{3\times 15} = -\frac{8}{15}$$

S'entraîner

1 ★ Calculez les expressions suivantes.

1. $\frac{5}{8}-\frac{7}{6}=$ ……………………
2. $\frac{-7}{4}\times\frac{-3}{5}=$ ……………………
3. $\frac{3}{4}\div\frac{5}{2}=$ ……………………
4. $\frac{5}{8}-\frac{7}{6}\times\frac{1}{2}=$ ……………………
5. $\left(\frac{-2}{5}+\frac{1}{3}\right)\div\frac{2}{3}=$ ……………………

2 ★ On note $a=\frac{2}{3}$, $b=-3$ et $c=\frac{7}{4}$.

Calculez les expressions.

1. $A = a - b + c$

……………………

2. $B = a + bc$

……………………

3. $C = \frac{b}{a} + c$

……………………

3 ★ Calculez la valeur de l'expression $H = 2t^2 + 8t - 5$ pour $t = -3$.

$H = 2\times(-3)^2 + 8\times(-3) - 5 =$ ……………………

……………………

4 ★★ Entourez la réponse exacte.

$\frac{7}{2}-\frac{11}{26}\div\frac{2}{13}=$	20	$\frac{3}{4}$	$\frac{69}{22}$
L'inverse de $-\frac{2}{3}$ est	$\frac{2}{3}$	$\frac{3}{2}$	$-\frac{3}{2}$
$\frac{92}{7}=$	92,7	13,142 857 14	$13+\frac{1}{7}$

5 ★★★ 1. On veut exprimer l'aire qui n'est pas occupée par la piscine dans le terrain rectangulaire ci-dessous. L'unité de longueur est le mètre.

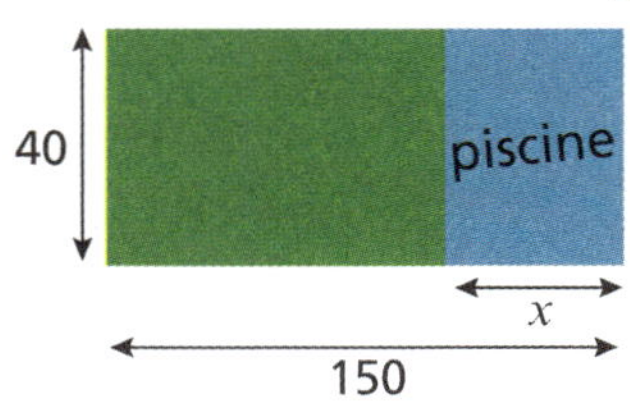

Alice a trouvé $40\times(150-x)$.
Léo a trouvé : $6\,000-40x$.

Qui a raison ? ……………………

2. Pour des raisons de sécurité, il faut entourer la piscine d'une barrière. Exprimez en fonction de x la longueur de barrière nécessaire.

……………………

……………………

3. Calculez cette longueur pour $x = 15$ m.

……………………

……………………

Auto évaluation Très bien ☐ Bien ☐ Pas assez bien ☐

7 Outils de calcul : puissances de 10

→ Corrigés p.II

Observer et retenir

Le cas particulier des puissances de 10, n étant un nombre entier positif

- 10^n est le nombre qui s'écrit 10…0 (derrière le chiffre 1, sont écrits n chiffres 0). **Ex.** : $10^7 = 10\,000\,000$;
- 10^{-n} est l'inverse de 10^n. $10^{-n} = \frac{1}{10^n}$, ce nombre s'écrit 0,0…01. Dans la partie décimale, il y a au total n chiffres qui sont des 0 et le dernier est le chiffre 1. **Ex.** : $10^{-5} = \frac{1}{10^5} = 0{,}000\,01$ (un cent-millième).

Les préfixes associés aux puissances de 10 :

puissance	préfixe	symbole
exposant positif		
10^9	giga	G
10^6	méga	M
10^3	kilo	K
10^2	hecto	h
10^1	déca	da

puissance	préfixe	symbole
exposant négatif		
10^{-1}	déci	d
10^{-2}	centi	c
10^{-3}	milli	m
10^{-6}	micro	µ
10^{-9}	nano	n

On appelle **notation scientifique** d'un nombre décimal non nul, l'écriture de ce nombre sous la forme $a \times 10^n$, où a est un nombre décimal qui n'a qu'un seul chiffre non nul devant la virgule ($1 \leqslant a < 10$) et n est un nombre entier relatif.

Exemples $0{,}006 = 6 \times 10^{-3}$; $17\,800 = 1{,}78 \times 10^4$; $953 \times 10^{-4} = 0{,}0953 = 9{,}53 \times 10^{-2}$.

S'entraîner

1 ★ Calculez chacun des nombres suivants.

1. $10^{-4} =$ ………
2. $10^8 =$ ………
3. $10^2 + 10^{-3} =$ ………
4. $10^2 - 10^{-3} =$ ………
5. $10^2 \times 10^{-3} =$ ………
6. $10^2 \div 10^{-3} =$ ………

2 ★ Entourez la bonne réponse.

1. Lequel des trois nombres n'est pas égal aux deux autres ?
$8^{-1} \times 2{,}4 \times 10^3$; $0{,}1^3 \times 10^4 \times 3$; $(10^2 - 5^2) \times 0{,}5^{-2}$.

2. La notation scientifique de $\dfrac{3 \times 10^5 \times 4 \times (10^{-3})^2}{16 \times 10^{-4}}$ est :
$0{,}75 \times 10^3$; $7{,}5 \times 10^{-6}$; $7{,}5 \times 10^2$.

3 ★★ Quand un avion arrive près d'un aéroport, le radar de la tour de contrôle émet un signal bref en sa direction.
Le signal atteint l'avion et revient au radar 3×10^{-4} seconde après son émission. Le signal est émis à la vitesse de 300 000 kilomètres par seconde.
Calculez à quelle distance du radar se trouve l'avion à cet instant.

……………………………………………………………………

4 ★★ Si une éolienne produit 5 GWh d'électricité par an et qu'une personne a besoin de 7 000 kWh d'électricité par an (Wh : Watt-heure).
Vrai ou Faux : « Une éolienne ne couvre pas les besoins en électricité de 1 000 personnes pour un an ».

5 ★★★ La loi de Titius-Bode donne la distance approximative exprimée en UA (unité astronomique) des planètes au Soleil : $d = 0{,}4 + 0{,}3 \times 2^n$.
Pour $n = 4$, on obtient la distance de Jupiter au Soleil.

1. Calculez cette distance.
2. Sachant qu'une unité astronomique est la distance moyenne de la Terre au Soleil, que pouvez-vous en déduire ?

Aide
La distance Terre-Soleil est d'environ 150×10^6 km.

Auto évaluation Très bien ☐ Bien ☐ Pas assez bien ☐

8 Outils de calcul : puissances d'un nombre

→ Corrigés p.II

Observer et retenir

■ a étant un nombre relatif non nul et n un nombre entier positif :

- a^n est le produit de n facteurs égaux au nombre a.
- $a^n = a \times a \times .... \times a$
  n facteurs dans ce produit

■ La notation de puissance est un raccourci de l'écriture d'un produit dans lequel les facteurs sont identiques.

Exemple $2^4 = 2 \times 2 \times 2 \times 2 = 16$.

■ a étant un nombre relatif non nul et n un nombre entier positif :

a^{-n} est l'inverse du nombre a^n. Ainsi, $a^{-n} = \dfrac{1}{a^n}$.

Exemple $2^{-4} = \dfrac{1}{2^4} = \dfrac{1}{16} = 0{,}062\,5$.

Remarque
Par convention, $a^1 = a$ et $a^0 = 1$.

S'entraîner

1 ★ **Calculez chacun des nombres suivants.**

1. $8^2 =$ ....
2. $5^3 =$ ....
3. $10^{-4} =$ ....
4. $5^{-2} =$ ....
5. $10^8 =$ ....
6. $(-4)^3 =$ ....

2 ★ **Calculez les expressions suivantes.**

1. $5^7 \times 5^{-3} =$ ....
2. $\dfrac{3^5}{3^2} =$ ....
3. $2 \times 5^2 - 4^3 =$ ....
4. $\dfrac{60}{3^2 - 4} + \dfrac{2^5}{8} =$ ....

3 ★ **Calculez astucieusement.**

1. $2{,}5^6 \times 4^6 =$ ....
2. $\dfrac{9^3}{4{,}5^3} =$ ....

4 ★ **Calculez mentalement.**

1. $3^3 - 5^2 =$ ....
2. $(-2) \times 6^2 =$ ....
3. $(3^2 - 2^3) \times (-5)^3 =$ ....
4. $3 \times 2^3 - 2 \times 3^3 =$ ....

5 ★★ **Rangez les nombres dans les colonnes du tableau.**

64 ; $\dfrac{2^5}{2^2}$; $2^3 \times 2^3$; $\dfrac{1}{2^3}$; $\dfrac{2^4}{2^7}$; 8 ; $\dfrac{1}{2 \times 2 \times 2}$; $(2^3)^2$; 2×2^2

2^3	2^{-3}	2^6

Auto évaluation Très bien ☐ Bien ☐ Pas assez bien ☐

9 Mener un calcul

→ Corrigés p.III

Observer et retenir

- Pour calculer une expression numérique, on respectera les **priorités opératoires**.
- Un calcul numérique peut être mené de différentes manières : à la main, par calcul mental ou réfléchi, avec la calculatrice, avec un tableur.
- Un calcul sert à **résoudre un problème**.
- Pour éviter certaines erreurs, on peut estimer l'ordre de grandeur du résultat, veiller à la cohérence du résultat avec la situation.

S'entraîner

1 ★ L'indice de masse corporelle (IMC) d'une personne est égal au quotient du poids p (en kg) par le carré de la taille t (en m) de cette personne.

1. Écrivez une formule qui exprime IMC en fonction de p et t. IMC = ...

2. Entre les mois d'avril et septembre, Pierre a fait un régime et a perdu 12 % de son poids initial. Sachant qu'en avril il pèse 85 kg et qu'il mesure 1,80 m, calculez,

a. son IMC en avril : ....

b. son poids en septembre : ....

c. son IMC en septembre : ....

3. On considère pour un homme que :

18,5<IMC<25	25<IMC<30	30<IMC<35
corpulence normale	surpoids	obésité

a. Vérifiez que Pierre est en surpoids en avril.

....

b. A-t-il réussi à revenir à une « corpulence normale » en septembre ?

....

2 ★★ Après une tempête, un couvreur a dû reconstituer un toit conique partiellement détruit. Les ardoises sont disposées en rangs successifs en partant du bas. On sait que :
- **les deux premiers rangs et le dernier rang ont été épargnés ;**
- **les deux premiers rangs comportent respectivement 213 et 207 ardoises et ainsi de suite, avec 6 ardoises de moins à chaque rang ;**
- **le dernier comporte 9 ardoises.**

1. Combien de rangs doit-il remettre en place ?

....

....

> **Aide**
> Pour économiser les calculs fastidieux, utilisez un tableur.

2. Sachant qu'une ardoise coûte 1,03 euros. Calculez le coût total des ardoises mises par le couvreur.

....

3. On estime qu'il faut 49 ardoises au m². Donnez une valeur approchée de l'aire de la surface couverte d'ardoises.

....

3 ★★ Dans l'océan Pacifique Nord, des déchets plastiques s'accumulent et forment progressivement une poubelle géante. En 2014, celle-ci occupait une superficie de 3,5 millions de km².

1. Sachant que la France a une superficie d'environ 550 000 km², à combien de fois la France, l'étendue de cette poubelle géante correspond-elle ?

....

2. La superficie de cette poubelle géante augmente de 10 % par an. Quelle sera sa superficie en 2017 ?

....

3. Pensez-vous qu'en 2019, la surface aura doublé ?

....

> **Aide**
> Considérez les années intermédiaires entre 2014 et 2017, puis 2019.

Auto évaluation Très bien ☐ Bien ☐ Pas assez bien ☐

10 Racine carrée : définitions

→ Corrigés p.III

Observer et retenir

■ La racine carrée d'un nombre a positif est le nombre positif b dont le carré est égal au nombre a.
On note mathématiquement : $b = \sqrt{a}$.
Pour a et b positifs, $b = \sqrt{a}$ signifie que : $b^2 = a$.

Exemples

$\sqrt{2,25} = 1,5$ car $1,5^2 = 2,25$; $\sqrt{\dfrac{25}{9}} = \dfrac{5}{3}$ car $\left(\dfrac{5}{3}\right)^2 = \dfrac{25}{9}$; $\sqrt{10^{-4}} = 10^{-2}$ car $(10^{-2})^2 = 10^{-2}\ 3\ 10^{-2} = 10^{-4}$.

■ La touche $\boxed{\sqrt{\ }}$ de la calculatrice permet de connaître la racine carrée d'un nombre ou du moins une de ses valeurs approchées.

Exemple Pour la racine carrée de 35, selon le modèle de la calculatrice, vous appuierez successivement sur les touches « 35, puis $\sqrt{\ }$ et = » ou « $\sqrt{\ }$, puis 35 et = ».
La calculatrice affiche $\sqrt{35}$ ou encore 5,916 079 783.
Attention, 5,916 079 783 est une valeur approchée de la racine carrée de 35. La valeur tronquée au dixième est 5,9, celle arrondie au centième est 5,92.
La valeur exacte de la racine carrée de 35 est le nombre positif qui s'écrit $\sqrt{35}$.

■ En conséquence de la définition, a étant un nombre positif :
– le carré de la racine carrée du nombre a est égal au nombre a se traduit par : $(\sqrt{a})^2 = a$.
– a est le nombre positif dont le carré est égal à a^2 se traduit par : $\sqrt{a^2} = a$.

Exemples $\left(\sqrt{7}\right)^2 = 7$; $\sqrt{13} \times \sqrt{13} = \left(\sqrt{13}\right)^2 = 13$ et $\sqrt{9^2} = 9$.

S'entraîner

1 ★ Complétez les égalités.

1. $\sqrt{0,49} =$ …………
2. $\sqrt{\ldots\ldots\ldots\ldots} = 800$
3. $\sqrt{\ldots\ldots\ldots\ldots} = 0,03$
4. $\sqrt{\dfrac{25}{121}} =$ …………
5. $\sqrt{\dfrac{\ldots\ldots\ldots\ldots}{\ldots\ldots\ldots\ldots}} = \dfrac{10}{9}$
6. $\sqrt{10^{-6}} =$ …………

2 ★ À l'aide de votre calculatrice, complétez les phrases.

1. La valeur tronquée au dixième de $\sqrt{387}$ est …….. ;
la valeur arrondie au dixième de $\sqrt{387}$ est ……………
2. La valeur arrondie au centième de $\sqrt{0,8}$ est …….. ;
la valeur tronquée au millième de $\sqrt{0,8}$ est ……………
3. La valeur tronquée au centième de $\sqrt{16\,200}$ est .. ;
la valeur arrondie au centième de $\sqrt{16\,200}$ est ………

3 ★ Calculez mentalement.

1. $\sqrt{144} + \sqrt{81} =$ ……………………………………………
2. $3\sqrt{121} - 6\sqrt{49} =$ ……………………………………………

4 ★★ Effectuez les calculs.

1. $2(\sqrt{3})^2 - \dfrac{7}{2} =$ ……………………………………………
2. $\left(\sqrt{11}\right)^2 - \left(3 \times \sqrt{2}\right)^2 =$ ……………………………………………

5 ★★ Les deux questions sont indépendantes.

1. Un carré a pour aire 841 cm^2.
Quel est son périmètre ?
……………………………………………
……………………………………………
2. Un carré a pour aire 17 cm^2. Quelle est la longueur de ses côtés ? On donnera la valeur exacte puis la valeur arrondie au mm.
……………………………………………

Auto évaluation — Très bien ☐ Bien ☐ Pas assez bien ☐

11 Calcul littéral : bases

→ Corrigés p.III

Observer et retenir

■ Réduire une expression, c'est **regrouper des termes** de même nature.

Exemple

J = $11 - 4x + 3x^2 + 3 - 2x - 5x^2$

J = $3x^2 - 5x^2 - 4x - 2x + 11 + 3$

J = $-2x^2 - 6x + 14$

Remarque
Pensez à considérer le terme et son signe.

■ $ax^n \times bx^p = (a \times b)x^{n+p}$

Exemples H = $3 \times (-2x)$ H = $-6x$ et L = $5x \times 3x$ L = $15x^2$

Remarque
Utilisez la règle des signes de la multiplication.

■ $k \times (a + b) = k \times a + k \times b$ et $(k + p) \times (a + b) = k \times a + k \times b + p \times a + p \times b$

k, a, p et b sont des nombres relatifs quelconques.

Exemples

P = $(3x + 2)(4x - 5)$

P = $3x \times 4x + 3x \times (-5) + 2 \times 4x + 2 \times (-5)$

P = $12x^2 - 15x + 8x - 10$

P = $12x^2 - 7x - 10$

H = $-6x \times (-2 + 3x)$

H = $-6x \times (-2) + (-6x) \times 3x$

H = $12x - 18x^2$

S'entraîner

1 ★ Calculez les expressions suivantes.

1. K = $-4 \times (-3x^2)$

K = ...

2. M = $4x^3 \times (-2x)$

M = ...

2 ★ Calculez mentalement.

1. 41×27 = ... **2.** $1\,005 \times 48$ = ...

3 ★ Développez et réduisez les expressions suivantes.

1. G = $-5 \times (4 - 6x)$

....

2. I = $-5x \times (3 - x) - 4(x^2 - 2x - 3)$

....

3. Q = $(1 - 7x)(2x - 1)$

....

4. T = $(1 - 7x)(2x - 1) - 3x(5 + 2x)$.

....

4 ★★ Éliott dit : « Voici un programme de calcul »

- Choisir un nombre
- Multiplier par 4
- Ajouter 3
- Multiplier par 5
- Soustraire 15

Lise répond : « *Tu te compliques ; il suffit de multiplier le nombre choisi par 20.* »

Éliott répond : « *Tu dis n'importe quoi !* »

Et vous, qu'en pensez-vous ?

....

....

5 ★★ On considère ce programme de calcul : choisir un nombre ; ajouter 5 ; multiplier le résultat obtenu par 2 ; soustraire 9.

Vrai ou faux : « Ce programme donne pour résultat la somme de 1 et du double du nombre choisi. »

....

....

Auto évaluation Très bien ☐ Bien ☐ Pas assez bien ☐

12 Calcul littéral : développement du type $(a+b)(c+d)$

→ Corrigés p.IV

Observer et retenir

- Pour n'importe quels nombres a, b, c et d, on a : $(a+b)(c+d) = ac + ad + bc + bd$.
- Quand on développe une parenthèse de deux termes sur une parenthèse de deux termes, on obtient une somme de quatre termes qui sont des produits.

Exemple $(x+7)(2x+1) = x \times 2x + x \times 1 + 7 \times 2x + 7 \times 1 = 2x^2 + x + 14x + 7 = 2x^2 + 15x + 7$.

S'entraîner

1 ★ Développez les expressions suivantes.

1. $A = (x+4)(y+5)$

....

2. $B = (2x+7)(3y+5)$

....

3. $C = (x+3)(x+5)$

....

4. $D = (5x+8)(4x+6)$

....

2 ★ Calculez A, B, C et D quand $x = -3$ et $y = 5$.

1. A = ...
2. B = ...
3. C = ...
4. D = ...

3 ★★ Un carré a pour côté x cm (x est un nombre positif). On obtient un rectangle en augmentant la longueur d'un côté de 3 cm et celle d'un autre côté de 2,5 cm.

1. Exprimez, en fonction de x, le périmètre et l'aire du rectangle obtenu. Donnez les formes développées et réduites de chaque expression.

....

....

2. Calculez le périmètre et l'aire du rectangle pour $x = 3{,}5$ cm.

....

....

4 ★★★ Voici deux programmes de calcul.

Programme de calcul 1	Programme de calcul 2
Choisir un nombre. Ajouter son carré, son double et 1. Donner le résultat.	Choisir un nombre. Lui ajouter 1. Calculer le carré de la somme obtenue. Donner le résultat.

1. Appliquez les programmes de calcul si le nombre choisi est 5, puis – 2. ....

2. Que constatez-vous ? Quelle conjecture peut-on formuler ? ....

3. Prouvez que c'est vrai quel que soit le nombre choisi. ....

5 ★★★ Un promoteur achète quatre parcelles rectangulaires représentées par le dessin ci-dessous.

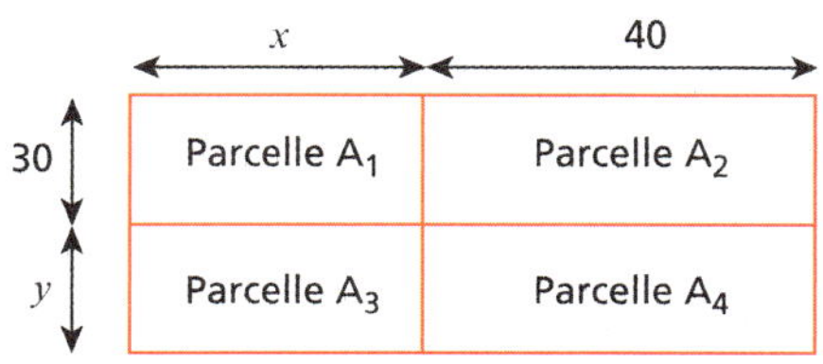

1. Calculez les aires A_1, A_2, A_3 et A_4 des quatre parcelles, sachant que l'unité est le mètre.

....

....

2. Exprimez de deux façons différentes l'aire totale du terrain.

....

3. Calculez l'aire totale du terrain pour $x = 75$ m et $y = 50$ m.

Auto évaluation — Très bien ☐ Bien ☐ Pas assez bien ☐

13 Calcul littéral : développement

→ Corrigés p.IV

Observer et retenir

■ Pour n'importe quels nombres a, b, c et d, on a :
$(a + b)(c - d) = ac - ad + bc - bd$; $(a - b)(c + d) = ac + ad - bc - bd$; $(a - b)(c - d) = ac - ad - bc + bd$.

■ Pour retenir ces formules, il faut savoir que la forme développée est obtenue en distribuant chaque terme de la première parenthèse sur chaque terme de la seconde parenthèse. Le signe attribué à chaque produit est donné par la règle des signes du produit.

Exemples $(5 + x)(t - 8) = 5t - 40 + xt - 8x$; $(a - 3)(a - 7) = a \times a - 7a - 3a + 7 \times 3 = a^2 - 10a + 21$.

S'entraîner

1 ★ Développez les expressions suivantes.

1. $(a + 3)(c - 5) =$ ……………………………………
2. $(y - 9)(t + 3,5) =$ ……………………………………
3. $(12 - d)(2,5 - c) =$ ……………………………………
4. $(y + 2,4)(z - 4) =$ ……………………………………

2 ★ Calcul mental

1. On veut calculer 51×98 sans poser l'opération.
On sait que $51 \times 98 = (50 + 1)(100 - 2)$.
Développez $(50 + 1)(100 - 2)$.
$(50 + 1)(100 - 2) =$ ………………… = …………………
Donc $51 \times 98 =$ ……………………………………

2. Utilisez une méthode similaire pour calculer :
a. $998 \times 99 =$ (……………………)(……………………)
= ……………………………………………………
b. $47 \times 104 =$ (……………………)(……………………)
= ……………………………………………………

3 ★★ Sur cette figure, BEIG est un rectangle, il est partagé en quatre rectangles.

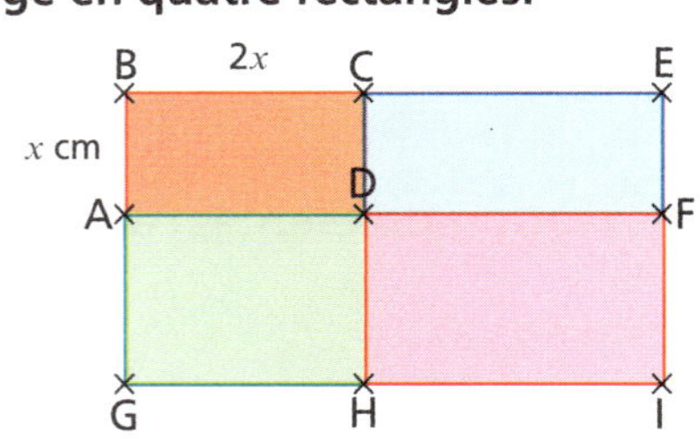

BE = 15 cm
BG = 10 cm

1. Exprimez l'aire de chacun des quatre rectangles en fonction de x.
……………………………………………………
……………………………………………………

2. Calculez la somme des quatre expressions. Que constate-t-on ?
……………………………………………………
……………………………………………………

4 ★★ Développez et réduisez l'expression suivante : $H = (x + 3)(x - 4) + 2(x - 5) - (x + 6)(x + 7)$.

> **Aide**
> L'expression est constituée de trois termes ; développez chacun d'eux. Placez chaque développement obtenu entre parenthèses, puis tenez compte des signes devant chaque groupe.

5 ★★★ Medhi choisit un nombre. Successivement, il soustrait 2 à ce nombre et il lui ajoute 5. Enfin, il multiplie les deux résultats.

1. Appelez x le nombre choisi par Medhi et écrivez l'expression numérique correspondant à son programme de calcul.
2. Développez l'expression obtenue. Rédigez un programme de calcul correspondant à la forme développée obtenue.
3. Calculez le nombre obtenu par Medhi quand il a choisi 14 comme nombre de départ.

Auto évaluation Très bien ☐ Bien ☐ Pas assez bien ☐

14 Produits remarquables : développement

→ Corrigés p.IV

Observer et retenir

On peut développer rapidement certaines expressions d'un type particulier si on applique la formule correspondante.

$(a + b)(a - b) = a^2 - b^2$; a et b étant deux nombres quelconques.

- On dit : « le produit de la somme de deux nombres et de leur différence est égal à la différence des carrés de ces deux nombres ».

Exemple $(x + 7)(x - 7) = x^2 - 7^2 = x^2 - 49$.

- On peut aussi utiliser cette propriété pour effectuer du **calcul mental**.

Exemple $106 \times 94 = (100 + 6)(100 - 6)$ On applique la propriété pour $a = 100$ et $b = 6$.
Par conséquent, $106 \times 94 = 100^2 - 6^2 = 10\,000 - 36 = 9\,964$

Attention
Ne pas confondre $(3t)^2$ qui est le carré de $3t$ donc le carré du triple de t, et $3t^2$ le triple du carré de t.
Pour développer $(3t + 5)(3t - 5)$, on appliquera la formule :
$(3t + 5)(3t - 5) = (3t)^2 - 5^2 = 9t^2 - 25$.

Pour développer le carré de la somme de deux nombres comme par exemple $(a + b)^2$.
$(a + b)^2$ désigne le **produit de $a + b$ par $a + b$** et s'écrit $(a + b)(a + b)$. On le développe en distribuant les termes de la première parenthèse sur les termes de la seconde parenthèse, soit $a^2 + ab + ab + b^2$ et en réduisant on obtient : $(a + b)^2 = a^2 + 2ab + b^2$.

Exemple $(x + 5)^2 = x^2 + 2 \times 5 \times x + 5^2 = x^2 + 10x + 25$.

De même, $(a - b)^2 = a^2 - 2ab + b^2$. On a développé et réduit $(a - b)(a - b)$.

Exemple $(y - 12)^2 = y^2 - 2 \times 12 \times y + 12^2 = y^2 - 24y + 144$.

S'entraîner

1 ★ Développez les expressions suivantes.

1. $(d + 4)(d - 4) =$ ....
2. $(5x + 11)(5x - 11) =$ ....
3. $\left(y + \frac{2}{5}\right)\left(y - \frac{2}{5}\right) =$ ....
4. $(6t - 13)(6t + 13) =$ ....
5. $999^2 =$ ....
6. $(u + 12)^2 =$ ....
On considère que $(u + 12)^2 = (u + 12)(u + 12)$.

2 ★ Utilisez les formules des produits remarquables pour calculer les expressions suivantes, sans utiliser de calculatrice, ni poser de multiplication.

1. $93 \times 87 =$ ....
2. $1\,010^2 - 990^2 =$ ....
3. $52^2 = (50 + 2)^2 =$ ....
4. $1\,005 \times 995 =$ ....
5. $97^2 = (100 - 3)^2 =$ ....

3 ★★ On considère un carré dont le côté mesure x cm, ($x > 7$). On construit un rectangle en augmentant un côté de 7 cm et en soustrayant à l'autre coté 7 cm.

1. Exprimez l'aire du rectangle obtenu.
....
2. Décrivez la variation de l'aire de ce carré.
....

4 ★★★ Dans un magasin de sport, une raquette de tennis coûte 120 €. Avant les vacances d'été, le prix de cette raquette augmente de 10 %. Après l'été, le prix de la raquette baisse de 10 %.

1. Exprimez le prix de la raquette après l'été.
....
2. Décrivez la variation du prix de la raquette entre son prix initial et son prix après l'été.
....

Auto évaluation : Très bien ☐ Bien ☐ Pas assez bien ☐

15 Calcul littéral : factorisation

→ Corrigés p. IV

Observer et retenir

- Factoriser une expression, c'est l'écrire sous la **forme d'un produit**.
- En utilisant un facteur commun comme dans l'expression $k \times a + k \times b$, le nombre k est un facteur en commun dans les deux produits $k \times a$ et $k \times b$.
$k \times a + k \times b = k \times (a + b)$
- On peut aussi factoriser à partir des formules de la fiche 14.
On a : $a^2 - b^2 = (a + b)(a - b)$ où a et b sont deux nombres quelconques.

Exemples $5x - 85 = 5x - 5 \times 17 = \mathbf{5(x - 17)}$
$2(y + 6) + (y + 6)(7y - 1) = (y + 6)(2 + 7y - 1) = \mathbf{(y + 6)(7y + 1)}$
$z^2 - 64 = z^2 - 8^2 = \mathbf{(z + 8)(z - 8)}$

S'entraîner

1 ★ Factorisez les expressions suivantes.

1. $A = 3x + 24$
2. $C = 5y^3 - 25$
3. $B = x^2 - 16x$
4. $D = 15z^2 - 15z$

2 ★★ Factorisez les expressions suivantes.

1. $F = x^2 - 100$
2. $H = 25y^2 - 9$
3. $G = x^2 - \frac{16}{49}$
4. $I = t^2 - 81$

3 ★★ Factorisez les expressions suivantes.

1. $D = (x + 1)(2x + 3) + (2x + 3)^2$
2. $H = x^2 - 17$
3. $J = (5x - 3)^2 - 4x(5x - 3)$
4. $P = 36 - (x + 1)^2$

4 ★★ Sans utiliser de calculatrice et sans poser d'opération, calculez la valeur de l'expression $875^2 - 125^2$.

5 ★★ $P = 25x^2 - 9 + (5x + 3)(1 - 2x)$.

1. Développez et réduisez P.
2. Factorisez l'expression P.

Aide
Reliez $25x^2 - 9$

3. Calculez P pour $x = -2$.
4. Pour quelle valeur de x l'expression P vaut-elle 0 ?

6 ★★★ Aïda dit : « J'ai choisi un nombre entier. J'ai calculé le carré du nombre qui le suit et le carré du nombre qui le précède, puis j'ai calculé la différence de ces deux carrés.
J'ai alors trouvé 4 fois le nombre que j'avais choisi au départ »

Quel nombre Aïda a-t-elle choisi ?

Auto évaluation Très bien ☐ Bien ☐ Pas assez bien ☐

16 Calcul littéral : son utilité

→ Corrigés p. V

Observer et retenir

L'intérêt du calcul littéral est de pouvoir **effectuer des calculs** sans connaître les valeurs numériques des nombres concernés, donc de pouvoir raisonner pour n'importe quel nombre. Il permet également de résoudre des problèmes à l'aide des équations, comme nous le verrons dans les fiches suivantes.

Remarque

Un nombre entier pair peut s'écrire sous la forme $2 \times k$, où k est un nombre entier.
Un nombre entier impair peut s'écrire sous la forme $2 \times k + 1$, où k est un nombre entier.

S'entraîner

1 ★★ Maïa a remarqué que certains multiples de 4 s'écrivent comme la différence de deux carrés d'entiers : 4 = 4 – 0 ; 8 = 9 – 1 ; 12 = 16 – 4.

1. Poursuivez ainsi jusqu'à montrer que 28 est la différence entre les carrés de deux nombres entiers.

2. Jory prétend que tous les multiples de 4 peuvent s'écrire comme la différence de deux carrés d'entiers. Il lui dit qu'elle n'a qu'à utiliser l'expression $(k + 1)^2 - (k - 1)^2$.

3. Utilisez ce qui précède pour écrire rapidement 532 et 7 016 comme différence de deux carrés.

2 ★★ 1. Un rectangle a pour dimensions 8 cm et 50 cm. Quelle est la longueur du côté d'un carré qui a la même aire que ce rectangle ?

2. Un rectangle a pour dimensions $4x$ et $25x$. Quelle est la longueur du côté d'un carré qui a la même aire que ce rectangle ?

3 ★★★ Voici deux programmes de calcul.

Programme A
- Choisir un nombre
- Soustraire 3
- Calculer le carré du résultat obtenu

Programme B
- Choisir un nombre
- Calculer le carré de ce nombre
- Ajouter le triple du nombre de départ
- Ajouter 7

1. Corinne choisit le nombre 1 et applique le programme A. Expliquez, en détaillant les calculs, que le résultat du programme est 4.

2. Tidjane choisit le nombre –5 et applique le programme B. Quel résultat obtient-il ?

3. Lina souhaite regrouper le résultat de chaque programme à l'aide d'un tableur. Elle crée la feuille de calcul ci-dessous. Quelle formule, copiée ensuite à droite dans les cellules C3 à H3, a-t-elle saisie dans la cellule B3 ?

B2 ▼ ✗ ✓ fx =(B1-3)^2

	A	B	C	D	E	F	G	H
1	Nombre de départ	–3	–2	–1	0	1	2	3
2	Résultat du programme A	36	25	16	9	4	1	0
3	Résultat du programme B	7	5	5	7	11	17	25

4. Zoé cherche à trouver un nombre de départ pour lequel les deux programmes de calcul donnent le même résultat. Pour cela, elle appelle x le nombre choisi au départ et exprime le résultat de chaque programme de calcul en fonction de x.

a. Montrez que le résultat du programme A en fonction de x peut s'écrire sous forme développée et réduite : $x^2 - 6x + 9$.

b. Écrivez le résultat du programme B en fonction de x.

c. Existe-t-il un nombre de départ pour lequel les deux programmes donnent le même résultat ? Si oui, lequel ?

Auto évaluation Très bien ☐ Bien ☐ Pas assez bien ☐

17 Équations à une inconnue : deux membres

→ Corrigés p.V

Observer et retenir

■ La méthode pour résoudre une équation où l'inconnue est présente dans les deux membres repose sur les règles suivantes :

- Une égalité reste vraie en **ajoutant** ou en **soustrayant** un même nombre à ses deux membres.
- Une égalité reste vraie en **multipliant** ou en **divisant** ses deux membres par un même nombre non nul.

Soit l'équation ci-contre à résoudre.	$3(x + 5) + 4x = -2(x + 8) + 13$
1. On développe les deux membres.	$3x + 15 + 4x = -2x - 16 + 13$
2. On réduit chaque membre.	$7x + 15 = -2x - 3$
3. On regroupe l'inconnue du même côté de l'égalité. Pour cela, on ajoute $2x$ de chaque côté.	$7x + 15 + 2x = -2x - 3 + 2x$ $7x + 2x + 15 = -3$ $9x + 15 = -3$
4. On résout l'équation selon les méthodes des fiches 28 et 29.	$9x = -3 - 15$ signifie que $9x = -18$ d'où $x = \frac{-18}{9}$ et donc $x = -2$. La solution de l'équation proposée est -2.

(-2) est la valeur de x pour laquelle l'égalité $3(x + 5) + 4x = -2(x + 8) + 13$ est vraie.

On peut le vérifier : $3 \times (-2 + 5) + 4 \times (-2) = 3 \times 3 - 8 = 9 - 8 = 1$

et $-2 \times (-2 + 8) + 13 = -2 \times 6 + 13 = -12 + 13 = 1$.

■ Pour résoudre une équation où l'inconnue figure dans les deux membres, on supprime l'inconnue dans un des deux membres en ajoutant ou en soustrayant la quantité nécessaire dans le membre choisi.

S'entraîner

1 ★ Résolvez les équations suivantes et vérifiez que le résultat trouvé convient.

1. $5x + 8 = 8x + 2$. Pour éliminer l'inconnue x du membre de droite, on .... $8x$ dans chaque membre.

$5x$ .... = 2 .... ;

.... = ...

x = ...

2. $9y + 9 = 117 - 3y$. Pour éliminer l'inconnue y du membre de droite, on .... $3y$ dans chaque membre.

....

2 ★★ Résolvez les équations suivantes et vérifiez que le résultat trouvé convient.

1. $4(5x - 3) = x - 12$

....

2. $5(5 - x) = 3(3 - x)$

....

3. $5(x + 2) - 2x = 2(x + 4)$

....

4. $\frac{x}{4} = \frac{x}{3} - 2$

....

3 ★★ Pendant les vacances d'été, le cinéma Albaron souhaite attirer les spectateurs.

Tarif normal : 6 € la place	Tarif vacances : la carte « ÉTÉ » 15 € puis 3,50 € la place.

1. Justin souhaite voir 9 films pendant les vacances. Quel est le tarif le plus intéressant pour lui ?

2. Léna souhaite voir 4 films pendant les vacances. Quel est le tarif le plus intéressant pour elle ?

3. Basile se demande s'il y a un nombre de films pour lequel les deux tarifs coûtent le même prix.

Auto évaluation Très bien ☐ Bien ☐ Pas assez bien ☐

18 Équations à une inconnue : équation produit-nul

→ Corrigés p. V

Observer et retenir

■ Si un produit de facteurs est nul, alors au moins **un des facteurs est nul**.
Autrement dit : si $a \times b = 0$, alors $a = 0$ ou $b = 0$.

■ Si au moins un facteur d'un produit est nul, alors **le produit est nul**.
Autrement dit : si $a = 0$ ou $b = 0$, alors $a \times b = 0$.

Exemple $(3x - 4)(5x + 15) = 0$ est appelée une équation produit-nul. Pour la résoudre, on applique la propriété citée ci-dessus.

$(3x - 4)(5x + 15) = 0$ signifie que $3x - 4 = 0$ ou $5x + 15 = 0$; signifie que $3x = 4$ ou $5x = -15$; signifie que $x = \frac{4}{3}$ ou $x = -3$.

Les solutions de l'équation $(3x - 4)(5x + 15) = 0$ sont $\frac{4}{3}$ et -3.

Les nombres $\frac{4}{3}$ et -3 vérifient l'équation. En effet, si on remplace x par -3 dans $(3x - 4)(5x + 15)$, alors l'expression est égale à 0. Il en est de même si on remplace x par $\frac{4}{3}$.

On vérifie : $[3 \times (-3) - 4] \times [5 \times (-3) + 15] = [-9 - 4] \times [-15 + 15] = (-13) \times 0 = 0$ et

$$\left[3 \times \frac{4}{3} - 4\right] \times \left[5 \times \frac{4}{3} + 15\right] = [4 - 4] \times \left[\frac{20}{3} + 15\right] = 0 \times \left[\frac{20}{3} + 15\right] = 0.$$

S'entraîner

1 ★ **Résolvez les équations suivantes.**

1. $(x + 7)(x + 4) = 0$ ....
2. $(y - 3)(y + 1) = 0$ ....
3. $(4x + 2)(3x + 7) = 0$ ....
4. $(8x - 3)(2x + 5) = 0$ ....
5. $(4x - 1)(9 - 3x) = 0$ ....

2 ★★ **Factorisez les expressions du premier membre de l'égalité, puis résolvez l'équation obtenue.**

1. $(x + 7)^2 - 3(x + 7) = 0$ signifie que $(x + 7)(x + 7 - 3) = 0$; signifie que $(x + 7)(x + 4) = 0$; signifie que ....
2. $(2x - 1)^2 - 9 = 0$ signifie que ....
3. $(x + 3)(x + 3) - 4 = 0$ signifie que ....
4. $25x^2 - 4 - (2x + 3)(5x + 2) = 0$ signifie que ....
5. $x^2 = 20$ signifie que ....

3 ★★ **QCM : entourez la réponse exacte.**

Les solutions de l'équation $(x - 5)(4x + 3) = 0$ sont :

-5 et $\frac{-3}{4}$	5 et $\frac{-3}{4}$	5 et $\frac{-4}{3}$

4 ★★★ **On considère la figure ci-contre dans laquelle les triangles TER et GEF sont des triangles rectangles isocèles en E.**
ER = ET = x cm (avec $x > 0$) ;
RG = TF = 5 cm.
On souhaite déterminer x afin que l'aire du triangle TER soit égale au quart de l'aire du triangle GEF.

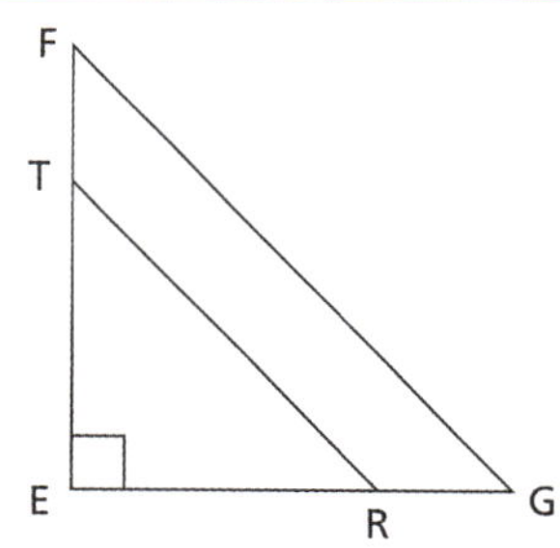

1. Exprimez, en fonction de x, les aires des triangles TER et GEF.

....

....

2. Montrez que le problème revient à résoudre l'équation : $4x^2 - (x + 5)^2 = 0$.

....

....

3. Résolvez cette équation et concluez.

....

....

Auto évaluation   Très bien ☐   Bien ☐   Pas assez bien ☐

19 Résolution de problèmes à l'aide d'équations

→ Corrigés p.VI

Observer et retenir

- Les équations et inéquations sont des outils mathématiques très utiles pour résoudre des problèmes.
- Dans ces cas-là, on traduit le problème par une équation qui tient compte des données du problème. Puis on résout l'équation pour trouver une solution au problème.

S'entraîner

1 ★ On considère le trapèze ABCD ci-contre. Le triangle BCD est-il isocèle ou équilatéral ? Justifiez.

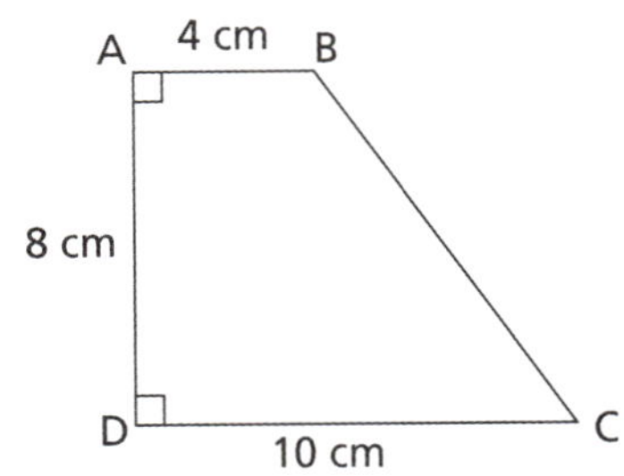

....

....

....

2 ★★ Léo a un aquarium. L'eau arrive à une hauteur de 29 cm. Pour décorer l'aquarium, il met des billes de rayon 11 mm. Combien de billes peut-il mettre dans l'aquarium sans que l'eau ne déborde ?

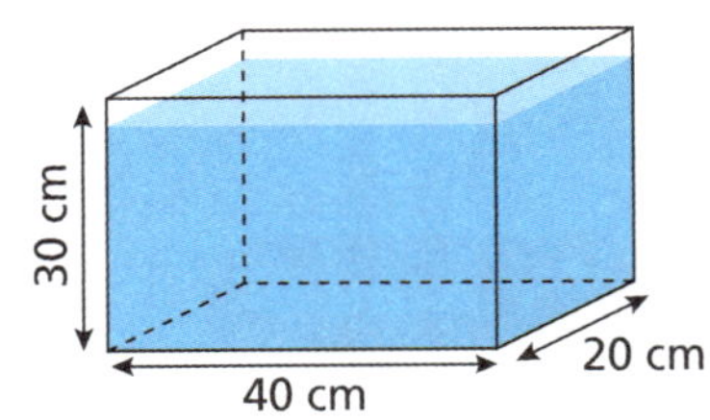

....

....

3 ★★ Sur la figure ci-contre :
- ABCD est un carré ;
- EFGD est un carré ;
- les points E, A et D sont alignés ; les points D, C et G sont alignés ;
- EA = CG = 7 cm ;
- la surface en vert clair a une aire de 189 cm^2.

On désigne par x la longueur en cm d'un des côtés du carré ABCD.
Déterminez la valeur de x.

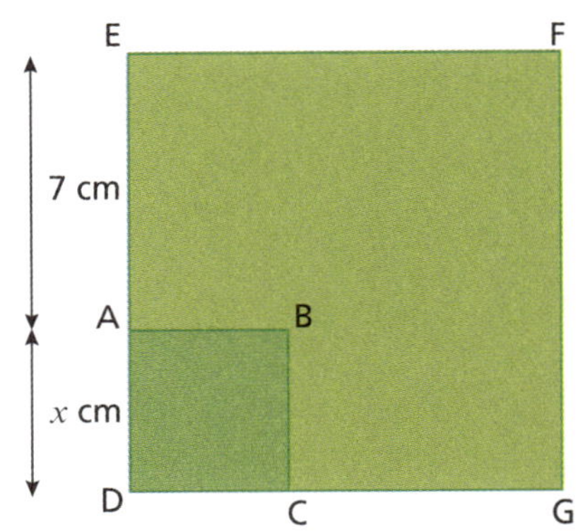

....

....

....

4 ★★★ Résolution de problème

On dispose d'un grand ballon que l'on entoure d'une corde selon un grand cercle. On rallonge cette corde de 1 mètre. Et on dispose la corde autour du ballon en la maintenant à une distance régulière. À quelle distance du ballon se trouve la corde ?

....

....

....

Auto évaluation Très bien ☐ Bien ☐ Pas assez bien ☐

20 Notion de fonction : définitions, vocabulaire, notations

→ Corrigés p. VI

Observer et retenir

■ Le prix payé dans un taxi se décompose en deux parties : la prise en charge (somme à payer quel que soit le nombre de km effectués) d'un montant de 3,50 €, puis une somme proportionnelle au nombre de km parcourus qui est d'1,20 € par km parcouru. Un compteur affiche le prix à payer en fonction du nombre de km parcourus.

Nombre de km	1,5	2	3	7	9,5
Prix à payer en €	5,30	5,90	7,10	11,90	14,90

Ceci est un **tableau de valeurs**.

■ Une **fonction** est un processus mathématique qui transforme **un nombre en un autre nombre**.

- La fonction p sera définie par le processus suivant : au nombre x, on associe le nombre $3{,}5 + 1{,}2 \times x$.
$p : x$ ∞ $3{,}5 + 1{,}2 \times x$. **Ex. :** $p : 7$ ∞ $11{,}90$.
- On peut écrire la même chose de façon équivalente ainsi :
p est la fonction définie par $p(x) = 3{,}5 + 1{,}2 \times x$. **Ex. :** $p(7) = 11{,}90$.

Attention
Dans cette écriture, le rôle des parenthèses n'a plus le même sens que dans l'écriture d'une expression de calcul algébrique, comme lorsque l'on écrit $4(5 + 2)^2$ ou $(x - 7)(3x + 1)$.

■ Pour une fonction et un nombre x, le nombre qui est associé à x selon le processus de la fonction est appelé **l'image** de x par la fonction p. Le nombre x est appelé la **variable**.

Exemple Si l'on reprend les informations précédentes, l'image de 7 par la fonction p est 11,90.
Le nombre qui a pour image 14,90 est 9,5. On dit que 9,5 est **l'antécédent** de 14,90 par la fonction p.

Remarque
Pour une fonction donnée, un nombre a une seule image, mais il peut avoir plusieurs antécédents.

S'entraîner

1 ★ Écrivez en utilisant les notations vues ci-dessus.

1. La fonction f définie par le programme : « associer le triple d'un nombre et additionner 4 au résultat » :

....

Quelle est l'image de – 8 ? ....

2. La fonction g définie par le programme : « additionner 4 au nombre, puis prendre le triple du résultat » :

....

Quelle est l'image de – 8 ? ....

3. La fonction k définie par le programme : « associer l'opposé du carré du nombre x » : ....

Déterminez les antécédents de – 49. ....

4. La fonction h définie par le programme « additionner 3 au nombre, multiplier le résultat par 2, soustraire le double du nombre de départ » :

a. Quelle est l'image de 7 ? de – 3 ? de 6 ? ....

b. Quelle conjecture pouvez-vous faire ? Démontrez-la.

2 ★★ Voici un tableau dans lequel on lit la température en un lieu en fonction de l'heure de la journée.

Heure	0	2	5	7	10	14	16	19	22
Température en °C	2	–5	–4	–1	2	10	11	5	3

Dans ce cas, la fonction t, qui à une heure de la journée associe la température en °C, n'est pas connue à partir d'un processus de calcul.

1. En lisant le tableau de valeurs :

Quelle température faisait-il à 10 h ? ....

Quand la température a-t-elle été de 2°C ? ....

De 10°C ? ....

2. Complétez les égalités suivantes : $t(10)$ = ...

et donc l'image de .... est ....

Quel nombre a la même image que 10 ? ....

3. Quel nombre a pour image 10 par la fonction t ? Rédigez une phrase avec le mot « antécédent ».

Auto évaluation Très bien ☐ Bien ☐ Pas assez bien ☐

21 Notion de fonction : représentation graphique

→ Corrigés p. VI

Observer et retenir

■ Voici une courbe représentant la température au cours d'une journée :

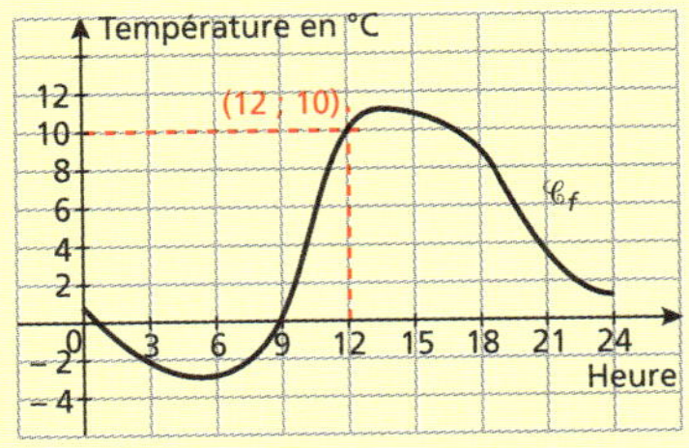

Le point de la courbe de coordonnées (12 ; 10) a pour abscisse 12 et pour ordonnée 10. À 12 heures, il fait 10 °C.

■ Une fonction est représentée par **une courbe** dans un repère du plan. La courbe est constituée de tous les points de coordonnées $(x\,;f(x))$.

Exemple

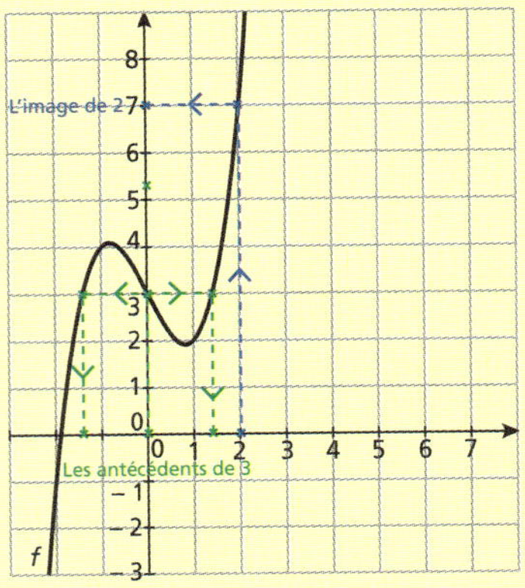

- Pour lire l'image de 2 par la fonction f représentée ci-contre :
  – on repère 2 sur l'axe des abscisses.
  – on identifie le point de la courbe qui a pour abscisse 2.
  – on lit l'ordonnée de ce point : c'est l'image de 2. $f(2) = 7$.
- Pour lire les antécédents de 3 par cette fonction :
  – on repère 3 sur l'axe des ordonnées.
  – on cherche les points de la courbe qui ont 3 pour ordonnée.
  – on lit les abscisses de ces points.
  3 a trois antécédents : 0, environ – 1,4 et environ 1,4.

S'entraîner

1 ★ En vacances, Jules participe à une croisière.

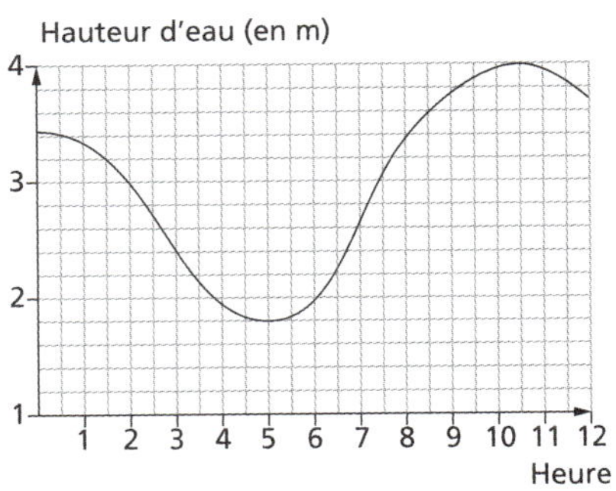

Le graphique ci-contre décrit les variations de la hauteur d'eau dans un port en fonction de l'heure de la matinée.

1. Le voilier ne peut pas sortir du port si la hauteur d'eau est inférieure à 3,20 m. Quand le voilier ne peut-il pas sortir du port ? ....

2. Le skipper du voilier décide de partir lorsque la hauteur d'eau est maximale. À quelle heure va-t-il partir ? Quelle est alors la hauteur d'eau dans le port ? ....

3. h est la fonction qui à une heure de la matinée associe la hauteur d'eau dans le port.

Quelle est l'image de 6,5 par la fonction h ?

Interprétez. ....

Quels sont les antécédents de 3,8 par la fonction h ?

Interprétez. ....

2 ★ Une boîte est fabriquée dans une plaque de carton carrée. On découpe les carrés de côté x cm et on plie le long des pointillés.

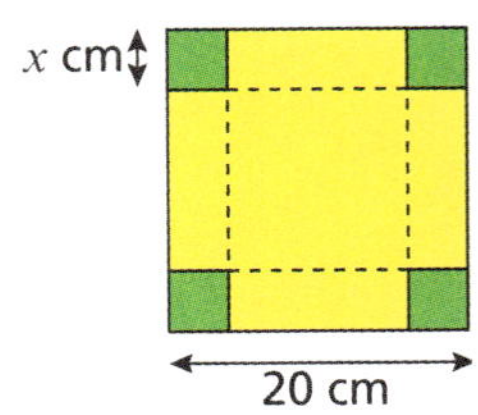

Exprimez le volume $V(x)$ de la boîte en fonction de x.

Complétez le tableau de valeurs :

x en cm	0	1	2	3	4	5	6	7	8	9	10
$V(x)$ en cm³											

Représentez graphiquement le volume de la boîte en fonction de x.

Auto évaluation : Très bien ☐ Bien ☐ Pas assez bien ☐

22 Fonction linéaire : définitions

→ Corrigés p. VII

Observer et retenir

■ a étant un nombre donné, la **fonction linéaire de coefficient a** est la fonction qui, au nombre x quelconque, associe le nombre $a \times x$.
On note : $f(x) = a \times x$.
Pour déterminer l'image du nombre x, on multiplie ce nombre par le coefficient a.
Autrement dit, une fonction linéaire est une **machine à multiplier**.

Exemple Considérons un carré de côté x et son périmètre P(x). On a donc P(x) = 4x.
Et le tableau de valeurs suivant :

x en cm	1,5	2	3,5	4,2	7
P(x) en cm	6	8	14	16,8	28

Ce tableau est un tableau de proportionnalité, son coefficient est 4.

Ici P est une fonction linéaire, son coefficient est 4.

■ Un tableau de valeurs associé à une fonction linéaire est un **tableau de proportionnalité**.

■ Une situation peut être modélisée par une fonction linéaire :

- quand une quantité augmente de t % : $\text{valeur}_{\text{finale}} = \left(1 + \frac{t}{100}\right) \times \text{valeur}_{\text{initiale}}$.
- quand une quantité diminue de t % : $\text{valeur}_{\text{finale}} = \left(1 - \frac{t}{100}\right) \times \text{valeur}_{\text{initiale}}$.

Exemple En période de soldes, si les prix sont réduits de 35 %, $\text{prix}_{\text{soldé}} = \left(1 - \frac{35}{100}\right) \times \text{prix}_{\text{avant soldes}}$.
Pour une raquette de tennis affichée avant les soldes à 90 €, son prix soldé est 0,65 × 90 = 58,50 €.

S'entraîner

1 ★ **On considère la fonction linéaire de coefficient 0,4.**

1. On note cette fonction : $x \infty$ ...... x.
2. Calculez l'image de chacun des nombres suivants : -1 ; 2 ; 25 ; $\frac{7}{3}$; -2 ; $\sqrt{3}$; 0 et 0,003.

....

....

3. Quel est le nombre qui a pour image 30 ? ....
4. Quel est le nombre dont l'image est – 5 ? ....

2 ★★ **Au 1er juillet, les prix dans les transports ont augmenté de 2 %.**
En juin, un billet de train Paris-Marseille coûtait 58 €.
Combien le paiera-t-on après le 1er juillet ?

....

3 ★★ **Dans une station-service, le prix de l'essence est de 1,08 € le litre.**

1. Le prix payé dépend de ....
2. La fonction f, qui, au volume d'essence acheté, associe le prix à payer est-elle une fonction linéaire ? Justifiez.

....

....

3. Quel est le prix de 45 L d'essence ? ....
Traduisez ce résultat par f(......) = ...
4. Combien de litres d'essence a-t-on achetés si on paie 64,80 € ? ....

....

Traduisez ce résultat par f(......) = ...

Auto évaluation Très bien ☐ Bien ☐ Pas assez bien ☐

23 Fonction linéaire : calcul d'image, calcul d'antécédent

→ Corrigés p. VII

Observer et retenir

■ Pour calculer l'image d'un nombre par une fonction linéaire de coefficient a, on multiplie ce nombre par a.
f étant la fonction linéaire de coefficient a, et x un nombre quelconque, $f(x) = a \times x$.
L'image du nombre x est le produit $a \times x$.

Exemple Dans la fiche 22, P est la fonction linéaire de coefficient 4.
L'image de 3,5 est $4 \times 3{,}5$.
On écrit $P(3{,}5) = 4 \times 3{,}5$. $P(3{,}5) = 14$. L'image de 3,5 est 14.

> **Remarque**
> L'image de 0 par une fonction linéaire est égale à 0.

■ Pour calculer l'antécédent d'un nombre par une fonction linéaire de coefficient a non nul, on divise ce nombre par le coefficient a.

Exemple Calcul de l'antécédent de 11 par la fonction P : on cherche le nombre x tel que $4x = 11$ (c'est une équation), donc $x = \frac{11}{4}$; soit $x = 2{,}75$. L'antécédent de 11 par la fonction P est 2,75.

■ Le calcul de l'image d'un nombre ou le calcul de l'antécédent d'un nombre par une fonction linéaire reviennent à compléter le tableau de proportionnalité ci-contre connaissant son coefficient de proportionnalité : 4.

x	3,5	?
$P(x)$	?	11

(× 4)

■ Un nombre non nul étant donné ainsi que son image, le coefficient de la fonction linéaire est le quotient de l'image du nombre par le nombre.

S'entraîner

1 ★ On considère la fonction linéaire f de coefficient – 5.

1. $f(4{,}5)$ désigne .... de 4,5.
2. $f(-2)$ = ... $\times (-2)$.
3. Calculez $f(1{,}5)$. $f(1{,}5)$ = ... = ...
4. Calculez l'antécédent de 12. ....

2 ★★ On considère la fonction linéaire h telle que : $h(8) = -3$.

1. Déterminez le coefficient de la fonction linéaire h.

....

2. Calculez $h(-2)$; $h(0)$; $h\left(\frac{2}{3}\right)$; $h(80)$ et $h(5)$.

....

....

3. Calculez l'antécédent de – 9.

....

4. Complétez un tableau de valeurs à partir de toutes les questions de l'exercice.

3 ★★★ Un commerçant solde avec 15 % de réduction le stock de vêtements de son magasin.

1. La variable x représente le prix d'un vêtement avant réduction. On désigne par $p(x)$ le prix du vêtement après la réduction. Exprimez $p(x)$ en fonction de x.

....

2. p est la fonction linéaire de coefficient ....
3. Un blouson coûte 70 € avant la réduction. Quel est son prix après la réduction ?
4. Un sweat-shirt coûte 51 € après la réduction. Quel était son prix avant la réduction ?

4 ★★★ Pendant une balade à vélo, je me déplace à la vitesse de 5 m/s

1. Si x désigne la durée en secondes et $d(x)$ la distance parcourue en m pendant x secondes, exprimer $d(x)$ en fonction de x.
2. Calculer $d(180)$ et interpréter ce résultat.

Auto évaluation Très bien ☐ Bien ☐ Pas assez bien ☐

24 Fonction linéaire : représentation graphique

→ Corrigés p. VII

Observer et retenir

■ La représentation graphique d'une fonction linéaire de coefficient a dans un repère est une **droite** passant par l'**origine du repère**.

Méthode **Comment tracer la représentation graphique d'une fonction linéaire ?**
Il suffit de déterminer les coordonnées d'un point de la droite autre que l'origine. Pour cela, il faut connaître l'image d'un nombre non nul (soit en le calculant, soit d'après les informations données).
Le nombre a est appelé le **coefficient directeur de la droite**.

Exemple g est la fonction définie par $g(x) = -0{,}5x$.
Pour $x = 7$, $g(7) = -0{,}5 \times 7 = -3{,}5$. L'image de 7 est $-3{,}5$.
La représentation graphique de g est la droite passant par l'origine du repère et le point A de coordonnées $(7\,;\,-3{,}5)$.

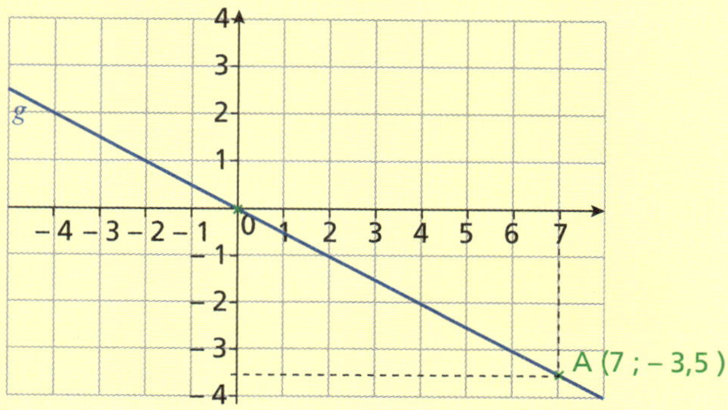

S'entraîner

1 ★ **Représentez, dans un même repère, les fonctions linéaires f, g et h définies par :**
$f(x) = 3x$; $g(x) = -1{,}5x$ et $h(x) = 4{,}5x$.
Quel lien y a-t-il entre les positions des droites et leur coefficient directeur ?

2 ★★ **Le bar et le PSI (*Pound per Square Inch* ou livre par pouce carré) sont deux unités utilisées pour mesurer la pression.**
Le graphique ci-contre représente la relation entre ces deux unités.
Avant de partir en vacances en Grande-Bretagne en voiture, je consulte le manuel d'entretien de mon véhicule et lis que la pression conseillée pour les pneus est de 2,5 bars.

1. À l'aide d'une lecture graphique : en me rendant dans une station-service en Angleterre, sur quelle pression en PSI vais-je régler l'appareil pour vérifier la pression des pneus de mon véhicule ?

2. Pourquoi la mesure de la pression en PSI est-elle une fonction linéaire de la mesure de la pression en bar ?

3. Quel est le coefficient de cette fonction linéaire ?
La variable x désigne la mesure de la pression en bar, exprimez en fonction de x la mesure de la pression $P(x)$ en PSI.

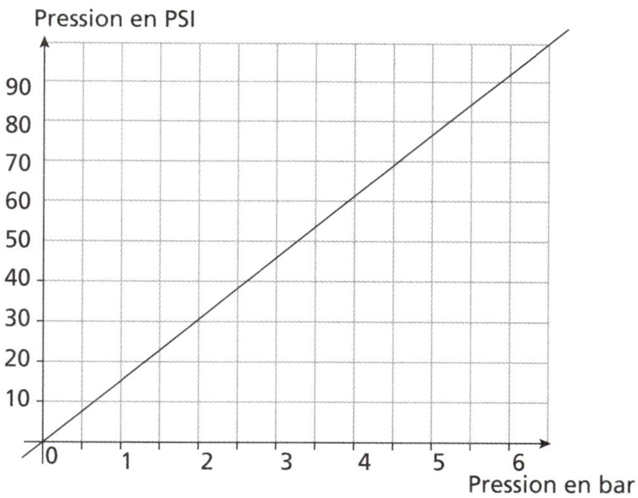

$P(x) =$ ....
....
....

Auto évaluation Très bien ☐ Bien ☐ Pas assez bien ☐

25 Fonction affine : définitions

→ Corrigés p. VIII

Observer et retenir

■ Dans la fiche 20, le prix payé pour un transport en taxi de x km est $1{,}2x + 3{,}5$.
p est la fonction définie par $p(x) = 1{,}2x + 3{,}5$.

• a et b, étant deux nombres donnés, la **fonction affine** f définie par les nombres a et b, est la fonction qui, à un nombre x, fait correspondre le nombre $ax + b$.
Donc $f(x) = ax + b$.
Exemple p est une fonction affine avec $a = 1{,}2$ et $b = 3{,}5$.
Autrement dit, une fonction affine est un processus qui serait le programme de calcul suivant : pour un nombre de départ, multiplier ce nombre par a, puis additionner b au résultat obtenu.

Remarques
• Une fonction linéaire est une fonction affine particulière avec $b = 0$.
• Quand $a = 0$, tous les nombres ont la même image qui est le nombre b. On dit que la fonction est une **fonction constante**.

S'entraîner

1 ★ Parmi les fonctions suivantes, quelles sont celles qui sont linéaires, affines, constantes ou « autres » ?
f, g, h, k, m, p définies par : $f(x) = 4x - 9$.
$g(x) = x(2x - 3) - 2x^2$; $h(x) = 3x^2 + 1$; $k(x) = 5(3x + 2) - 8$;
$m(x) = \dfrac{1}{2x+3} + 6$; $p(x) = -1$.

....

....

2 ★★ Une piscine municipale propose trois tarifs pour la saison scolaire :
– Tarif A : 6 € l'entrée
– Tarif B : achat d'une carte à 25 €, puis 2,50 € l'entrée
– Tarif C : 90 € pour l'accès illimité à la piscine

P_A, P_B et P_C sont les trois fonctions qui modélisent ces trois tarifs pour exprimer le prix à payer en fonction du nombre d'entrées x.

1. Exprimez $P_A(x)$, $P_B(x)$ et $P_C(x)$ en fonction de x.

....

2. Dites, pour chacun des cas, de quel type de fonction il s'agit.

....

3. Le prix payé est-il proportionnel au nombre d'entrées ?

....

3 ★★ Sur une facture de gaz, le montant à payer tient compte de l'abonnement annuel et du prix correspondant au nombre de kilowattheures (kWh) consommés. Deux fournisseurs proposent les tarifs suivants :
– Tarif A : abonnement annuel 202,13 €, prix du kWh : 0,0609 €
– Tarif B : abonnement annuel 258,39 €, prix du kWh : 0,0574 €.
En 2016, une famille a consommé 17 500 kWh. Le montant annuel de sa facture était de 1 268,18 €.

1. Quel est le tarif souscrit par cette famille ?

2. En 2017, cette famille a gardé le même fournisseur mais sa consommation en kWh a diminué de 20 % par rapport à celle de 2016.
a. Déterminez le nombre de kWh consommés en 2017.
b. Quel est le montant des économies réalisées par la famille entre 2016 et 2017 ?

4 ★★ Pour un homme adulte dont la taille en cm est x, la formule dite « de Lorentz », donne son poids idéal en kg à partir de la fonction P définie par $P(x) = x - 100 - \dfrac{x - 150}{4}$.

1. P est-elle une fonction affine ?
2. Quel est selon cette formule le poids idéal d'un homme adulte de : 1,80 m ?

Auto évaluation Très bien ☐ Bien ☐ Pas assez bien ☐

26 Fonction affine : calcul d'image, calcul d'antécédent

→ Corrigés p. VIII

Observer et retenir

■ Pour calculer l'**image** d'un nombre par une fonction affine définie par $f(x) = a \times x + b$, on calcule la valeur de l'expression $ax + b$ après avoir remplacé x par ce nombre.

Exemple Dans la fiche 25, P_B est la fonction affine définie par $P_B(x) = 2{,}5x + 25$. L'image de 12 est $2{,}5 \times 12 + 25 = 55$. On écrit $P_B(12) = 55$.

Remarque
L'image de 0 par une fonction affine définie par $f(x) = ax + b$ est égale à b.

■ Pour déterminer l'**antécédent** d'un nombre par une fonction affine définie par $f(x) = ax + b$ avec $a \neq 0$, on cherche la valeur de x pour laquelle l'expression $ax + b$ est égale à ce nombre (on résout donc une équation).

Exemple Quel est l'antécédent de 40 par P_B ? On cherche le nombre x pour lequel $P_B(x) = 40$.

$2{,}5x + 25 = 40$ (équation d'inconnue x) ; $x = \dfrac{40 - 25}{2{,}5}$; soit $x = 6$. L'antécédent de 40 est 6. On écrit $P_B(6) = 40$.

Ce qui dans la situation, s'interprète ainsi : si on a payé 40 €, le nombre d'entrées est de 6.

S'entraîner

1 ★ f et g sont les fonctions définies par $f(x) = -1{,}5x + 4$ et $g(x) = 3x - 2$.

1. Donnez les valeurs de $f(0)$ et $g(0)$: ....
2. Calculez l'image de 3 par la fonction f.
3. Calculez l'image de – 5 par la fonction g.
4. Calculez l'antécédent de 10 par l'une des deux fonctions au choix.

2 ★★ Tableur et fonctions

B3 | f_x =3*B1*B1-9*B1-7

	A	B	C	D	E	F	G	H
1	x	-3	-2	-1	0	1	2	3
2	f(x)=6x	-18	-12	-6	0	6	12	18
3	g(x)=3x²-9x-7	47	23	5	-7	-13	-13	-7
4	h(x)=5x-7	-22	-17	-12	-7	-2	3	8

Lou a construit un tableau de valeurs à l'aide d'un tableur pour trois fonctions f, g et h.

$f(x) = 6x$ et $h(x) = 5x - 7$

1. D'après le document, l'image de – 2 par f est ......
2. Calculez $h(-1)$. Vérifiez dans le document.
3. Calculez l'image de 4 par la fonction h.
4. Écrivez une phrase avec le mot « image » ou le mot « antécédent » à partir de l'égalité : $h(-2) = -17$.
5. À l'aide de la formule saisie dans la cellule B2, exprimez $g(x)$ en fonction de x. ....
6. f, g et h sont-elles des fonctions affines ? ....
7. Quelle formule a été saisie dans la cellule B4 ?

3 ★★ Degré Fahrenheit, degré Celsius

La température T_F en degrés Fahrenheit s'écrit en fonction de la température T_C en degrés Celsius à l'aide de la formule : $T_F = 1{,}8\ T_C + 32$, ce qui correspond à introduire une fonction affine définie par : $f(x) = 1{,}8x + 32$ où x est la température en degrés Celsius et $f(x)$ celle en degrés Fahrenheit.

1. Si en France, un malade a 40 de fièvre, calculez à quelle température en degrés Fahrenheit cela correspond.

....

2. Quelle est l'image de 0 par la fonction f ? À quelle température en degré Fahrenheit l'eau gèle-t-elle ?

....

3. Quel est l'antécédent de 57 par la fonction f ? Aujourd'hui la température à San Francisco est de 57 °F. À quoi cela correspond-il en °C ? (Arrondir à l'unité.)

....

Auto évaluation — Très bien ☐ Bien ☐ Pas assez bien ☐

27 Fonction affine : représentation graphique

→ Corrigés p.VIII

Observer et retenir

■ La représentation graphique dans un repère d'une fonction affine définie par $f(x) = ax + b$ est une **droite**.

Exemple
Le prix à payer pour le transport en taxi :
$p(x) = 1{,}2x + 3{,}5$.

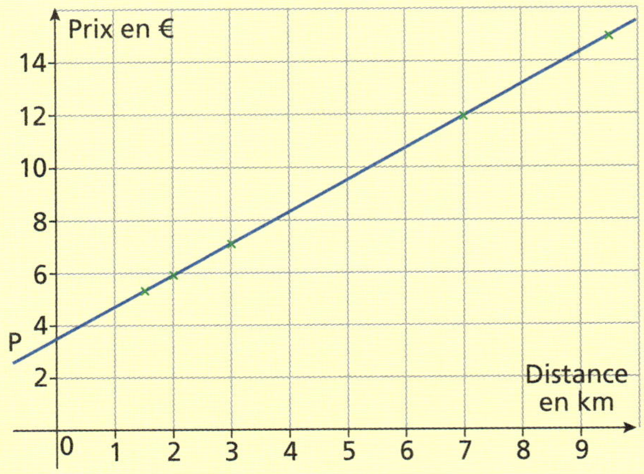

Méthode **Comment tracer la représentation graphique d'une fonction affine ?**
Il suffit de déterminer les coordonnées de deux points de la droite. Pour cela, il faut connaître l'image de deux nombres non nuls (soit en les calculant, soit d'après les informations données).

■ Le nombre a est appelé le **coefficient directeur de la droite**.

Exemple h est la fonction affine définie par $h(x) = 2x - 7$
Pour $x = 0$, $h(0) = -7$. L'image de 0 est – 7.
Pour $x = 4$, $h(4) = 1$. L'image de 4 est 1.
La représentation graphique de h est la droite passant par le point A de coordonnées (0 ; – 7) et le point B(4 ; 1).
Pour cette fonction, $a = 2$, c'est le coefficient directeur de la droite qui représente la fonction h.

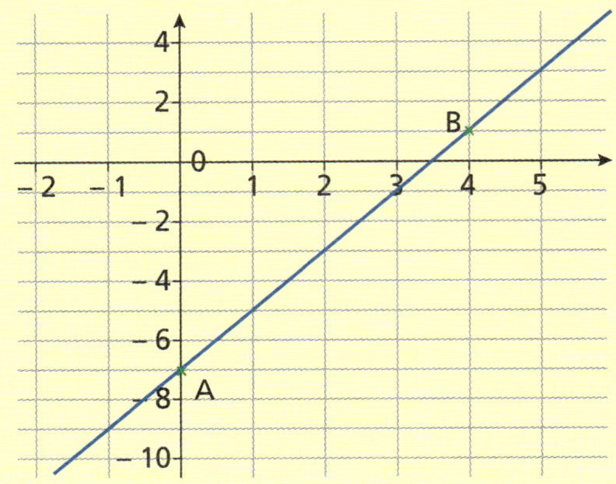

S'entraîner

1 ★★ **Les élèves de 3e A décident de vendre des croissants à domicile pour financer leur voyage de fin d'année. Le montant facturé comprend le prix de la marchandise auquel s'ajoute une somme fixe pour la livraison. On sait que 4 croissants livrés coûtent 6,50 € et 10 croissants livrés 12,50 €.**
Le prix facturé est une fonction affine f du nombre x de croissants.

1. Tracez la représentation graphique de cette fonction f, sans faire de calcul.
(Nombre de croissants en abscisse : 1 cm par croissant et prix en ordonnée : 1 cm pour 1 €).

2. Par lecture graphique, déterminez le prix de 12 croissants livrés et le montant de la livraison.

3. Déterminez la fonction affine f et retrouvez par le calcul le prix des 12 croissants, livraison comprise.

2 ★★★ **Détermination du prix de vente d'un jeu vidéo.**
Avant le lancement d'un nouveau jeu vidéo, une enquête a montré que la demande en milliers d'articles, en fonction du prix x du jeu en €, est définie par $d(x) = -0{,}75x + 45$. L'éditeur du jeu peut produire un nombre de jeux en milliers d'articles défini par $N(x) = 0{,}5x - 5$ (x étant le prix du jeu en €).

1. Représentez dans un même repère les fonctions d et N.

2. L'éditeur fixe le prix du jeu en prenant le prix pour lequel le nombre d'exemplaires du jeu produit est égal à la demande. Déterminez graphiquement ce prix. Interprétez cette réponse.

3. Retrouvez ce résultat par le calcul.

Auto évaluation Très bien ☐ Bien ☐ Pas assez bien ☐

28 Fonction affine : proportionnalité des accroissements

→ Corrigés p. IX

Observer et retenir

f étant une fonction affine définie par $f(x) = ax + b$, x_1 et x_2 étant deux nombres quelconques, $f(x_1)$ et $f(x_2)$ leurs images respectives, l'**accroissement** de $f(x_2) - f(x_1)$ est **proportionnel** à l'accroissement de $x_2 - x_1$.

Cela signifie que le quotient $\frac{f(x_2) - f(x_1)}{x_2 - x_1}$ est **constant**. Ce quotient est égal au coefficient a.

Exemple Le prix à payer pour le transport en taxi $p(x) = 1{,}2x + 3{,}5$.

Distance x en km	1,5	2	3	7	9,5
$p(x)$ Prix à payer en €	5,30	5,90	7,10	11,90	14,90

Accroissement de la distance	2 – 1,5 = 0,5	7 – 3 = 4	9,5 – 2 = 7,5
Accroissement du prix payé	5,9 – 5,3 = 0,6	11,9 – 7,1 = 4,8	14,9 – 5,9 = 9
Quotient	$\frac{0,6}{0,5} = 1,2$	$\frac{4,8}{4} = 1,2$	$\frac{9}{7,5} = 1,2$

Remarque
En utilisant ce rapport, on peut déterminer par calcul ou par lecture graphique la valeur de a, le **coefficient de linéarité** de la fonction affine.

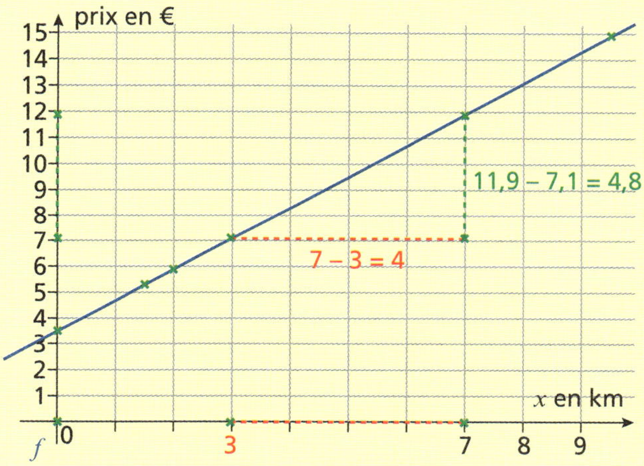

- Ces quotients sont égaux au nombre a : $a = 1{,}2$.
- Le nombre b est l'ordonnée du point d'intersection de la droite et de l'axe des ordonnées.

S'entraîner

1 ★ Reprenez l'exercice 1 de la fiche 27.
Détermination du modèle de facturation.

Le montant facturé comprend le prix de la marchandise auquel s'ajoute une somme fixe pour la livraison. On sait que 4 croissants livrés coûtent 6,50 € et 10 croissants livrés 12,50 €.

Le prix facturé est une fonction affine f du nombre x de croissants.

1. f étant définie par $f(x) = ax + b$, interprétez $f(0)$ dans la situation.

....

À partir du graphique, réalisé pour l'exercice 1 de la fiche 27, déterminez la valeur de b.

....

2. Calculez le quotient $\frac{12,5 - 6,5}{10 - 4}$ = ...

Que représente ce quotient ? ....

Exprimez alors $f(x)$. ....

....

2 ★★★ Détermination d'une fonction affine

g est une fonction définie par $g(x) = ax + b$ telle que $g(-2) = 5$ et $g(3) = 2$.

1. Déterminez les valeurs de a et b par calcul.

....

2. Représentez la fonction g dans un repère et vérifiez les réponses de la question 1.

Auto évaluation Très bien ☐ Bien ☐ Pas assez bien ☐

29 Fonctions : leur utilisation pour résoudre des problèmes

→ Corrigés p.IX

Observer et retenir

- Les fonctions sont des outils mathématiques qui permettent de modéliser des situations.
- En 3e, on découvre les cas particuliers de fonctions qui sont les fonctions **linéaires** et les fonctions **affines**.

Cette découverte des fonctions sera prolongée dans la suite de la scolarité.

S'entraîner

1 ★ Un vase cylindrique représenté ci-contre a une aire de base égale à 16 cm² et une hauteur égale à 20 cm.

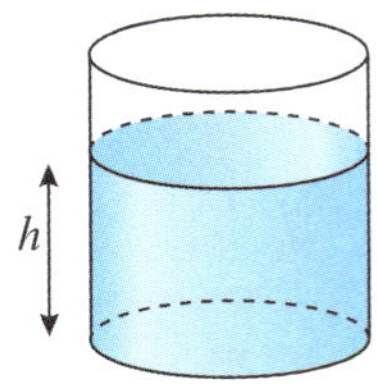

1. Ce vase peut-il contenir un demi-litre d'eau sans que l'eau ne déborde ? Justifiez votre réponse.

> **Rappel**
> Volume cylindre = aire base × hauteur.

2. On fait varier la quantité d'eau versée dans le bocal. Parmi les graphiques ci-dessous, lequel représente le volume V(h) de l'eau en fonction de la hauteur h d'eau versée ?

a.

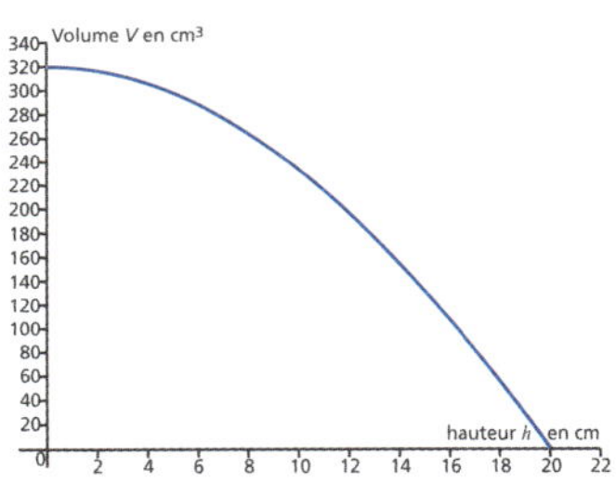

b.

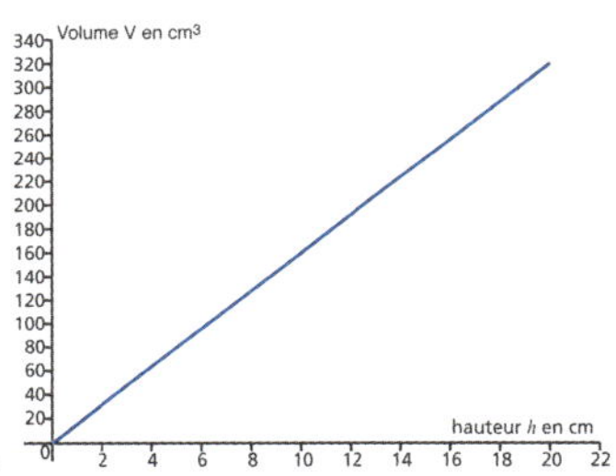

c.

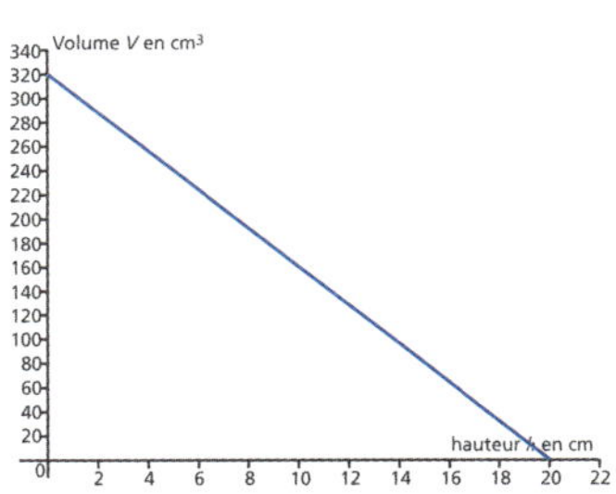

d.

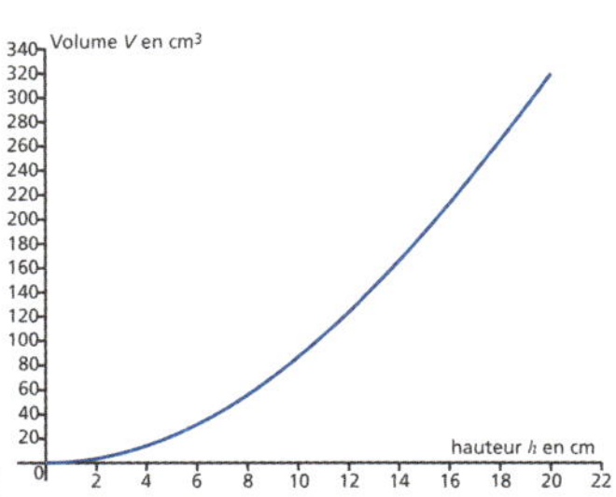

2 ★★ Télévision par internet

Le débit d'une connexion internet varie en fonction de la distance du modem par rapport au central téléphonique le plus proche. On a représenté ci-après la fonction qui, à la distance du modem au central téléphonique (en km), associe son débit théorique (en mégabits par seconde).

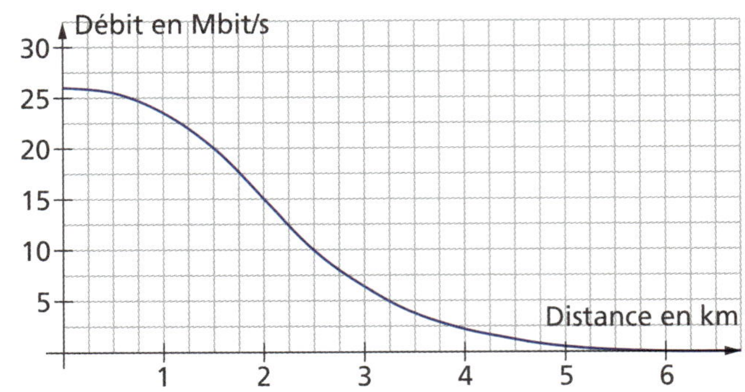

1. Marie habite à 2,5 km d'un central téléphonique. Quel débit de connexion obtient-elle ?

2. Paul obtient un débit de 20 Mbits/s. À quelle distance du central téléphonique habite-t-il ?

3. Pour pouvoir recevoir la télévision par internet, le débit doit être au moins de 15 Mbits/s. À quelle distance maximale du central doit-on habiter pour pouvoir recevoir la télévision par internet ?

3 ★★★ Reprenez l'exercice 2 de la fiche 25 : les trois tarifs d'une piscine municipale.

P_A, P_B et P_C sont les trois fonctions qui modélisent ces trois tarifs pour exprimer le prix à payer en fonction du nombre d'entrées x. D'après la fiche 25, $P_A(x) = 6x$, $P_B(x) = 2{,}5x + 25$ et $P_C(x) = 90$.

1. Représentez les trois fonctions dans un même repère.

2. Utilisez ces représentations graphiques pour aider Mathurin à choisir le tarif le plus avantageux pour lui selon le nombre de fois où il ira à la piscine.

3. Retrouvez la réponse par calcul.

Auto évaluation Très bien ☐ Bien ☐ Pas assez bien ☐

30 Statistiques : listes, tableaux

→ Corrigés p. IX

Observer et retenir

■ La **population statistique** est l'ensemble des individus sur lesquels porte l'étude statistique.
La variable statistique, ou **caractère**, est la particularité, la propriété que l'on étudie.
L'ensemble des résultats s'appelle **série statistique**.
L'**effectif total** de la population statistique est le nombre d'individus de l'ensemble de cette population.
L'**effectif** associé à une valeur de la variable est le nombre d'individus qui vérifient cette valeur.
La **moyenne d'une série statistique** est le quotient de la somme de toutes les données par l'effectif total.

Exemple À un groupe de 120 adolescents, on pose la question « quelle est votre taille ? »
Population : les adolescents interrogés ; caractère : taille en cm ; effectif total : 120 ; effectif de 174 : le nombre d'adolescents mesurant 174 cm.

■ On peut présenter les données d'une série statistique sous forme de liste, de tableau ou de diagramme.

S'entraîner

1 ★ Pluviométrie à Toulouse et Marseille

Les diagrammes de pluviométrie annuelle.

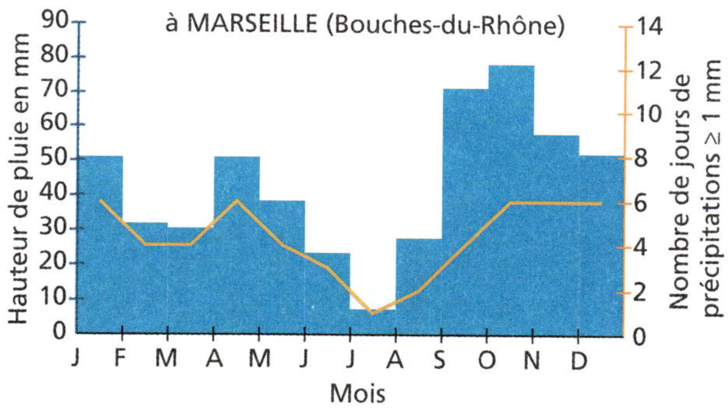

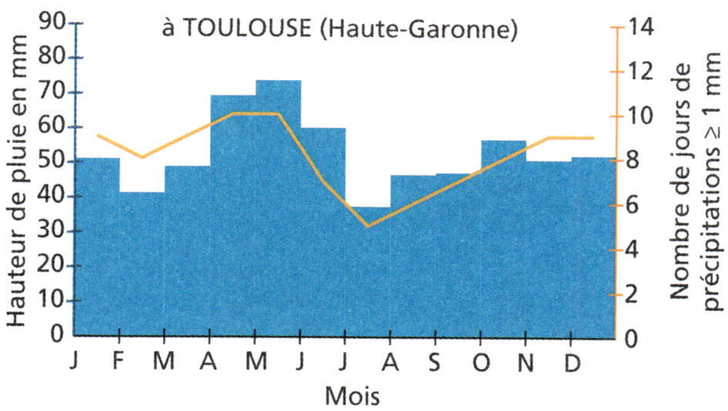

1. Pour ces deux villes, quel est le caractère étudié par le diagramme à barres ? par la courbe ? ....

2. Calculez la hauteur de précipitations annuelle pour Marseille et pour Toulouse. ....

3. Quelle est la moyenne annuelle des précipitations à Marseille ? à Toulouse ? ....

4. Les deux villes ont-elles le même type de pluviométrie ? ....

2 ★ Une course automobile consiste à effectuer le plus grand nombre de tours d'un circuit en 3 heures. Voici le résultat de la course.

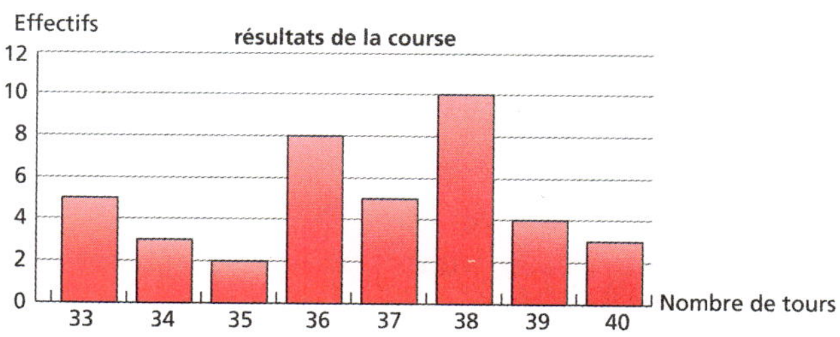

1. Présentez les résultats sous forme de tableau.

2. Calculez le nombre moyen de tours de circuit effectués par les participants à cette course.

....

3. Parmi les participants, quel pourcentage représente les coureurs qui ont effectué 37 tours ?

....

3 ★★★ Nadia et Rémi ont joué sept parties de fléchettes, voici leurs scores :

Partie	1	2	3	4	5	6	7
Rémi	40	35	85	67	28	74	28
Nadia	12	62	7	100	81	....	30

1. Calculez le nombre moyen de points obtenus par Rémi. Interprétez.

2. Nadia a obtenu en moyenne 51 points par partie. Calculez son score de la 6ᵉ partie.

Auto évaluation Très bien ☐ Bien ☐ Pas assez bien ☐

31 Statistiques : regroupement en classes

→ Corrigés p.X

Observer et retenir

Quand les données d'une série statistique ont des valeurs très différentes, il est commode de les **regrouper en classes** pour pouvoir analyser la série statistique. Les données pourront être recueillies dans un tableau. On les représentera dans un diagramme qui sera un **histogramme**.

Méthode Pour calculer la **moyenne** d'une série, on considère qu'une classe donnée sera représentée, dans le calcul, par son centre, et on utilise le centre de la classe pour calculer la moyenne pondérée par les effectifs. On obtient une valeur approchée de la moyenne réelle.

Exemple Répartition des salaires d'une entreprise de 40 personnes.

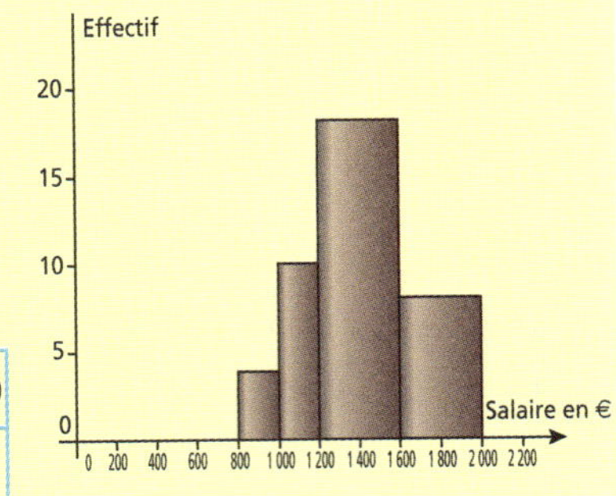

Salaire S en €	$800 \leqslant S < 1\,000$	$1\,000 \leqslant S < 1\,200$	$1\,200 \leqslant S < 1\,600$	$1\,600 \leqslant S < 2\,000$
Effectif	4	10	18	8

Le salaire moyen dans l'entreprise est : $\dfrac{4 \times 900 + 10 \times 1\,100 + 18 \times 1\,400 + 8 \times 1\,800}{40} = 1\,355$ €.

S'entraîner

1 ★ **Pour tester la qualité de production d'un nouveau modèle de fauteuils, on prélève au hasard 100 fauteuils à la sortie de la chaîne de montage pendant une semaine. Des robots munis de pistons hydroélectriques exercent des pressions répétées sur chacun de ces fauteuils jusqu'à ce qu'ils soient détériorés. Le laboratoire de test a rendu le rapport suivant :**

Durée de vie d en centaines d'heures	$0 \leqslant d < 1$	$1 \leqslant d < 2$	$2 \leqslant d < 3$	$3 \leqslant d < 4$	$4 \leqslant d < 5$
Nombre de fauteuils	13	38	40	4	5

1. Calculez la durée de vie moyenne d'un fauteuil lors du test.

....

....

2. Le fabricant souhaite qu'au moins la moitié des fauteuils dépasse 200 heures.

Est-ce le cas des fauteuils testés ?

....

2 ★★ **Les durées en secondes des communications d'un standard téléphonique pendant une journée sont regroupées en classe de même amplitude.**

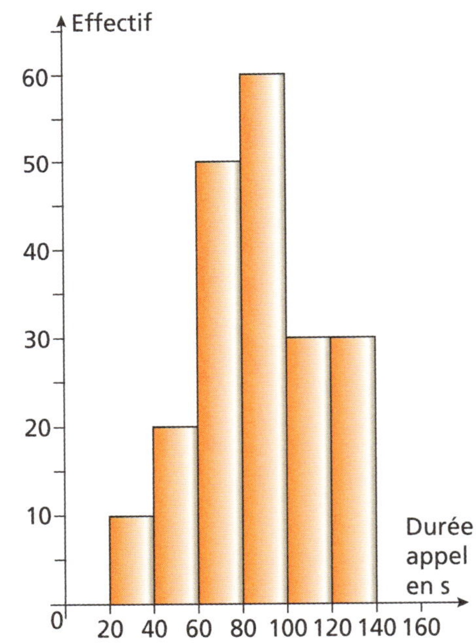

1. À l'aide de l'histogramme, dites :
– combien d'appels ont été enregistrés dans ce standard téléphonique ce jour-là ;
– l'amplitude d'une classe ;
– le centre de la première classe ;
– le nombre de communications qui dépassent une minute.

2. Calculez la durée moyenne d'un appel de ce jour.

Auto évaluation Très bien ☐ Bien ☐ Pas assez bien ☐

cahier jour soir

Corrigés

NOMBRES ET CALCULS

1 Division euclidienne — p. 4

1 345 = 74 × 4 + 49 ; 6 675 = 89 × 75 + 0.

2 $q = 6$ et $r = 13$.

3 360 = 22 × 16 + 8. Il faudra 17 étagères dont 16 comporteront 22 livres et une 8 livres.

4 **1.** 514 = 35 × 14 + 24 ; **2.** 121 = 27 × 4 + 13.

5 35 = 4 × 8 + 3 et 853 = 200 × 4 + 53.

6 **1.** 510 = 34 × 15 + 0, 15 correspond à la lettre O.
2. 774 = 21 × 36 + 18, 18 correspond à la lettre R.
3. 505 = 8 × 63 + 1, 1 correspond à la lettre A.
4. 300 = 149 × 2 + 2, 2 correspond à la lettre B.
5. 1474 = 67 × 22, 22 correspond à la lettre V.
Le mot est BRAVO !

2 Diviseurs d'un nombre entier — p. 5

1 **1.** 180 = 20 × 9 et 120 = 20 × 6, il peut y avoir 20 joueurs qui recevront 9 jetons noirs et 6 jetons blancs.
120 n'est pas un multiple de 9 donc il ne peut pas y avoir 9 joueurs. **2.** 1, 2, 3, 4, 5, 6, 10, 12, 15, 20, 30, 60

2 Les diviseurs de 45 sont : 1, 3, 5, 9, 15 et 45.

3

C1 — fx =MOD(A1;12)

	A	B	C	D	E
1	431		11		
2	2844		0		
3	10292		8		
4	5063916		0		

2 844 et 5 063 916 sont des multiples de 12.

4 Il faut trouver le plus petit nombre entier non nul qui est à la fois un multiple de 24 et de 15.
C'est 120. 120 = 24 × 5 et 120 = 15 × 8. Un autobus de la ligne A et un autobus de la ligne B passeront en même temps dans 2 h.

5 Soit n le nombre de morceaux mp3 que possède Aurélien.
Le nombre $n - 1$ est divisible par 2, par 3, par 5 et ce nombre est compris entre 249 et 299. On commence par rechercher $n - 1$.
Par conséquent, le chiffre des centaines de $n - 1$ est 2, son chiffre des unités est 0 car le nombre est divisible par 2 et par 5.
Le nombre est divisible par 3, donc la somme de ses chiffres est divisible par 3. On cherche donc le chiffre des dizaines en tenant compte de cette condition et du fait que le chiffre des dizaines est entre 4 et 9 et que le nombre cherché est entre 249 et 299. (Sinon 4 conviendrait.)
La seule possibilité est 7 pour le chiffre des dizaines. 2 + 7 + 0 = 9.
Donc $n - 1$ est 270 et Aurélien a 271 morceaux mp3.

3 Diviseurs d'un nombre entier, critères de divisibilité — p. 6

1

Nombre entier	360	1 314	3 075	32 716	564
multiple de 2	oui	oui	non	oui	oui
multiple de 3	oui	oui	oui	non	oui
multiple de 4	oui	non	non	oui	oui
multiple de 5	oui	non	oui	non	non

2 **1.** Les diviseurs positifs stricts de 28 sont : 1 ; 2 ; 4 ; 7 et 14.
La somme des diviseurs stricts de 28 est égale à :
1 + 2 + 4 + 7 + 14 = 28.
28 est égal à la somme de ses diviseurs stricts, donc 28 est un nombre parfait.
2. Les diviseurs positifs stricts de 126 sont : 1 ; 2 ; 3 ; 6 ; 7 ; 9 ; 14 ; 18 ; 21 ; 42 et 63.
La somme des diviseurs positifs stricts de 126 est égale à :
1 + 2 + 3 + 6 + 7 + 9 + 14 + 18 + 21 + 42 + 63 = 186.
126 ≠ 186, 126 n'est pas égal à la somme des diviseurs stricts de 126, donc 126 n'est pas un nombre parfait.

3 Le nombre est entre 310 et 350 donc son chiffre des centaines est 3.
La somme de ses chiffres (d et u) est égale à 12 – 3 = 9.
Le chiffre des unités n'est ni 0, ni 2, ni 4, ni 6, ni 8, ni 5.
Si le chiffre des unités est 1, son chiffre des dizaines est 8, mais 381 est supérieur à 350.
Si le chiffre des unités est 3, son chiffre des dizaines est 6, mais 363 est supérieur à 350.
Si le chiffre des unités est 7, le chiffre des dizaines est 2, et 327 est compris entre 310 et 350.
Si le chiffre des unités est 9, le chiffre des dizaines est 0, mais 309 est inférieur à 310.
Le seul nombre possible est 327.

4 V correspond au nombre 22.
22 + 1 + 4 + 7 + 3 + 4 + 5 + 6 + 8 + 5 + 0 + 7 = 72 et 72 = 9 × 8.
Cela ne constitue pas un moyen efficace de détecter un faux billet.
En modifiant l'avant-dernier chiffre 0 du nombre 14734568507 par 9, le test ne révèle pas de problème. En effet : 22 + 1 + 4 + 7 + 3 + 4 + 5 + 6 + 8 + 5 + 9 + 7 = 81 et 81 est un multiple de 9.

4 Nombres premiers — p. 7

1

	2	3	4	5	6	7	8	9	10
11	12	13	14	15	16	17	18	19	20
21	22	23	24	25	26	27	28	29	30
31	32	33	34	35	36	37	38	39	40
41	42	43	44	45	46	47	48	49	50
51	52	53	54	55	56	57	58	59	60
61	62	63	64	65	66	67	68	69	70
71	72	73	74	75	76	77	78	79	80
81	82	83	84	85	86	87	88	89	90
91	92	93	94	95	96	97	98	99	100

2 **1.** 3 et 5 ; 5 et 7 ; 11 et 13 ; 17 et 19 sont des nombres premiers jumeaux.
2. Ni 21, ni 25 ne sont des nombres premiers, donc 23 ne peut pas être un nombre premier jumeau.

3 $175 = 5^2 \times 7$; $1\,960 = 2^3 \times 5 \times 7^2$.

4 **1.** $60 = 2^2 \times 3 \times 5$ et $90 = 2 \times 3^2 \times 5$, 60 et 90 sont composés des facteurs premiers 2, 3 et 5, ils sont donc homogènes.
2. $45 = 3^2 \times 5$. Les nombres homogènes avec 45 seront composés des facteurs 3 et 5.
$3 \times 5 = 15$; $3 \times 5^2 = 75$; $3^3 \times 5 = 135$. Les autres nombres entiers composés des facteurs 3 et 5 sont supérieurs à 150.
15, 45, 75 et 135 sont les nombres entiers inférieurs à 150 homogènes avec 45.

5 Fractions irréductibles : critères de divisibilité _____ p. 8

1 **1.** $\dfrac{60}{72} = \dfrac{30 \times 2}{36 \times 2} = \dfrac{30}{36} = \dfrac{10 \times 3}{12 \times 3} = \dfrac{10}{12} = \dfrac{5 \times 2}{6 \times 2} = \dfrac{5}{6}$;

2. $\dfrac{45}{30} = \dfrac{9 \times 5}{6 \times 5} = \dfrac{9}{6} = \dfrac{3 \times 3}{3 \times 2} = \dfrac{3}{2}$;

3. $\dfrac{216}{540} = \dfrac{54 \times 4}{135 \times 4} = \dfrac{54}{135} = \dfrac{6 \times 9}{15 \times 9} = \dfrac{6}{15} = \dfrac{3 \times 2}{3 \times 5} = \dfrac{2}{5}$;

4. $\dfrac{126}{28} = \dfrac{63 \times 2}{14 \times 2} = \dfrac{63}{14} = \dfrac{9 \times 7}{2 \times 7} = \dfrac{9}{2}$.

2 Les fractions irréductibles : $\dfrac{8}{13}$; $\dfrac{43}{125}$; $\dfrac{40}{27}$.

$\dfrac{3}{27}$ et $\dfrac{147}{60}$ peuvent être simplifiées par 3 ; $\dfrac{10}{25}$ par 5 et $\dfrac{17}{51}$ par 17.

3 $93 = 3 \times 31$. Les seuls diviseurs de 93 sont 1 ; 3 ; 31 et 93.
Or 821 n'est pas un multiple de 3 ($8 + 2 + 1 = 11$ et 11 n'est pas un multiple de 3).
31 n'est pas un diviseur de 821 (le quotient de 821 par 31 n'est pas un nombre entier).
Donc la fraction $\dfrac{821}{93}$ est irréductible, la réponse est vraie.

4 $F = \dfrac{21*}{7\,770}$. La fraction est irréductible donc le chiffre désigné par l'étoile ne peut être 0, 2, 4, 6, 8 (sinon la fraction serait simplifiable par 2), ni 5 (la fraction serait simplifiable par 5, ni 7 (la fraction serait simplifiable par 7).
Il reste pour possibilité 1, 3 ou 9 à la place de l'étoile.
Pour 3 : 213 est un multiple de 3 et 7 770 également (somme des chiffres multiple de 3), donc la fraction serait simplifiable par 3.
Pour 9 : 219 et 7 770 sont aussi multiples de 3.
Pour 1 : $7\,770 = 70 \times 111 = 70 \times 3 \times 37 = 2 \times 5 \times 7 \times 3 \times 37$.
Les nombres 2, 3, 5, 7 et 37 ne sont pas des diviseurs de 211, donc la fraction $\dfrac{211}{7\,770}$ est bien irréductible.

6 Outils de calcul : fractions et nombres décimaux _____ p. 9

1 **1.** $\dfrac{5}{8} - \dfrac{7}{6} = \dfrac{15}{24} - \dfrac{28}{24} = \dfrac{-13}{24}$; **2.** $\dfrac{-7}{4} \times \dfrac{-3}{5} = \dfrac{7 \times 3}{4 \times 5} = \dfrac{21}{20}$;

3. $\dfrac{3}{4} \div \dfrac{5}{2} = \dfrac{3}{4} \times \dfrac{2}{5} = \dfrac{3}{10}$;

4. $\dfrac{5}{8} - \dfrac{7}{6} \times \dfrac{1}{2} = \dfrac{5}{8} - \dfrac{7}{12} = \dfrac{15}{24} - \dfrac{14}{24} = \dfrac{1}{24}$;

5. $\left(\dfrac{-2}{5} + \dfrac{1}{3}\right) \div \dfrac{2}{3} = \left(\dfrac{-6}{15} + \dfrac{5}{15}\right) \div \dfrac{2}{3} = \dfrac{-1}{15} \times \dfrac{3}{2} = \dfrac{-1}{10}$.

2 **1.** $A = a - b + c = \dfrac{2}{3} - (-3) + \dfrac{7}{4} = \dfrac{2}{3} + 3 + \dfrac{7}{4} = \dfrac{8}{12} + \dfrac{36}{12} + \dfrac{21}{12}$

$A = \dfrac{65}{12}$;

2. $B = a + bc = \dfrac{2}{3} + (-3) \times \dfrac{7}{4} = \dfrac{2}{3} - \dfrac{21}{4} = \dfrac{8}{12} - \dfrac{63}{12} = \dfrac{-55}{12}$;

3. $C = \dfrac{b}{a} + c = (-3) \div \dfrac{2}{3} + \dfrac{7}{4} = \dfrac{-18}{4} + \dfrac{7}{4} = \dfrac{-11}{4}$.

3 $H = 2 \times (-3)^2 + 8 \times (-3) - 5 = 18 - 24 - 5 = -11$.

4 $\dfrac{7}{2} - \dfrac{11}{26} \div \dfrac{2}{13} = \dfrac{7}{2} - \dfrac{11}{26} \times \dfrac{13}{2} = \dfrac{7}{2} - \dfrac{11}{4} = \dfrac{14}{4} - \dfrac{11}{4} = \dfrac{3}{4}$;

L'inverse de $-\dfrac{2}{3}$ est $-\dfrac{3}{2}$;

$\dfrac{92}{7} = \dfrac{91 + 1}{7} = \dfrac{91}{7} + \dfrac{1}{7} = 13 + \dfrac{1}{7}$.

5 **1.** L'aire de la partie non occupée par la piscine est l'aire d'un rectangle de dimensions : 40 et $150 - x$, son aire est donc $40 \times (150 - x)$. C'est aussi la différence entre l'aire du terrain rectangulaire et l'aire de la piscine,
soit $40 \times 150 - 40 \times x = 6\,000 - 40x$.
Alice et Léo ont tous les deux raison.
On peut aussi dire que $6\,000 - 40x$ est la forme développée de l'expression $40 \times (150 - x)$.
2. La longueur de clôture nécessaire pour entourer la piscine est le périmètre de la piscine, soit : $2 \times (40 + x)$ ou encore $80 + 2x$.
3. Pour $x = 15$, la longueur de clôture nécessaire est de $80 + 2 \times 15 = 110$ m.

7 Outils de calcul : puissances de 10 _____ p. 10

1 **1.** $10^{-4} = 0,000\,1$; **2.** $10^8 = 100\,000\,000$;
3. $10^2 + 10^{-3} = 100 + 0,001 = 100,001$;
4. $10^2 - 10^{-3} = 100 - 0,001 = 99,999$;
5. $10^2 \times 10^{-3} = 100 \times 0,001 = 0,1$;
6. $10^2 \div 10^{-3} = 10^2 \times 10^3 = 10^5 = 100\,000$.

2 **1.** $8^{-1} \times 2,4 \times 10^3 = 300$; $0,1^3 \times 10^4 \times 3 = 30$;
$(10^2 - 5^2) \times 0,5^{-2} = 300$

2. $\dfrac{3 \times 10^5 \times 4 \times (10^{-3})^2}{16 \times 10^{-4}} = 0,75 \times 10^3 = 750 = 7,5 \times 10^2$.

3 $d = v \times t = 300\,000 \times 3 \times 10^{-4} = 90$ km. Le signal a parcouru un aller-retour, donc la distance à laquelle se trouve l'avion est de $90 \div 2 = 45$ km.

4 Le besoin de 1 000 personnes par an est :
$1\,000 \times 7\,000$ kWh $= 7\,000\,000$ kWh $= 7$ GWh.
7 GWh > 5 GWh, donc l'éolienne ne produit pas suffisamment d'électricité pour 1 000 personnes en un an. L'affirmation est vraie.

5 **1.** Pour $n = 4$:
$d = 0,4 + 0,3 \times 2^4 = 0,4 + 0,3 \times 16 = 0,4 + 4,8 = 5,2$.
La distance Jupiter-Soleil est de 5,2 UA.
2. La distance Jupiter-Soleil est donc d'environ
$5,2 \times 150 \times 10^6 = 780 \times 10^6$ km. 780 millions de kilomètres.

8 Outils de calcul : puissances d'un nombre _____ p. 11

1 **1.** $8^2 = 64$; **2.** $5^3 = 125$; **3.** $10^{-4} = 0,000\,1$;
4. $5^{-2} = 1/25 = 0,04$; **5.** $10^8 = 100\,000\,000$; **6.** $(-4)^3 = -64$.

2 **1.** $5^7 \times 5^{-3} = 5^7 \times \dfrac{1}{5^3} = 5^4 = 625$;

2. $\dfrac{3^5}{3^2} = \dfrac{3 \times 3 \times 3 \times 3 \times 3}{3 \times 3} = 3^3 = 27$;

3. $2 \times 5^2 - 4^3 = 2 \times 25 - 64 = 50 - 64 = -14$;

4. $\dfrac{60}{3^2 - 4} + \dfrac{2^5}{8} = \dfrac{60}{5} + \dfrac{32}{8} = 12 + 4 = 16$.

3 **1.** $2,5^6 \times 4^6 = (2,5 \times 2,5 \times 2,5 \times 2,5 \times 2,5 \times 2,5) \times (4 \times 4 \times 4 \times 4 \times 4 \times 4) = (2,5 \times 4)^6 = 10^6 = 1\,000\,000$.

2. $\dfrac{9^3}{4,5^3} = \dfrac{9 \times 9 \times 9}{4,5 \times 4,5 \times 4,5} = \left(\dfrac{9}{4,5}\right)^3 = 2^3 = 8$.

4 **1.** $3^3 - 5^2 = 27 - 25 = 2$;
2. $(-2) \times 6^2 = (-2) \times 36 = -72$;
3. $(3^2 - 2^3) \times (-5)^3 = (9 - 8) \times (-125) = -125$;
4. $3 \times 2^3 - 2 \times 3^3 = 3 \times 8 - 2 \times 27 = 24 - 54 = -30$.

5

2^3	2^{-3}	2^6
$\frac{2^5}{2^2}$	$\frac{1}{2^3}$	64
8	$\frac{2^4}{2^7}$	$2^3 \times 2^3$
2×2^2	$\frac{1}{2\times2\times2}$	$(2^3)^2$

9 Mener un calcul ___ p. 12

1 1. $IMC = \frac{p}{t^2}$

2. a. $IMC_{avril} = \frac{85}{1{,}8^2} \approx 26{,}2$; b. $85 \times (1 - 12/100) = 74{,}8$.
En septembre, Pierre pèse 74,8 kg.

c. $IMC_{septembre} = \frac{74{,}8}{1{,}8^2} \approx 23{,}1$.

3. a. et b. D'après le tableau, on constate que Pierre était en surpoids en avril car IMC = 26,2 et que sa corpulence était « normale » en septembre car IMC = 23,1.

2 1. Dans A3, saisir =A2+1, dans B3, saisir =B2-6
Étirez les formules jusqu'à ce que dans la colonne B apparaisse le nombre 9, qui correspond à la valeur 35 dans la colonne A. en A36.
Il y a donc 35 rangs de tuiles, dont trois ont été épargnés. Le couvreur en réparera 32.

2. Dans D34, saisir =SOMME(B4:B35), dans D35 saisir =D34*1,03 et dans D36 saisir =D34/49.

3. Le couvreur remplacera 3 456 ardoises, pour un budget de 3 559,68 € et cela représente une surface d'environ 70,5 m².

D35 | fx | =D34*1,03

	A	B	C	D
1	rang n°	nombre d'ardoises		
2	1	213		
3	2	207		
4	3	201		
5	4	195		
6	5	189		
7	6	183		
8	7	177		
9	8	171		
10	9	165		
11	10	159		
12	11	153		
13	12	147		
14	13	141		
15	14	135		
16	15	129		
17	16	123		
18	17	117		
19	18	111		
20	19	105		
21	20	99		
22	21	93		
23	22	87		
24	23	81		
25	24	75		
26	25	69		
27	26	63		
28	27	57		
29	28	51		
30	29	45		
31	30	39		
32	31	33		
33	32	27		
34	33	21	total ardoise	3456
35	34	15	budget	3559,68
36	35	9	surface	70,5
37	36	3		

3 1. $\frac{3{,}5\times10^6}{550\ 000} \approx 6{,}4$. La poubelle est l'équivalent d'environ 6,4 fois la superficie de la France.

2. Pour calculer la superficie de la poubelle il faut multiplier la superficie de l'année précédente par 1,10 (c'est-à-dire 1 + 10/100).
En 2017 : $3{,}5 \times 1{,}1^3 \approx 4{,}7$ millions de km².

3. En 2019 : $3{,}5 \times 1{,}1^5 \approx 5{,}6$ millions de km².

10 Racine carrée : définitions ___ p. 13

1 1. $\sqrt{0{,}49} = 0{,}7$; 2. $\sqrt{640\ 000} = 800$; 3. $\sqrt{0{,}0009} = 0{,}03$;
4. $\sqrt{\frac{25}{121}} = \frac{5}{11}$; 5. $\sqrt{\frac{100}{81}} = \frac{10}{9}$; 6. $\sqrt{10^{-6}} = 10^{-3}$.

2 1. La valeur tronquée au dixième de $\sqrt{387}$ est 19,6 ; la valeur arrondie au dixième de $\sqrt{387}$ est 19,7.

2. La valeur arrondie au centième de $\sqrt{0{,}8}$ est 0,89 ; la valeur tronquée au millième de $\sqrt{0{,}8}$ est 0,894.

3. La valeur tronquée au centième de $\sqrt{16\ 200}$ est 127,27 ; la valeur arrondie au centième de $\sqrt{16\ 200}$ est 127,28.

3 1. $\sqrt{144} + \sqrt{81} = 12 + 9 = 21$.

2. $3\sqrt{121} - 6\sqrt{49} = 3 \times 11 - 6 \times 7 = -9$.

4 1. $2(\sqrt{3})^2 - \frac{7}{2} = 2 \times 3 - 3{,}5 = 6 - 3{,}5 = 2{,}5$.

2. $(\sqrt{11})^2 - (3 \times \sqrt{2})^2 = 11 - 9 \times 2 = -7$.

5 1. L'aire d'un carré de côté c est c^2. Donc $c = \sqrt{841} = 29$ cm. Le périmètre de ce carré est donc égal à $4 \times 29 = 116$ cm.

2. L'aire d'un carré de côté c est c^2. Donc $c = \sqrt{17} = 4{,}12$ cm. Soit 41 mm.

11 Calcul littéral : bases ___ p. 14

1 1. $K = 12x^2$; 2. $M = -8x^4$.

2 1. $41 \times 27 = (40 + 1)(20 + 7) = 800 + 280 + 20 + 7 = 1\ 107$;
2. $1\ 005 \times 48 = (1\ 000 + 5) \times 48 = 48\ 000 + 240 = 48\ 240$.

3 1. $G = -5 \times 4 + (-5) \times (-6x)$; $G = -20 + 30x$;
2. $I = (-5x) \times 3 + (-5x) \times (-x) + (-4) \times x^2 + (-4) \times (-2x) + (-4) \times (-3)$; $I = -15x + 5x^2 - 4x^2 + 8x + 12$, puis on réduit $I = x^2 - 7x + 12$
3. $Q = 1 \times 2x + 1 \times (-1) + (-7x) \times 2x + (-7x) \times (-1)$; $Q = 2x - 1 - 14x^2 + 7x$; $Q = -14x^2 + 9x - 1$
4. $T = 1 \times 2x + 1 \times (-1) + (-7x) \times 2x + (-7x) \times (-1) + (-3x) \times 5 + (-3x) \times 2x$; $T = 2x - 1 - 14x^2 + 7x - 15x - 6x^2$
$T = -20x^2 - 6x - 1$

4 On peut faire agir ce programme sur plusieurs nombres comme 3, – 10 et 25. On obtient 60, – 200 et 500.
Considérons le nombre de départ x, le programme calcule alors : $(4x + 3) \times 5 - 15$.
Quand on développe cette expression, on obtient :
$20x + 15 - 15 = 20x$.
Le résultat est tout simplement le produit du nombre de départ par 20.

5 On peut choisir un nombre de départ comme par exemple 7 et appliquer le programme.
$7 + 5 = 12$; $12 \times 2 = 24$ et $24 - 9 = 15$.
D'autre part, $1 + 2 \times 7 = 15$
x désigne le nombre choisi au départ, alors le programme de calcul calcule l'expression suivante :
$2(x + 5) - 9$.
Développons et réduisons cette expression :
$2(x + 5) - 9 = 2x + 10 - 9 = 2x + 1$
La somme de 1 et du double du nombre choisi au départ s'écrit : $1 + 2x$.
Par conséquent, l'affirmation est vraie.

12 Calcul littéral : développement du type $(a + b)(a + d)$ p. 15

1 **1.** $A = (x + 4)(y + 5) = x \times y + 5 \times x + 4 \times y + 4 \times 5$
$= xy + 5x + 4y + 20$.
2. $B = (2x + 7)(3y + 5)$
$B = 2 \times x \times 3 \times y + 2 \times x \times 5 + 7 \times 3 \times y + 7 \times 5$
$B = 6xy + 10x + 21y + 35$.
3. $C = (x + 3)(x + 5) = x \times x + x \times 5 + 3 \times x + 3 \times 5$
$C = x^2 + 5x + 3x + 15 = x^2 + 8x + 15$.
4. $D = (5x + 8)(4x + 6)$
$D = 5 \times x \times 4 \times x + 5 \times x \times 6 + 8 \times 4 \times x + 8 \times 6$
$D = 20x^2 + 30x + 32x + 48 = 20x^2 + 62x + 48$.

2 **1.** $A = (-3) \times 5 + 5 \times (-3) + 4 \times 5 + 20 = -15 - 15 + 20 + 20$
$A = -30 + 40 = 10$.
2. $B = 6 \times (-3) \times 5 + 10 \times (-3) + 21 \times 5 + 35$
$B = -90 - 30 + 105 + 35 = -120 + 140 = 20$.
3. $C = (-3)^2 + 8 \times (-3) + 15 = 9 - 24 + 15 = 24 - 24 = 0$.
4. $D = 20 \times (-3)^2 + 62 \times (-3) + 48 = 20 \times 9 - 186 + 48$
$D = 180 + 48 - 186 = 42$.

3 **1.** Le rectangle a pour longueur $x + 3$ et pour largeur $x + 2{,}5$.
Son périmètre en cm est : $2 \times [(x + 3) + (x + 2{,}5)]$
$= 2(2x + 5{,}5) = 2 \times 2x + 2 \times 5{,}5 = 4x + 11$.
Son aire en cm² est : $(x + 3) \times (x + 2{,}5)$
$= x \times x + 2{,}5 \times x + 3 \times x + 3 \times 2{,}5 = x^2 + 2{,}5x + 3x + 7{,}5$
$= x^2 + 5{,}5\,x + 7{,}5$.
2. Pour $x = 3{,}5$: périmètre $= 4 \times 3{,}5 + 11 = 25$ cm ;
aire $= 3{,}5^2 + 5{,}5 \times 3{,}5 + 7{,}5 = 39$ cm².

4 **1.** Pour 5, programme de calcul 1 : $5^2 + 2 \times 5 + 1 = 36$; programme 2 : $(5 + 1)^2 = 36$.
Pour -2, programme de calcul 1 : $(-2)^2 + 2 \times (-2) + 1 = 1$; programme 2 : $(-2 + 1)^2 = 1$.
2. On constate que pour un nombre choisi, les nombres obtenus avec chacun des deux programmes de calcul sont égaux.
On peut conjecturer : « pour n'importe quel nombre, le programme n°1 et le programme n°2 donnent le même résultat ».
3. $(x + 1)^2 = (x + 1)(x + 1) = x^2 + x + x + 1 = x^2 + 2x + 1$.
Par conséquent, pour n'importe quel nombre, la somme du carré, du double de ce nombre et de 1 est égale au carré de la somme de ce nombre et de 1.

5 **1.** L'aire de la parcelle A_1 est égale à : $30 \times x = 30x$ m².
L'aire de la parcelle A_2 est égale à : $30 \times 40 = 1\,200$ m².
L'aire de la parcelle A_3 est égale à : $y \times x = yx$ m².
L'aire de la parcelle A_4 est égale à : $y \times 40 = 40y$ m².
2. Aire = aire A_1 + aire A_2 + aire A_3 + aire A_4
$= 30x + 30 \times 40 + xy + 40y = 30x + xy + 40y + 1\,200$.
Ou bien : aire $= (x + 40)(y + 30) = xy + 30x + 40y + 1\,200$.
3. Pour $x = 75$ et $y = 50$,
aire $= 75 \times 50 + 30 \times 75 + 40 \times 50 + 1\,200 = 9\,200$ m²
ou $(75 + 40) \times (50 + 30) = 115 \times 80 = 9\,200$.

13 Calcul littéral : développement p. 16

1 **1.** $(a + 3)(c - 5) = a \times c - a \times 5 + 3 \times c - 3 \times 5$
$= ac - 5a + 3c - 15$.
2. $(y - 9)(t + 3{,}5) = y \times t + y \times 3{,}5 - 9 \times t - 9 \times 3{,}5$
$= yt + 3{,}5y - 9t - 31{,}5$.
3. $(12 - d)(2{,}5 - c) = 12 \times 2{,}5 - 12 \times c - d \times 2{,}5 + d \times c$
$= 30 - 12c - 2{,}5d + dc$.
4. $(y + 2{,}4)(z - 4) = y \times z - y \times 4 + 2{,}4 \times z - 2{,}4 \times 4$
$= yz - 4y + 2{,}4z - 9{,}6$.

2 **1.** $(50 + 1)(100 - 2) = 50 \times 100 - 50 \times 2 + 1 \times 100 - 1 \times 2$
ou $5\,000 - 100 + 100 - 2 = 4\,998$.
Donc $51 \times 98 = 4\,998$.
2. a. $998 \times 99 = (1\,000 - 2)(100 - 1)$
$998 \times 99 = 1\,000 \times 100 - 1\,000 \times 1 - 2 \times 100 + 2 \times 1$
$998 \times 99 = 100\,000 - 1\,000 - 200 + 2$
$998 \times 99 = 98\,802$.
b. $47 \times 104 = (50 - 3)(100 + 4)$
$47 \times 104 = 50 \times 100 + 50 \times 4 - 3 \times 100 - 3 \times 4$
$47 \times 104 = 5\,000 + 200 - 300 - 12$
$47 \times 104 = 4\,888$.

3 **1.** $\text{Aire}_{ABCD} = x \times 2x = 2x^2$;
$\text{aire}_{DCEF} = x \times (15 - 2x) = 15x - 2x^2$;
$\text{aire}_{DFIH} = (15 - 2x)(10 - x)$
$= 150 - 15x - 20\,x + 2x^2 = 150 - 35x + 2x^2$;
$\text{aire}_{ADHG} = 2x \times (10 - x) = 20x - 2x^2$.
2. $2x^2 + 15x - 2x^2 + 150 - 35x + 2x^2 + 20x - 2x^2 = 150$.
Or l'aire du rectangle BEIG est égale à 150.
La somme des aires des quatre rectangles est égale à l'aire du rectangle BEIG.

4 $H = (x \times x - x \times 4 + 3 \times x - 3 \times 4) + (2 \times x - 2 \times 5)$
$- (x \times x + x \times 7 + 6 \times x + 6 \times 7)$
$H = (x^2 - x - 12) + (2x - 10) - (x^2 + 13x + 42)$
$H = x^2 - x - 12 + 2x - 10 - x^2 - 13x - 42 = -12x - 64$.

5 **1.** Medhi calcule : $(x - 2) \times (x + 5)$.
2. L'expression développée est :
$x \times x + x \times 5 - x \times 2 - 2 \times 5 = x^2 + 5x - 2x - 10 = x^2 + 3x - 10$.
Programme de calcul correspondant à la forme développée obtenue : Medhi choisit un nombre. Il calcule le carré du nombre, auquel il ajoute le triple du nombre puis il soustrait 10.
3. Quand Medhi a choisi 14 comme nombre de départ, il trouve :
$14^2 + 3 \times 14 - 10 = 196 + 42 - 10 = 228$ ou encore $12 \times 19 = 228$.

14 Produits remarquables : développement p. 17

1 **1.** $(d + 4)(d - 4) = d^2 - 4^2 = d^2 - 16$
2. $(5x + 11)(5x - 11) = (5x)^2 - 11^2 = 25x^2 - 121$
3. $\left(y + \frac{2}{5}\right)\left(y - \frac{2}{5}\right) = y^2 - \left(\frac{2}{5}\right)^2 = y^2 - \frac{4}{25}$
4. $(6t - 13)(6t + 13) = (6t)^2 - 13^2 = 36t^2 - 169$
5. $999^2 = (1\,000 - 1)^2 = 1\,000^2 - 2 \times 1\,000 \times 1 + 1^2$
6. $(u + 12)^2 = (u + 12)(u + 12) = u^2 + 12u + 12u + 144$
$= u^2 + 24u + 144$

2 **1.** $93 \times 87 = (90 + 3)(90 - 3) = 90^2 - 3^2 = 8\,100 - 9 = 8\,091$
2. $1\,010^2 - 990^2 = (1\,010 + 990)(1\,010 - 990) = 2\,000 \times 20 = 40\,000$
3. $52^2 = (50 + 2)^2 = (50 + 2)(50 + 2) = 2\,500 + 100 + 100 + 4 = 2\,704$
4. $1\,005 \times 995 = (1\,000 + 5)(1\,000 - 5) = 1\,000^2 - 5^2$
$= 1\,000\,000 - 25 = 999\,975$
5. $97^2 = (100 - 3)^2 = (100 - 3)(100 - 3) = 10\,000 - 300 - 300 + 9$
$= 9\,409$

3 **1.** Les dimensions du rectangle en cm, sont $x + 7$ et $x - 7$, son aire en cm² s'exprime $(x + 7)\,(x - 7) = x^2 - 7^2 = x^2 - 49$
2. x^2 est l'aire du carré initial en cm². L'aire du carré a ainsi diminué de 49 cm².

4 **1.** Après une augmentation de 10% suivie d'une baisse de 10%, le prix de la raquette est $120 \times \left(1 + \frac{10}{100}\right) \times \left(1 - \frac{10}{100}\right)$,
soit $120 \times \left(1 - \frac{100}{10000}\right) = 120 \times \left(1 - \frac{10}{100}\right)$.
2. On peut dire que globalement par rapport à sa valeur initiale de 120 €, le prix de la raquette a diminué de 1 %.

15 Calcul littéral : factorisation p. 18

1 **1.** $A = 3x + 24$
$A = 3(x + 8)$.
2. $C = 5y^3 - 25$
$C = 5(y^3 - 5)$.
3. $B = x^2 - 16x$
$B = x(x - 16)$.
4. $D = 15z^2 - 15z$
$D = 15z(z - 1)$.

2 **1.** $F = x^2 - 100$
$F = x^2 - 10^2$
$F = (x + 10)(x - 10)$.
2. $H = 25y^2 - 9$
$H = (5y)^2 - 3^2$
$H = (5y + 3)(5y - 3)$.
3. $G = x^2 - \frac{16}{49}$
$G = x^2 - \left(\frac{4}{7}\right)^2$
$G = \left(x + \frac{4}{7}\right)\left(x - \frac{4}{7}\right)$.
4. $I = t^2 - 81$
$I = (t)^2 - (9)^2$
$I = (t + 9)(t - 9)$.

Corrigés détachables

3 **1.** $D = (x + 1)(2x + 3) + (2x + 3)^2$
$D = (2x + 3)(x + 1 + 2x + 3)$
$D = (2x + 3)(3x + 4)$.

2. $H = x^2 - 17$
$H = x^2 - (\sqrt{17})^2$
$H = (x + \sqrt{17})(x - \sqrt{17})$

3. $J = (5x - 3)^2 - 4x(5x - 3)$
$J = (5x - 3)(5x - 3 - 4x)$
$J = (5x - 3)(x - 3)$.

4. $P = 36 - (x + 1)^2$
$P = 6^2 - (x + 1)^2$
$P = [6 + (x + 1)][6 - (x + 1)]$
$P = (x + 7)(5 - x)$.

4 $875^2 - 125^2 = (875 + 125)(875 - 125) = 1\,000 \times 750 = 750\,000$

5 **1.** $P = 25x^2 - 9 + (5x + 3)(1 - 2x)$;
$P = 25x^2 - 9 + 5x - 10x^2 + 3 - 6x$; $P = 15x^2 - x - 6$
2. $25x^2 - 9 = (5x + 3)(5x - 3)$, donc
$25x^2 - 9 + (5x + 3)(1 - 2x) = (5x + 3)(5x - 3) + (5x + 3)(1 - 2x)$
$= (5x + 3)\,[(5x - 3) + (1 - 2x)] = (5x + 3)(3x - 2)$
3. Pour $x = -2$, $P = 15 \times (-2)^2 - (-2) - 6 = 60 + 2 - 6 = 56$.
4. L'expression P vaut 0 équivaut à dire que $(5x + 3)(3x - 2) = 0$. Cela signifie que le facteur $5x + 3$ est nul ou le facteur $3x - 2$ est nul.
$5x + 3 = 0$ ou $3x - 2 = 0$. C'est-à-dire que $x = \frac{-3}{5}$ ou $x = \frac{2}{3}$.
Les deux nombres pour lesquels l'expression P vaut 0 sont $\frac{-3}{5}$ et $\frac{2}{3}$.

6 n désigne le nombre entier choisi par Aïda. Le nombre qui suit est $n + 1$ et le nombre qui précède est $n - 1$.
Elle a calculé $(n + 1)^2 - (n - 1)^2$.
Or $(n + 1)^2 - (n - 1)^2 = (n + 1 + n - 1)(n + 1 - (n - 1)) = 2n \times 2 = 4n$.
On a ainsi montré que pour n'importe quel nombre entier choisi au départ le résultat de $(n + 1)^2 - (n - 1)^2$ est $4 \times n$, c'est-à-dire 4 fois le nombre de départ.
Autrement dit, ce qu'Aïda a observé, est vrai pour n'importe quel nombre entier choisi au départ et pas seulement pour un nombre en particulier.

16 Calcul littéral : son utilité — p. 19

1 **1.** $16 = 5^2 - 3^2$; $20 = 6^2 - 4^2$; $24 = 7^2 - 5^2$; $28 = 8^2 - 6^2$.
2. $(k + 1)^2 - (k - 1)^2 = (k + 1 + k - 1)(k + 1 - k + 1) = 2k \times 2 = 4k$.
Un multiple de 4 s'écrit sous la forme $4 \times k$ où k est un nombre entier.
Or $4k = (k + 1)^2 - (k - 1)^2$. On peut donc affirmer que tous les multiples de 4 peuvent s'écrire comme la différence des carrés de deux nombres entiers.
3. $532 = 4 \times 133$, donc pour 532, $k = 133$.
$133 + 1 = 134$ et $133 - 1 = 132$. Par conséquent, on peut affirmer que $532 = 134^2 - 132^2$.
$7016 = 4 \times 1\,754$, donc pour 7 016, $k = 1\,754$.
$1\,754 + 1 = 1\,755$ et $1\,754 - 1 = 1\,753$. Par conséquent, on peut affirmer que $7\,016 = 1\,755^2 - 1\,753^2$. On peut vérifier ces deux égalités avec une calculatrice.

2 **1.** $\text{aire}_{\text{rectangle}} = 8 \times 50 = 400$ cm². L'aire d'un carré de côté c est c^2. Or $400 = 20^2$, donc la longueur des côtés d'un carré qui a pour aire 400 cm² est égale à 20 cm.
2. $\text{aire}_{\text{rectangle}} = 4x \times 25x = 100x^2$. Or $100x^2 = (10x)^2$. Donc la longueur des côtés d'un carré qui a la même aire que le rectangle est égale à $10x$. On peut remarquer qu'à la question précédente $8 = 4 \times 2$ et $50 = 25 \times 2$, il s'agit donc du cas particulier où $x = 2$.

3 **1.** Corinne obtient : $1 \rightarrow 1 - 3 = -2 \rightarrow (-2)^2 = 4$.
2. Tidjane obtient : $-5 \rightarrow (-5)^2 = 25$
$\rightarrow 25 + 3 \times (-5) = 25 - 15 = 10 \rightarrow 10 + 7 = 17$.
3. Lina a saisi en B3 : =B1^2+3→B1+7.
4. a. Le programme A donne à partir de x :
$(x - 3)^2 = x^2 - 3x - 3x + 9 = x^2 - 6x + 9$.
b. Le programme B donne $x^2 + 3x + 7$.
c. Les résultats sont égaux si $x^2 - 6x + 9 = x^2 + 3x + 7$. Soit :
$-6x + 9 = 3x + 7$ ou $9 - 7 = 3x + 6x$ ou $2 = 9x$ et enfin $x = \frac{2}{9}$.
Le résultat commun est $\frac{625}{81}$.

17 Équations à une inconnue : deux membres — p. 20

1 **1.** $5x + 8 = 8x + 2$. Pour éliminer l'inconnue x du membre de droite, on **soustrait** $8x$ dans chaque membre.
$5x - 8x = 2 - 8$. $\quad -3x = -6$. $\quad x = \frac{6}{3}$. $\quad x = 2$.
Vérification : $5 \times 2 + 8 = 18$ et $8 \times 2 + 2 = 18$.
L'égalité est vraie. La solution de l'équation est 9.
2. $9y + 9 = 117 - 3y$.
Pour éliminer l'inconnue y du membre de droite, on **ajoute** $3y$ dans chaque membre.
$9y + 3y = 117 - 9$. $\quad 12y = 108$. $\quad y = \frac{108}{12}$. $\quad y = 9$.
Vérification : $9 \times 9 + 9 = 90$ et $117 - 3 \times 9 = 117 - 27 = 90$.
L'égalité est vraie. La solution de l'équation est 9.

2 **1.** $4(5x - 3) = x - 12$ signifie que $20x - 12 = x - 12$ signifie que $20x - x = -12 + 12$ signifie que $19x = 0$ signifie que $x = 0$.
Vérification : $4 \times (0 - 3) = -12$ et $0 - 12 = -12$.
L'égalité est vraie. La solution de l'équation est 0.
2. $5(5 - x) = 3(3 - x)$ signifie que $25 - 5x = 9 - 3x$ signifie que $-5x + 3x = 9 - 25$ signifie que $-2x = -16$ signifie que $2x = 16$ signifie que $x = 8$.
Vérification : $5 \times (5 - 8) = 5 \times 3 = -15$ et $3 \times (3 - 8) = -15$.
L'égalité est vraie. La solution de l'équation est 8.
3. $5(x + 2) - 2x = 2(x + 4)$ signifie que $5x + 10 - 2x = 2x + 8$ signifie que $3x + 10 = 2x + 8$ signifie que $3x - 2x = 8 - 10$ signifie que $x = -2$.
Vérification : $5 \times (-2 + 2) - 2 \times (-2) = 4$ et $2(-2 + 4) = 2 \times 2 = 4$. L'égalité est vraie. La solution de l'équation est -2.
4. $\frac{x}{4} = \frac{x}{3} - 2$ signifie que $\frac{x}{4} - \frac{x}{3} = -2$ signifie que $\frac{3x}{12} - \frac{-4x}{12} = -2$ signifie que $3x - 4x = -2 \times 12$ signifie que $-x = -24$ signifie $x = 24$.
Vérification : $\frac{24}{4} = 6$ et $\frac{24}{3} - 2 = 8 - 2 = 6$.
L'égalité est vraie. La solution de l'équation est 24.

3 **1.** Avec le tarif normal : $9 \times 6 = 54$ €. Avec le tarif Vacances : $15 + 9 \times 3{,}50 = 46{,}50$ €. $46{,}5 < 54$, donc pour Justin, le tarif vacances est plus intéressant.
2. Pour Léna : $4 \times 6 = 24$ € et $15 + 4 \times 3{,}50 = 29$ €. $24 < 29$, donc pour Léna, le tarif normal est plus intéressant.
3. x désigne le nombre de films pour lequel les deux tarifs coûtent le même prix. Cela se traduit par l'équation :
$6x = 15 + 3{,}5x$.
On élimine l'inconnue du membre de droite : $6x - 3{,}5x = 15$, d'où $2{,}5x = 15$ et $x = \frac{15}{2{,}5}$, soit $x = 6$.
Pour 6 films, les prix payés selon les deux tarifs sont égaux. $6 \times 6 = 36$ et $15 + 3{,}5 \times 6 = 36$. Pour 6 films, on paie 36 € quel que soit le tarif choisi.

18 Équations à une inconnue : équation produit-nul — p. 21

1 **1.** $(x + 7)(x + 4) = 0$, signifie que $x + 7 = 0$ ou $x + 4 = 0$, signifie que $x = -7$ ou $x = -4$.
Les solutions de l'équation proposée sont -7 et -4.
2. $(y - 3)(y + 1) = 0$, signifie que $y - 3 = 0$ ou $y + 1 = 0$, signifie que $y = 3$ ou $y = -1$.
Les solutions de l'équation proposée sont 3 et -1.
3. $(4x + 2)(3x + 7) = 0$, signifie que $4x + 2 = 0$ ou $3x + 7 = 0$, signifie que $4x = -2$ ou $3x = -7$, signifie que $x = \frac{-1}{2}$ ou $x = \frac{-7}{3}$.
Les solutions de l'équation sont $\frac{-1}{2}$ et $\frac{-7}{3}$.
4. $(8x - 3)(2x + 5) = 0$, signifie que $(8x - 3) = 0$ ou $(2x + 5) = 0$, signifie que $x = \frac{3}{8}$ ou $x = \frac{-5}{2}$.
Les solutions de l'équation sont $\frac{3}{8}$ et $\frac{-5}{2}$.

Corrigés détachables

5. $(4x-1)(9-3x)=0$, signifie que $x=\frac{1}{4}$ ou $x=3$.

Les solutions de l'équation sont $\frac{1}{4}$ et 3.

2 1. $(x+7)^2-3(x+7)=0$, signifie que $(x+7)(x+7-3)=0$, signifie que $(x+7)(x+4)=0$.
Les solutions de l'équation sont -7 et -4.
2. $(2x-1)^2-9=0$ signifie que $(2x-1+3)(2x-1-3)=0$ signifie que $(2x+2)(2x-4)=0$.
Les solutions de l'équation sont -1 et 2.
3. $(x+3)(x+3)-4=0$ signifie que $(x+3+2)(x+3-2)=0$ signifie que $(x+5)(x+1)=0$.
Les solutions de l'équation sont -5 et -1.
4. $25x^2-4-(2x+3)(5x+2)=0$
signifie que $(5x-2)(5x+2)-(2x+3)(5x+2)=0$
signifie que $(5x+2)(5x-2-2x-3)=0$
signifie que $(5x+2)(3x-5)=0$
signifie que $x=\frac{5}{3}$ ou $x=-\frac{2}{5}$.

Les solutions de l'équation sont $-\frac{2}{5}$ et $\frac{5}{3}$.

5. $x^2=20$ signifie que $x=-\sqrt{20}$ ou $x=\sqrt{20}$.
Les solutions de l'équation sont $-\sqrt{20}$ et $\sqrt{20}$.

3 Les solutions sont 5 et $\frac{-3}{4}$.

4 1. $\text{aire}_{TER}=\frac{x^2}{2}$ et $\text{aire}_{GEF}=\frac{(x+5)^2}{2}$.
2. Dire que l'aire du triangle TER est égale au quart de l'aire du triangle GEF, cela signifie que $\frac{(x+5)^2}{2}=4\frac{x^2}{2}$, ou encore $4x^2-(x+5)^2=0$.
3. On factorise le membre de gauche à l'aide de la troisième identité remarquable :
$[2x+(x+5)][2x-(x+5)]=0$, soit $(3x+5)(x-5)=0$.
Les solutions sont $\frac{-5}{3}$ et 5. Or dans la figure, x est une longueur, donc un nombre positif.
Par conséquent, $x=5$.
Vérification, pour $x=5$, $\text{aire}_{TER}=12{,}5$ cm² et $\text{aire}_{GEF}=50$ cm².
Effectivement, 12,5 est égal au quart de 50.

19 Résolution de problèmes à l'aide d'équations p. 22

1 ABD est un triangle rectangle, on applique le théorème de Pythagore. $BD^2=AB^2+AD^2$; $BD^2=4^2+8^2=80$.
Donc $BD=\sqrt{80}$.
On considère le point H pied de la perpendiculaire à (DC) issue de B.
BCH est un triangle rectangle en H, on applique le théorème de Pythagore et $BC^2=BH^2+HC^2$; $BC^2=8^2+6^2=64+36=100$.
Donc BC = 10.
BC = CD = 10 et $BD=\sqrt{80}$. Donc le triangle BCD est un triangle isocèle en C. Il n'est pas équilatéral car BC ≠ BD.

2 Dans l'aquarium, le volume non occupé par l'eau est : $1\times40\times20=800$ cm³.
Le volume d'une bille est de $\frac{4\times\pi\times1{,}1^3}{3}$ cm³.
On calcule le quotient de 800 par $\frac{4\times\pi\times1{,}1^3}{3}$.
Soit $800\div\left(\frac{4\times\pi\times1{,}1^3}{3}\right)$, la calculatrice affiche : 143,490 557 3.
Léo pourra mettre au maximum 143 billes dans l'aquarium.

3 EFGD est un carré de côté $x+7$ cm et ABCD est un carré de côté x cm.
L'aire de la surface vert clair est la différence entre l'aire du carré EFGD et l'aire du carré ABCD. Cette aire est égale à 189 cm². Donc $(x+7)^2-x^2=189$. On résout cette équation :
$(x+7)(x+7)-x^2=189$; $x^2+14x+49-x^2=189$;
$14x=189-49$; $x=\frac{140}{14}$; $x=10$.
Le carré ABCD a pour côté 10 cm. Dans ce cas, le carré EFGD a pour côté 17 cm.
Vérification : la surface vert clair a pour aire :
aire EFGD – aire ABCD = $17^2-10^2=189$ cm².

4 R désigne le rayon du ballon en m. La corde autour du ballon a pour longueur $2\pi R$ mètres.
En rajoutant 1 m à cette longueur, la corde a une longueur de $2\pi R+1$ (en mètres).
Désignons par R' le rayon du cercle que décrit la corde disposée régulièrement autour du ballon.
$2\pi R'=2\pi R+1$. $R'=\frac{2\pi R+1}{2\pi}=R+\frac{1}{2\pi}$m. $\frac{1}{2\pi}=0{,}16$.
$R'-R=\frac{1}{2\pi}\approx0{,}16$.
Autrement dit, la corde se trouve à environ 16 cm de la surface du ballon. Ce calcul a été fait quel que soit le rayon du ballon, donc de l'objet sphérique considéré, ce pourrait être la Terre.

ORGANISATION ET GESTION DE DONNÉES

20 Notion de fonction : définitions, vocabulaire, notations p. 23

1 1. f est la fonction définie par $f(x)=3x+4$. L'image de -8 est $3\times(-8)+4=-20$. $f(-8)=-20$.
2. g est la fonction définie par $g(x)=3(x+4)$. L'image de -8 est $3(-8+4)=-12$. $g(-8)=-12$.
3. k est la fonction définie par $k(x)=-x^2$. Les antécédents de -49 sont les nombres x tels que $-x^2=-49$.
C'est-à-dire que $x^2=49$. Ce sont 7 et -7. Les antécédents de -49 sont 7 et -7.
4. a. $7+3=10$; $10\times2=20$; $20-2\times7=6$. L'image de 7 par la fonction h est 6.
$-3+3=0$; $0\times2=0$; $0-2\times(-3)=6$. L'image de -3 par la fonction h est 6.
$6+3=9$; $9\times2=18$; $18-2\times6=6$. L'image de 6 par la fonction h est 6.
b. On peut conjecturer que l'image de n'importe quel nombre par la fonction h est égale à 6.
x étant un nombre quelconque, l'image de x par la fonction h est :
$h(x)=2(x+3)-2x$, donc $h(x)=6$.
Par conséquent l'image de n'importe quel nombre par la fonction h est égale à 6. Tous les nombres ont la même image par la fonction h, c'est 6.

2 1. À 10h ce jour-là, il faisait une température de 2°C. Il a fait 2°C à 0h et à 10h.
Il a fait 10°C à 14h.
2. $t(10)=2$ et donc l'image de 10 est 2.
2 est aussi l'image de 0 ; $t(0)=2$.
3. Le nombre qui a pour image 10 est 14. $t(14)=10$. On dit que 14 est un antécédent de 10 par la fonction t.

21 Notion de fonction : représentation graphique p. 24

1 1. Le voilier ne pourra pas sortir du port entre 1 h 30 min et 7 h 45 min.
2. La hauteur d'eau est maximale à 10 h 30 min et la hauteur est de 4 m.

3. L'image de 6,5 est 2,2. $h(6,5) = 2,2$. À 6 h 30 min, la hauteur d'eau est de 2,20 m.
Les antécédents de 3,8 sont 9 et 11,5. $h(9) = 3,8$ et $h(11,5) = 3,8$. La hauteur d'eau est de 3,80 m à 9 h et à 11 h 30 min.

2 $V(x) = x(20 - 2x)^2$

x en cm	0	1	2	3	4	5	6	7	8	9	10
V(x) en cm³	0	324	512	588	576	500	384	252	128	36	0

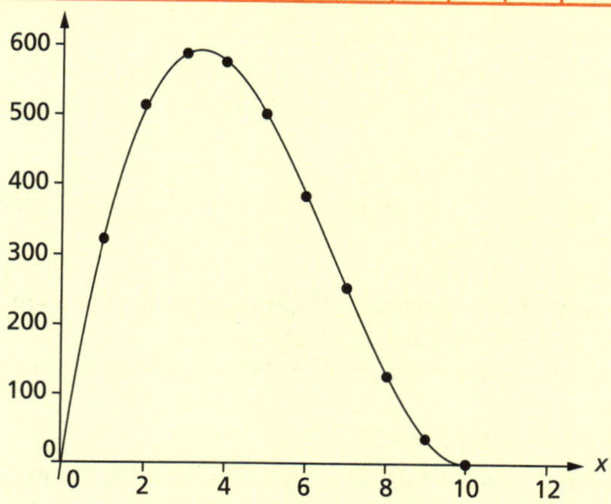

22 Fonction linéaire : définitions _______ p. 25

1 **1.** On note cette fonction : $x \mapsto 0,4x$.
2. $0,4 \times (-1) = -0,4$; $0,4 \times 2 = 0,8$; $0,4 \times 25 = 10$;
$0,4 \times \frac{7}{3} = \frac{14}{15}$; $0,4 \times (-2) = -0,8$; $0,4 \times \sqrt{3} = 0,4\sqrt{3}$;
$0,4 \times 0 = 0$ et $0,4 \times 0,003 = 0,0012$.
Les images respectives des nombres -1 ; 2 ; 25 ; $\frac{7}{3}$; -2 ; $\sqrt{3}$; 0 et 0,003 sont :
$-0,4$; 0,8 ; 10 ; $\frac{14}{15}$; $-0,8$; $0,4\sqrt{3}$; 0 et 0,0012.

3. Soit x le nombre qui a pour image 30, cela signifie :
$0,4x = 30$.
C'est-à-dire que : $x = 75$. Le nombre qui a pour image 30 est 75.
4. Soit y le nombre dont l'image est -5, cela signifie que $0,4y = -5$. C'est-à-dire que : $y = -12,5$. $-12,5$ est le nombre dont l'image est -5.

2 Après l'augmentation, le prix du billet Paris-Marseille sera : $\left(1 + \frac{2}{100}\right) \times 58 = 1,02 \times 58 = 59,16$ €.

3 **1.** Le prix payé dépend du nombre de litres de carburant achetés.
2. Si x désigne le volume en litres d'essence achetés, le prix à payer est $1,08x$. Le prix à payer est proportionnel au volume d'essence acheté. On a $f(x) = 1,08x$. f est une fonction linéaire, son coefficient est 1,08.
3. Pour 45 L, on paie $1,08 \times 45 = 48,60$ €. On écrira : $f(45) = 48,6$.
4. Si on a payé 64,80 €, on a acheté $64,80 \div 1,08 = 60$ L.
On écrira $f(60) = 64,80$.

23 Fonction linéaire : calcul d'image, calcul d'antécédent _______ p. 26

1 **1.** $f(4,5)$ désigne l'image de 4,5.
2. $f(-2) = -5 \times (-2)$.
3. $f(1,5) = -5 \times 1,5 = -7,5$.
4. $\frac{12}{-5} = -2,4$. L'antécédent de 12 est $-2,4$.

2 **1.** Soit a le coefficient de cette fonction linéaire, $h(8) = -3$ signifie que : $8a = -3$.
Cela signifie que $a = -\frac{3}{8}$. h a pour coefficient $-\frac{3}{8}$.

2. $h(-2) = -\frac{3}{8} \times (-2) = \frac{3}{4}$; $h(0) = -\frac{3}{8} \times 0 = 0$;
$h\left(\frac{2}{3}\right) = -\frac{3}{8} \times \frac{2}{3} = -\frac{1}{4}$; $h(80) = -\frac{3}{8} \times 80 = -30$ et
$h(5) = -\frac{3}{8} \times 5 = -\frac{15}{8}$.

3. $-9 \div \left(-\frac{3}{8}\right) = +24$. L'antécédent de -9 est 24.

4.

x	8	-2	0	$\frac{2}{3}$	80	5	24
$h(x)$	-3	$\frac{3}{4}$	0	$-\frac{1}{4}$	-30	$-\frac{15}{8}$	-9

3 **1.** x représente le prix d'un vêtement avant réduction.
$p(x)$ est le prix du vêtement après la réduction.
Si le vêtement coûte 100 €, après la réduction il coûte 85 €.
Si le vêtement coûte x €,
après la réduction il coûte $\frac{85 \times x}{100} = 0,85\,x$.
$p(x) = 0,85x$.
2. p est la fonction linéaire de coefficient 0,85.
3. $p(70) = 0,85 \times 70 = 59,5$. Après la réduction, le blouson coûte 59,50 euros.
4. Soit x le nombre tel que $p(x) = 51$. Cela signifie que :
$0,85x = 51$. Cela signifie que $x = \frac{51}{0,85}$.
C'est-à-dire que : $x = 60$ euros. Avant la réduction, le sweat-shirt coûtait 60 euros.

4 **1.** $d(x) = 5 \times x$. Par conséquent, d est une fonction linéaire de coefficient 5.
La variable x désigne la durée en secondes et $d(x)$ la distance parcourue en mètres pendant x secondes.
2. $d(180) = 5 \times 180$; $d(180) = 900$
On peut dire que l'image de 180 est 900. C'est-à-dire qu'en 180 secondes, on parcourt 900 m.

24 Fonction linéaire : représentation graphique _______ p. 27

1 f, g et h sont des fonctions linéaires, elles sont donc représentées par des droites qui passent par l'origine. $f(1) = 3$, $g(1) = -1,5$ et $h(1) = 4,5$. La droite représentant f passe par A(1 ; 3). La droite représentant g passe par B(1 ; $-1,5$). La droite représentant h passe par C(1 ; 4,5).

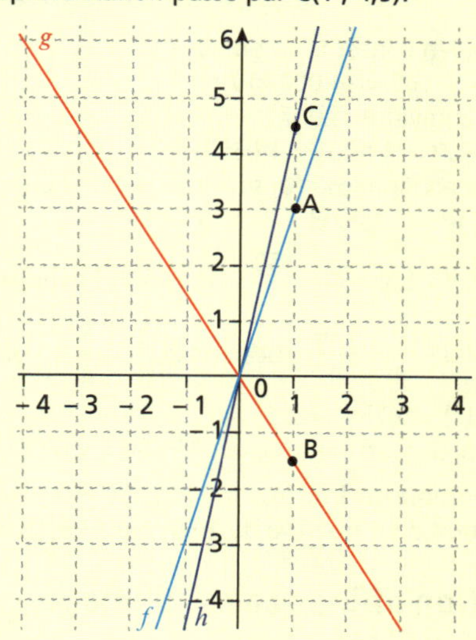

2 **1.** Par lecture graphique, on lit que la pression conseillée pour les pneus est de 36 PSI.
2. La mesure de la pression en PSI est une fonction linéaire de la mesure de la pression exprimée en bar car elle est représentée par une droite qui passe par l'origine.

Corrigés détachables

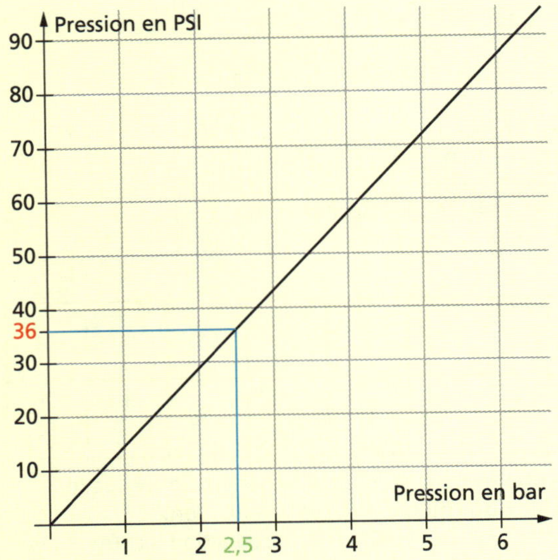

3. Par lecture graphique, on lit qu'une pression de 2,5 bar correspond à une pression d'environ 36 PSI.

$\frac{36}{2,5} = 14,4$. Le coefficient de la fonction linéaire est 14,4.

Par conséquent, $P(x) = 14,4x$.

25 Fonction affine : définitions _______ p. 28

1 f est une fonction affine avec $a = 4$ et $b = -9$.
$g(x) = -3x$, est une fonction affine avec $a = -3$ et $b = 0$, g est aussi une fonction linéaire $a = -3$.
h n'est ni une fonction linéaire, ni une fonction.
$k(x) = 15x + 2$, k est une fonction affine avec $a = 15$ et $b = 2$
m n'est ni une fonction linéaire, ni une fonction affine.
p est une fonction affine avec $a = 0$ et $b = -1$, p est ausi une fonction constante (tous les nombres ont la même image par p, le nombre -1.

2 1. et 2. $P_A(x) = 6x$; $P_B(x) = 2,5x + 25$ et $P_C(x) = 90$.
P_A est une fonction linéaire et affine avec $a = 6$ et $b = 0$.
P_B est une fonction affine avec $a = 2,5$ et $b = 25$.
P_C est une fonction affine et constante avec $a = 0$ et $b = 90$.
3. Pour le tarif A, le prix payé est proportionnel au nombre d'entrées, ce n'est pas le cas des autres tarifs.

3 1. Tarif A : 202,43 + 0,0609 × 17 500 = 1 268,18 €. La famille est abonnée au tarif A.
2. a. En 2017, la consommation de la famille a diminué de 20 %, donc elle représente 80 % de la consommation de l'année 2016.
Nombre de kWh consommés en 2017 :
17 500 × 80 ÷ 100 = 14 000 kWh
b. Montant à payer en 2017 :
202,43 + 0,0609 × 14 000 = 1 055,03 €.
Montant des économies réalisées par la famille entre 2016 et 2017 : 1 268,18 – 1 055,03 = 213,15 €.

4 1. $P(x) = x - 100 - \frac{x - 150}{4}$. On réduit l'expression :

$P(x) = x - 100 - \frac{x}{4} + \frac{150}{4}$; et donc $P(x) = \frac{3}{4}x - 62,5$.

On a donc $P(x) = 0,75x - 62,5$.
P est une fonction affine avec $a = 0,75$ et $b = 62,5$.

2. Pour un homme de 1,80 m, $x = 180$ et $P(180) = 72,5$. Le poids idéal théorique d'un homme de 1,80 m est de 72,5 kg.

26 Fonction affine : calcul d'image, calcul d'antécédent _______ p. 29

1 1. f étant une fonction affine définie par $f(x) = ax + b$, alors $f(0) = b$. Donc $f(0) = 4$ et $g(0) = -2$.
2. Calcul de l'image de 3 par f : $f(3) = -1,5 \times 3 + 4$; $f(3) = -0,5$.
3. Calcul de l'image de – 5 par g : $g(-5) = 3 \times (-5) - 2$; $g(-5) = -17$.
4. Calcul de l'antécédent de 10 par f. On cherche le nombre x tel que $f(x) = 10$.
On résout l'équation : $-1,5x + 4 = 10$; $x = \frac{10 - 4}{-1,5}$; $x = -4$.
L'antécédent de 10 par f est – 4. $f(-4) = 10$.
Calcul de l'antécédent de 10 par g. On cherche le nombre x tel que $g(x) = 10$.
On résout l'équation : $3x - 2 = 10$; $x = \frac{10 + 2}{3}$; $x = 4$.
L'antécédent de 10 par g est 4. $g(4) = 10$.

2 1. $f(-2) = -12$.
2. $h(-1) = 5 \times (-1) - 7$, $h(-1) = -12$ (valeur que l'on retrouve dans la cellule D4).
3. $h(4) = 5 \times 4 - 7$, $h(4) = 13$.
4. L'image de – 2 par la fonction h est – 17. L'antécédent de – 17 par la fonction h est – 2.
5. $g(x) = 3x^2 - 9x - 7$.
6. f et h sont des fonctions affines (avec respectivement pour f, $a = 6$ et $b = 0$ et pour h, $a = 5$ et $b = -7$).
f est aussi une fonction linéaire. Mais la fonction g n'est pas affine
7. Dans B4, la formule =5*B1-7

3 1. Pour $x = 40$, $1,8x + 32 = 1,8 \times 40 + 32 = 104$. Ce malade a une température de 104 °F.
2. $f(0) = 32$. L'image de 0 est 32. L'eau gèle à 0 °C soit 32 °F.
3. L'antécédent de 57 par la fonction f est le nombre x tel que $1,8x + 32 = 57$ (équation).
$x = \frac{57 - 32}{1,8}$; $x = \frac{125}{9}$; $x \approx 14$.
La température à San Francisco est d'environ 14 °C.

27 Fonction affine : représentation graphique _______ p. 30

1 1. $f(4) = 6,5$ signifie que le point A d'abscisse 4 et d'ordonnée 6,5 appartient à la représentation graphique de la fonction affine f.
$f(10) = 12,5$ signifie que le point B d'abscisse 10 et d'ordonnée 12,5 appartient à la représentation graphique de la fonction affine f. La représentation graphique de f est la droite (AB).

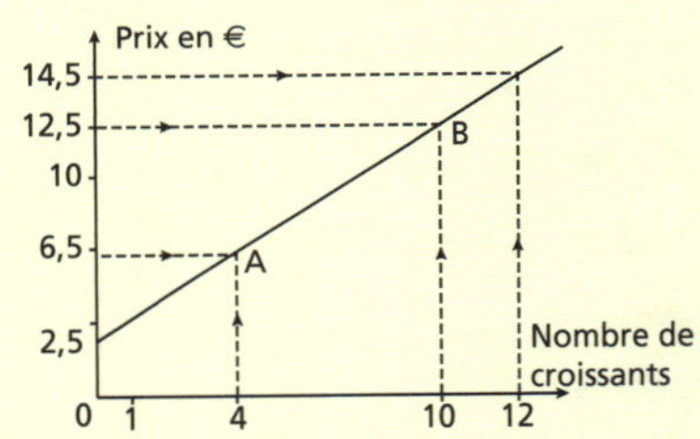

2. Par lecture graphique, le prix de 12 croissants livrés, livraison comprise, est 14,5 €.
3. On sait que 4 croissants livrés coûtent 6,5 € et 10 croissants livrés 12,5 € et que le prix facturé est une fonction affine f du nombre x de croissants.
Donc la fonction affine f définie par $f(x) = ax + b$ est telle que $f(4) = 6,5$ et $f(10) = 12,5$.
$a = \frac{f(10) - f(4)}{10 - 4} = \frac{12,5 - 6,5}{6} = 1$
et $b = f(10) - 10 \times 1 = 12,5 - 10 = 2,5$.
La fonction affine f est définie par $f(x) = x + 2,5$.
Le prix d'un croissant est 1 € et le montant de la livraison est de 2,5 €.
Le prix de 12 croissants, livraison comprise, est égal à $1 \times 12 + 2,5 = 14,5$.

2 1. d et N sont des fonctions affines, donc elles sont représentées par des droites.
Pour $x = 10$, $d(10) = 37,5$ et pour $x = 0$, $d(0) = 45$. La droite qui représente d passe par les points de coordonnées (10 ; 37,5) et (0 ; 45).
Pour $x = 10$, $N(10) = 0$ et pour $x = 20$, $N(20) = 5$. La droite qui représente N passe par les points de coordonnées (10 ; 0) et (20 ; 5).

2.

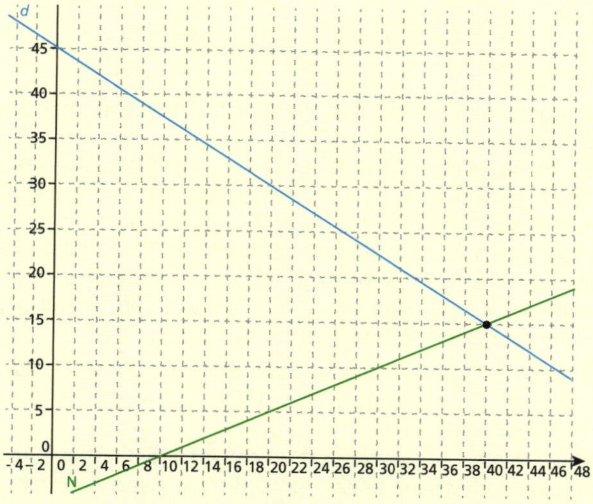

Dire que le nombre d'exemplaires du jeu produits est égal à la demande, correspond graphiquement au point d'intersection des deux droites. Ce point a pour coordonnées (40 ; 15), pour un prix de 40 €, le nombre d'exemplaires du jeu produits est égal à la demande et ce nombre est 15 milliers d'exemplaires de jeu.

3. Le nombre d'exemplaires du jeu produits est égal à la demande, se traduit par l'équation :

$0{,}5x - 5 = -0{,}75x + 45$; $0{,}5x + 0{,}75x = 45 + 5$; $x = \dfrac{50}{1{,}25}$; $x = 40$.

28 Fonction affine : proportionnalité des accroissements ______ p. 31

1 **1.**

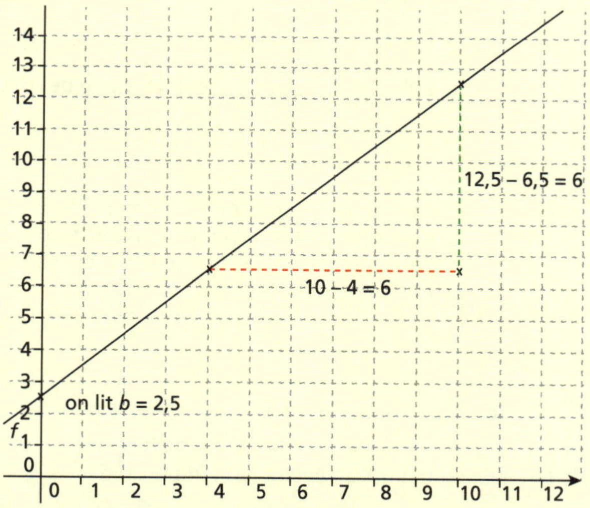

$f(0)$ est le montant de la livraison car c'est le prix à payer pour 0 croissant acheté. On sait que $f(0) = b$. On lit $b = 2{,}5$.

2. $\dfrac{12{,}5 - 6{,}5}{10 - 4} = \dfrac{6}{6} = 1$. Ce quotient est le prix d'un croissant, on sait que ce quotient est égal à a. Donc $a = 1$.
Par conséquent : $f(x) = 1 \times x + 2{,}5$. Le prix de la livraison est 2,50 € et le prix d'un croissant est 1 €.

2 **1.** g est une fonction affine. g est définie par $g(x) = ax + b$, on sait que $g(-2) = 5$ et $g(3) = 2$.

Le quotient $\dfrac{g(3) - g(-2)}{3 - (-2)}$ est égal au nombre a. Calcul de ce quotient : $\dfrac{g(3) - g(-2)}{3 - (-2)} = \dfrac{2 - 5}{5} = -0{,}6$. Donc $a = -0{,}6$.
On sait que $g(3) = 2$, cela signifie que quand on remplace x par 3, l'expression $ax + b$ vaut 2.
$-0{,}6 \times 3 + b = 2$ (équation), donc $b = 3{,}8$. En conclusion, $g(x) = -0{,}6x + 3{,}8$.

2.

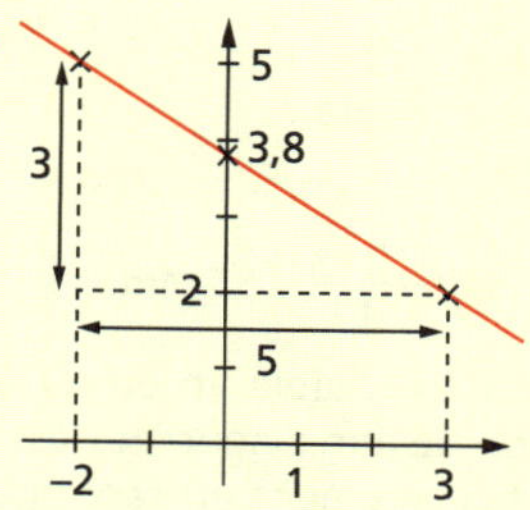

29 Fonctions : leur utilisation pour résoudre des problèmes ______ p. 32

1 **1.** 0,5 L = 500 cm³. Le volume d'eau contenu dans le vase est $16 \times h$.
$16h = 500$; $h = 31{,}25$. $31{,}25 > 20$. Le vase ne pourra pas contenir 0,5 L d'eau.

2. Le volume d'eau est $V(h) = 16h$. V est une fonction linéaire, elle est donc représentée par une droite qui passe par l'origine du repère et $V(20) = 320$. C'est le schéma b.

2 **1.** Par lecture graphique, Marie, qui habite à 2,5 km, a un débit de connexion de 10 Mbits par seconde.
2. Par lecture graphique, Paul, qui obtient un débit de 20 Mbits/s, habite à 1,5 km.
3. Par lecture graphique, la distance maximale à laquelle on peut habiter pour pouvoir recevoir la télévision par internet est de 2 km.

3 **1.**

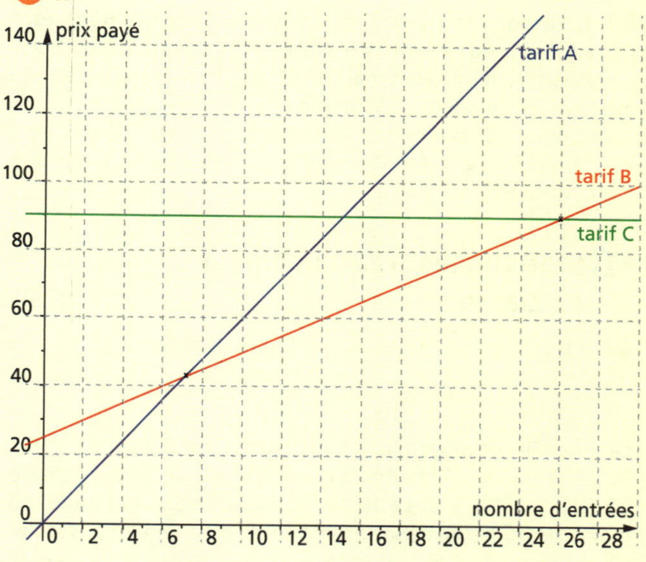

2. P_A est une fonction linéaire, elle est représentée par une droite qui passe par l'origine du repère et par le point M(10 ; 60).
P_B est une fonction affine, elle est représentée par une droite. Cette droite passe par les points P(0 ; 25) et R(20 ; 75).
P_C est une fonction constante, elle est représentée par une droite parallèle à l'axe des abscisses (horizontale) et passe par le point T(0 ; 90).
Par lecture graphique : x désignant le nombre d'entrées :
Si $x < 7$, c'est le tarif A le plus avantageux. La droite bleue est la droite la plus basse.
Si $7 \leqslant x \leqslant 25$, c'est le tarif B le plus avantageux. La droite rouge est la droite la plus basse.
Si $x > 25$, c'est le tarif C le plus avantageux. La droite verte est alors la droite la plus basse.
3. On retrouve les mêmes réponses par calcul en résolvant les inéquations : $6x < 2{,}5x + 25$ et $2{,}5x + 25 < 90$.

30 Statistiques : listes, tableaux ______ p. 33

1 **1.** Pour les deux villes, le diagramme à barres donne la hauteur de pluie en mm par mois, la courbe donne le nombre de jours de pluie par mois.

2. Hauteur totale$_{\text{Marseille}}$ = 51 + 32 + 30+ 51 + 31 + 22 + 7+ 27 + 70 + 78 + 58 + 51 = 508 mm et Hauteur totale$_{\text{Toulouse}}$ = 51 + 41 + 49 + 69 + 73 + 60 + 36 + 46 + 47 + 56+ 51 + 52 = 631 mm.

3. $M_{\text{Marseille}} = \frac{508}{12} \approx 42$ mm et $M_{\text{Toulouse}} = \frac{631}{12} \approx 53$ mm.

4. À Marseille, la pluviométrie est très faible en été (1 à 3 jours de pluie en moyenne par mois de juin à août) et c'est en automne qu'il pleut le plus, particulièrement en septembre et octobre.
À Toulouse, on observe un maximum des pluies en mai, le printemps est la saison la plus pluvieuse, et un minimum en juillet. Dans ces deux villes, la pluviométrie est différente (mais assez semblable en hiver de novembre à janvier).

2 **1.**

nombre de tours	33	34	35	36	37	38	39	40
effectif	5	3	2	8	5	10	4	3

2. Le nombre de tours moyen effectués pendant la course est :

$$\frac{5 \times 33 + 3 \times 34 + 2 \times 35 + 8 \times 36 + 5 \times 37 + 10 \times 38 + 4 \times 39 + 3 \times 40}{5 + 3 + 2 + 8 + 5 + 10 + 4 + 3}$$

$= \frac{1\,466}{40} = 36{,}65$

36,65 tours de circuit.

3. 5 coureurs ont effectué 37 tours : $\frac{5}{40} \times 100 = 12{,}5$.

12,5 % des coureurs ont effectué 37 tours.

3 **1.** Le nombre moyen de points marqués par Rémi est : (40 + 35 + 85 + 67 + 28 + 74 + 28) ÷ 7 = 51 points. Si à chacune des 7 parties, Rémi avait marqué 51 points, il aurait obtenu le même total de points : 357 points.
2. Le nombre de points que Nadia a marqués à la 6e partie est : 7 × 51 − (12 + 62 + 7 + 100 + 81 + 30) = 65. Nadia a marqué 65 points à la 6e partie.

31 Statistiques : regroupement en classes ___ p. 34

1 **1.** Durée de vie moyenne des fauteuils testés :

$$\frac{13 \times 0{,}5 + 38 \times 1{,}5 + 40 \times 2{,}5 + 4 \times 3{,}5 + 5 \times 4{,}5}{100} = 2.$$

La durée de vie moyenne des 100 fauteuils testés est de 200 h.
2. 40 + 4 + 5 = 49. 49 fauteuils ont une durée de vie qui dépasse 200 h. 49 < 100 ÷ 2. Le fabricant souhaite que la moitié, au moins, des fauteuils dépasse 200 heures, mais ce n'est pas le cas.

2 **1.** 200 appels ont été passés ce jour-là. Le centre de la première classe est 30 s. L'amplitude d'une classe est 20 s. 50 + 60 + 30 + 30 = 170. 170 appels dépassent une minute.
2. La durée moyenne est :

$$\frac{10 \times 30 + 20 \times 50 + 50 \times 70 + 60 \times 90 + 30 \times 110 + 30 \times 130}{200} = 87.$$

La durée moyenne d'un appel a été d'environ 87 s.

32 Statistiques : étendue, médiane ___ p. 35

1 **1.** On commence par ranger la série dans l'ordre croissant : 30 – 31 – 31 – 32 – 32 – 33 – 34 – 34 – 36 – 37 – 38 – 38 – 39 – 39 – 40 – 40 – 42 – 42 – 43 – 43 – 45 – 45 – 46 – 47 – 48. Étendue = 48 – 30 = 18 kg. Il y a 18 kg d'écart entre le carreau qui a le plus produit de gros sel et le carreau qui en a le moins produit.
2. La série comporte 25 données. 25 ÷ 2 = 12,5. La médiane est donc la 13e donnée. Médiane = 39 kg. La moitié des carreaux produit au moins 39 kg de gros sel.
3. Moyenne = $\frac{\text{somme totale}}{25} = \frac{965}{25} = 38{,}6$ kg. En moyenne, il y a eu 38,6 g de sel produit par carreau.

2 **1.** La moyenne est :

$$\frac{2 \times 8 + 3 \times 9 + 1 \times 10 + 3 \times 11 + 5 \times 12 + 4 \times 13 + 1 \times 14 + 3 \times 15 + 2 \times 16 + 1 \times 17}{25}$$

= 12,24.
2. L'étendue est 17 – 8 = 9. L'écart entre la meilleure note et la moins bonne note est 9.
3. La médiane est la 13e note quand les notes sont classées en ordre croissant : c'est 12. Au moins la moitié de la classe a plus de 12 et au moins la moitié de la classe a moins de 12.
4. Être à plus 2 points de la moyenne de la classe, c'est avoir obtenu entre 10,24 et 14,24. 13 élèves ont obtenu une note comprise entre 10,24 et 14,24. 13 > 25 ÷ 2. Le professeur peut considérer que les résultats sont satisfaisants.

3 **1.** et **2.** Pour calculer la taille moyenne : « =MOYENNE (A2 : A16) » ou « = SOMME (A2 : A16)/15 ». La taille moyenne est d'environ 174,5 cm.
3. Pour la médiane, le résultat affiché est 175. C'est la 8e donnée quand elles sont classées en ordre croissant. Au moins la moitié du groupe mesure au moins 175 cm et au moins la moitié du groupe mesure au plus 175 cm.
4. L'étendue est 187 – 165 = 22. Il y a 22 cm d'écart entre la taille du plus grand joueur et celle du plus petit. La formule pour calculer l'étendue : « =MAX(A2:A16)-MIN(A2:A16) ».

33 Probabilité : définitions, notions élémentaires ___ p. 36

1 $\frac{\text{nombre de bonbons verts}}{\text{nombre total de bonbons}} = \frac{5}{25} = \frac{1}{5}$ (ou 20 %).
En prenant un bonbon sans regarder, la probabilité pour que Victor soit satisfait est de $\frac{1}{5}$ (20 %).

2 **1.** La fréquence de face est $\frac{14}{25}$.
2. Pour chaque lancer, la probabilité d'obtenir face est la même que celle d'obtenir pile, soit $\frac{1}{2}$ pour chacune des deux issues.
3. La probabilité d'obtenir face est $\frac{1}{2}$.
4. Si on réalise l'expérience un très grand nombre de fois, la fréquence de réalisation de l'événement « obtenir face » se stabilise en se rapprochant de la valeur qui est la probabilité d'obtenir face : $\frac{1}{2}$.

3 **1.** $\frac{3}{6} = 0{,}5$.
2. $\frac{6}{6} = 1$. Cet événement est un événement certain car le mot ORGANE est une anagramme du mot ORANGE.
3. 0. Cet événement est un événement impossible.

34 Probabilités : expérience à une épreuve ___ p. 37

1 **1.** L'événement contraire de « obtenir 5 » est « ne pas obtenir 5 ».
2. Les événements « obtenir 5 » et « obtenir un nombre pair » ne peuvent pas être réalisés en même temps. Ce sont des événements incompatibles.
3. Les événements « obtenir 4 » et « obtenir un nombre inférieur à 5 » peuvent se réaliser en même temps (si le 4 est le nombre qui sort), donc ce ne sont pas des événements incompatibles.

2 **1. a.** 12 billes portent un numéro pair.
b. La probabilité d'obtenir un nombre pair est $\frac{12}{25}$.
2. Les diviseurs de 24 qui sont dans l'urne, sont 1 ; 2 ; 3 ; 4 ; 6 ; 8 ; 12 et 24. La probabilité d'obtenir un diviseur de 24 est $\frac{8}{25}$.

3 **1. a.** P(obtenir un nombre pair) = $\frac{1}{2}$.

b. Les multiples de 4 sur le dé sont 4 ; 8 et 12.

P(obtenir un multiple de 4) = $\frac{3}{12} = \frac{1}{4}$.

c. Les multiples de 3 sur le dé sont 3 ; 6 ; 9 et 12.

P(ne pas obtenir un multiple de 3) = $1 - \frac{4}{12} = \frac{2}{3}$.

2. Si on lance le dé un grand nombre de fois, la fréquence de « on obtient un multiple de 5 » se rapproche de la probabilité d'obtenir un multiple de 5, c'est-à-dire $\frac{2}{12} = \frac{1}{6}$.

4 **1.** Dans M2, il a saisi =SOMME(B2 :L2) (c'est-à-dire la somme des contenus des cellules de B2 à L2).

2. Il obtient un message d'erreur en tirant la formule =B2/M2 dans la cellule C3, car dans ce cas cela revient à calculer dans C3 le résultat de B3/M3, or la cellule M3 ne contient rien. Il faut mettre dans C2 la formule =B2/$M2 et ensuite la tirer en C3.

3. Tom a tort. La fréquence d'apparition sur les 50 lancers effectués est égale à 0, mais la probabilité d'obtenir une somme égale à 12 correspond à la probabilité de l'événement obtenir 6 avec chacun des deux dés, cette probabilité est de $\frac{1}{36}$.

35 Probabilités : expérience à deux épreuves _____ p. 38

1 **1.** En notant (cadran, bracelet), les combinaisons possibles : (R ; R), (R ; J) ; (R ; V) (R ; N) ; (J ; R) ; (J ; J) ; (J ; V) ; (J ; N). On pouvait aussi utiliser un arbre avec deux étapes. Il y a 8 assemblages possibles.

2. p(montre toute rouge) = $\frac{1}{8}$.

3. Avoir une montre d'une seule couleur, c'est avoir une montre avec cadran et bracelet rouges, ou bien une montre avec cadran et bracelet jaunes donc p(montre d'une seule couleur) = $\frac{2}{8} = \frac{1}{4}$.

4. La probabilité d'avoir une montre de deux couleurs différentes, c'est la probabilité de n'avoir ni une montre toute rouge, ni une montre toute jaune, p(montre de deux couleurs) = $1 - \frac{1}{4} = \frac{3}{4}$.

2 **1.** On formera le nombre 34.

2. a. Aucune boule ne porte le numéro 5, donc on ne pourra jamais obtenir le nombre 15, il s'agit d'un événement impossible et sa probabilité est égale à 0.

On peut résumer l'expérience réalisée avec le tableau suivant :

	1	2	3	4
1	11	12	13	14
2	21	22	23	24
3	31	32	33	34
4	41	42	43	44

b. 12, 21, 24, 33, 42 sont les multiples de 3 qui figurent dans le tableau. On peut former 16 nombres.

Donc la probabilité d'obtenir un multiple de 3 est $\frac{5}{16}$.

11, 22, 33 et 44 sont les multiples de 11 qui figurent dans le tableau. Donc la probabilité d'obtenir un multiple de 11 est $\frac{4}{16}$, soit $\frac{1}{4}$.

c. 11, 13, 23, 31 et 41 sont les nombres premiers qui figurent dans le tableau. Donc la probabilité d'obtenir un nombre premier est $\frac{5}{16}$.

3 **1.** Aucune boule ne porte le numéro 5, donc on ne pourra jamais obtenir le nombre 15, il s'agit d'un événement impossible et sa probabilité est égale à 0.

2. On peut résumer l'expérience réalisée avec le tableau suivant :

	1	2	3	4
1		12	13	14
2	21		23	24
3	31	32		34
4	41	42	43	

12, 21, 24, 42 sont les multiples de 3 qui figurent dans le tableau. On peut former 12 nombres.

Donc la probabilité d'obtenir un multiple de 3 est $\frac{4}{12}$, soit $\frac{1}{3}$.

Il n'y a aucun multiple de 11 dans le tableau. Donc la probabilité d'obtenir un multiple de 11 est égale à 0.

3. 13, 23, 31 et 41 sont les nombres premiers qui figurent dans le tableau. Donc la probabilité d'obtenir un nombre premier est $\frac{4}{12}$, soit $\frac{1}{3}$.

36 Tableur : utilisation _____ p. 39

1 **1.** Dans la cellule G2, on saisira la formule « =SOMME(B2 :F2) ». On obtient 500. Il y a eu 500 entrées à la piscine pendant cette semaine-là.

2. Le pourcentage que représentent les entrées du mercredi par rapport à l'ensemble de la semaine est obtenu avec la formule « =C2/G2*100 ». On obtient : 25,4. Les entrées du mercredi représentent 25 % des entrées de la semaine, soit environ un quart.

2 Dans la cellule D10, on affiche la moyenne des notes dans la classe. Moyenne ≈ 10,8.

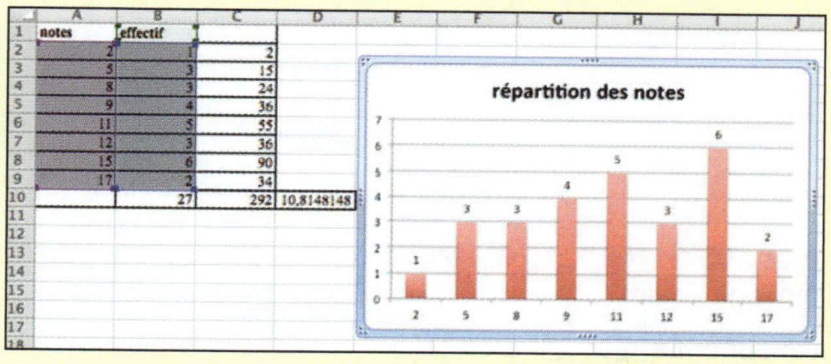

GRANDEURS ET MESURES

37 Grandeurs composées _____ p. 40

1 343 200 ÷ 1 100 = 312. Dans cet avion reliant Paris à Rome se trouvent 312 passagers.

2 $\text{Distance}_{\text{Terre-Soleil}} = 300\,000 \times (8 \times 60 + 30) = 153 \times 10^6$ km.

3 Le cube a un volume de $5^3 = 125$ cm³. Il a une masse de 107,5 g. Sa masse volumique est donc de :
107,5 ÷ 125 = 0,86 g/cm³. Ce cube de bois est en châtaignier.

4 **1.** L'unité de l'efficacité environnementale est kgCO_2/voyageur. Donc c'est une grandeur quotient, il s'agit du quotient de la quantité d'émissions de CO_2 par le nombre de voyageurs.

2. EE = C ÷ N.

3. C = EE × N = 3 × 420 = 1 260 kgCO_2.

4. N = C ÷ EE = 180 ÷ 45 = 4. 4 personnes se trouvent à bord de la voiture.

Corrigés détachables

38 Théorème de Thalès p. 41

1 **2.** Pour les triangles DEF et DKL, L est un point de la demi-droite [DF) et K est un point de la demi-droite [DE), tels que les droites (KL) et (EF) soient parallèles.

D'après le théorème de Thalès, on a : $\frac{DE}{DK} = \frac{DF}{DL} = \frac{EF}{KL}$.

Donc on a : $\frac{DE}{DK} = \frac{DF}{DL}$. Cela signifie que : $\frac{6}{8} = \frac{5,4}{DL}$.

Cela signifie que : DL × 6 = 5,4 × 8.

Cela signifie que : DL = $\frac{5,4 \times 8}{6}$. DL = 7,2 cm.

On a : $\frac{DE}{DK} = \frac{EF}{KL}$. Cela signifie que : $\frac{6}{8} = \frac{4,8}{KL}$.

Cela signifie que : KL × 6 = 4,8 × 8.

Cela signifie que : KL = $\frac{4,8 \times 8}{6}$. KL = 6,4 cm.

3. Le triangle DLK est un agrandissement du triangle DEF de rapport $\frac{4}{3}$ car $\frac{8}{6} = \frac{4}{3}$.

4. EK = DK – DE = 8 – 6 = 2 cm.
FL = DL – DF = 7,2 – 5,4 = 1,8 cm.
Périmètre EFLK = EF + FL + LK + KE = 4,8 + 1,8 + 6,4 + 2 = 15 cm.
Le périmètre de EFLK est de 15 cm.

2 **1. a.**

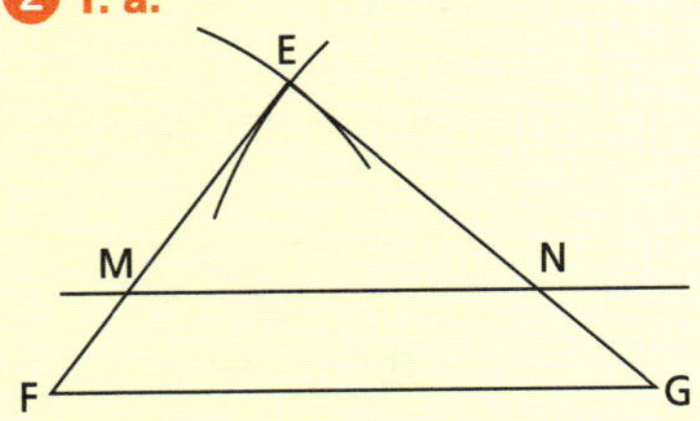

b. EM = $\frac{2}{3}$ × EF, donc EM = $\frac{2}{3}$ × 5,4 d'où EM = 3,6 cm.

c. Les droites (MN) et (FG) étant parallèles, appliquons le théorème de Thalès.

On obtient : $\frac{EN}{EG} = \frac{EM}{EF}$ d'où $\frac{EN}{7,2} = \frac{2}{3}$.

EN = 7,2 × $\frac{2}{3}$ donc EN = 4,8 cm.

On vérifie ce résultat sur la figure.

2. On a : $EF^2 + EG^2 = 5,4^2 + 7,2^2 = 29,16 + 51,84 = 81$
et $FG^2 = 9^2 = 81$, donc $EF^2 + EG^2 = FG^2$.
D'après la réciproque du théorème de Pythagore, on peut en déduire que le triangle EFG est rectangle en E.
Comme M ∈ [EF] et N ∈ [EG], on déduit de la question précédente que le triangle EMN est également rectangle en E.

Son aire est donc égale à $\frac{EM \times EN}{2} = \frac{3,6 \times 4,8}{2} = 8,64$.

Donc l'aire du triangle EMN est égale à 8,64 cm².

3 **2.** Si le triangle ADE est rectangle, c'est forcément en E car AD est le plus grand côté. On a :
D'une part : $AD^2 = 7^2 = 49$. D'autre part :
$AE^2 + DE^2 = 4,2^2 + 5,6^2 = 17,64 + 31,36 = 49$
Conclusion : $AD^2 = AE^2 + DE^2$, d'après la réciproque du théorème de Pythagore, le triangle ADE est rectangle en E.

3. Les points A, F, D et A, G, E sont alignés sur deux droites sécantes en A.
Les droites (FG) et (DE) sont parallèles.

Donc d'après le théorème de Thalès on a : $\frac{AF}{AD} = \frac{AG}{AE} = \frac{FG}{DE}$

Puis en remplaçant par les valeurs $\frac{2,5}{7} = \frac{AG}{4,2} = \frac{FG}{5,6}$

soit : $\frac{2,5}{7} = \frac{FG}{5,6}$ et FG = $\frac{5,6 \times 2,5}{7}$ = 2 cm.

39 Réciproque du théorème de Thalès p. 42

1 On a AM = $\frac{2}{5}$AB et

AN = $\frac{2}{5}$AC

donc $\frac{AM}{AB} = \frac{AN}{AC} = \frac{2}{5}$

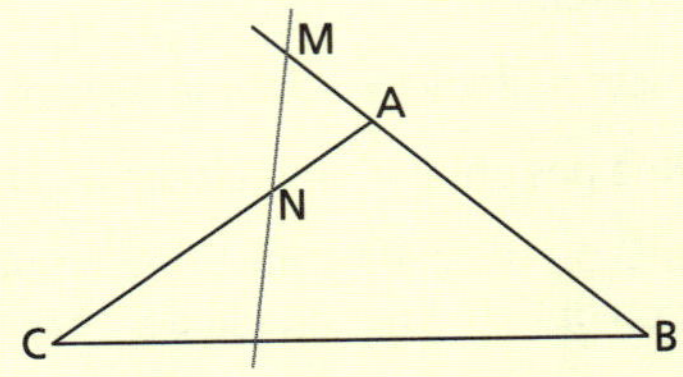

On sait que M ∈ (AB),
M " [AB] et N ∈ [AC].
Les points A, B et M d'une part et les points A, C et N d'autre part ne sont pas alignés dans le même ordre.
On observe que les droites (MN) et (BC) ne sont pas parallèles.

2 On a AM = $\frac{2}{5}$AB et

AN = $\frac{2}{5}$AC

donc $\frac{AM}{AB} = \frac{AN}{AC} = \frac{2}{5}$

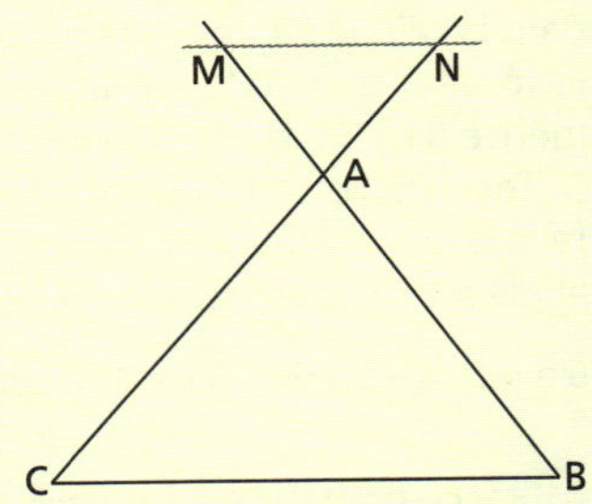

On sait que le point M est sur (AB) et pas sur [AB] et le point N est la droite (AC) et pas sur [AC].
Les points M, A, B d'une part et les points N, A, C d'autre part sont alignés dans le même ordre.
Donc les droites (MN) et (BC) sont parallèles.

3 **1. a.** Nous sommes dans une situation de Thalès. Les droites (CM) et (TW) sont sécantes en P et (CT) // (MW) donc d'après le théorème de Thalès : $\frac{PC}{PM} = \frac{PT}{PW} = \frac{CT}{MW}$. D'où

$\frac{3,78}{4,2} = \frac{CT}{3,4}$ et donc CT = $\frac{3,78 \times 3,4}{4,2}$ = 3,06 m.

b. 3,06 × 2 = 6,12, il faudra donc 6,12 m de fil. 6,12 < 7 donc 7 m de fil seront suffisants.

2. On donne PT = 1,88 m et PW = 2,30 m.
La couture (CT) sera parallèle au bord (MW) si les triangles PCT et PMW sont en situation de proportionnalité, c'est-à-dire en situation d'agrandissement/réduction. On peut aussi utiliser le théorème réciproque de Thalès.

C ∈ [MP], T ∈ [PW]. On calcule séparément : $\frac{PC}{PM} = \frac{3,78}{4,2} = 0,9$

et $\frac{PT}{PW} = \frac{1,88}{2,3} = 0,817...$

$\frac{PC}{PM} \neq \frac{PT}{PW}$ et par conséquent (CT) n'est pas parallèle à (MW).
La couture n'est pas parallèle au bord de la voile.

4 **1.** $\frac{RE}{RD} = \frac{3}{3+1,5} = \frac{3}{4,5} = \frac{2}{3}$ et, $\frac{RC}{RU} = \frac{2}{3}$ donc $\frac{RE}{RD} = \frac{RC}{RU}$.

Les droites (ED) et (CU) sont sécantes en R. Les points R, E, D d'une part et R, C, U d'autre part sont alignés dans le même ordre tels que $\frac{RC}{RU} = \frac{RE}{RD}$; donc d'après la réciproque du théorème de Thalès, les droites (EC) et (DU) sont parallèles.

2. Par conséquent, le triangle RDU est un agrandissement du triangle REC de rapport $\frac{RD}{RE} = \frac{3}{2}$.

3. Donc le coefficient permettant de passer de l'aire du triangle REC à l'aire du triangle RDU est $1,5^2 = 2,25$. C'est-à-dire que $aire_{RDU} = 2,25 \times aire_{REC}$.

40 Homothéties p. 43

1 **1. a.**

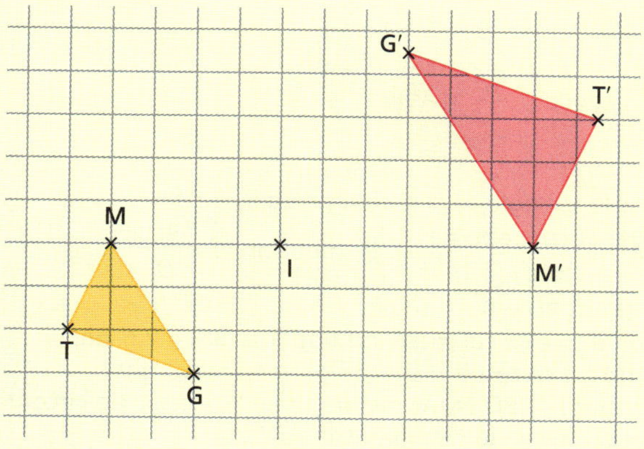

b.

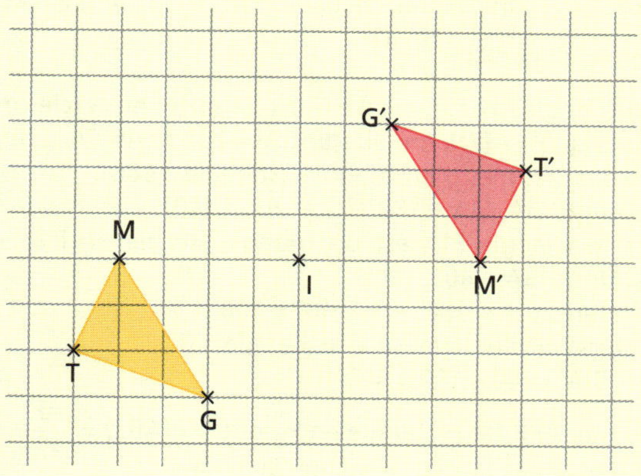

c.

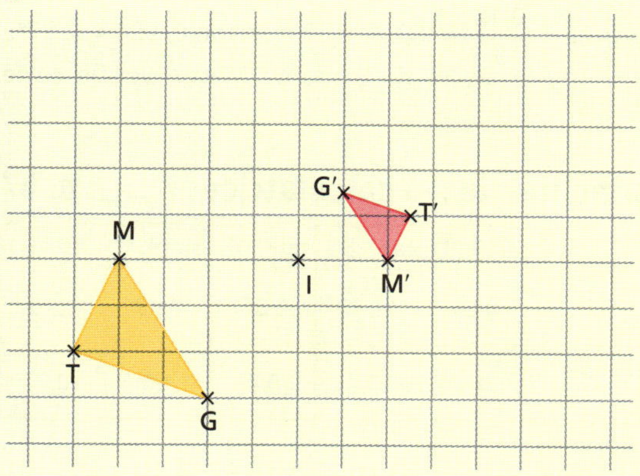

d.

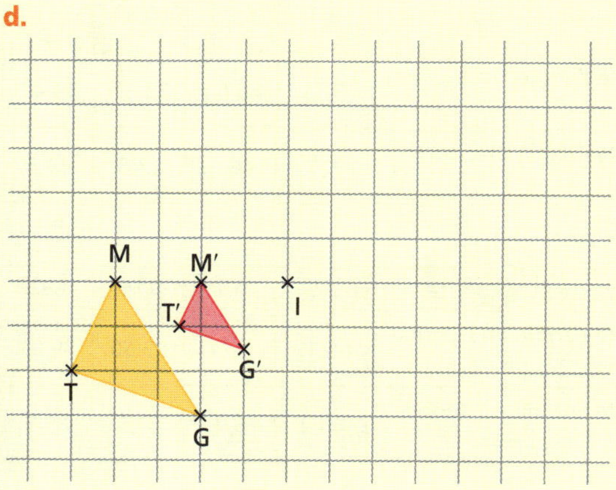

e.

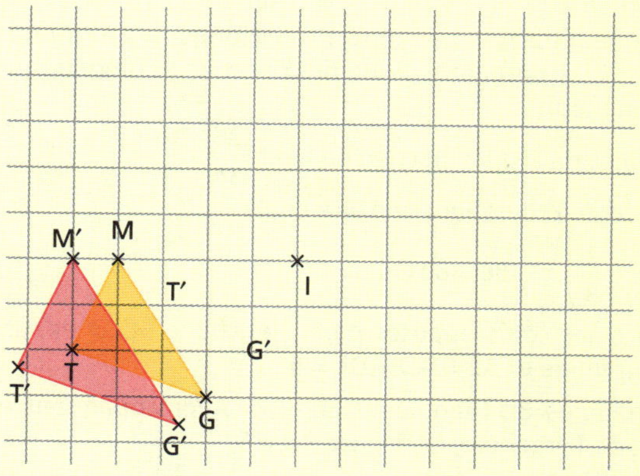

2 **1.** Dans les cas **a.** et **e.**, les triangles construits sont des agrandissements du triangle GMT.
Dans les cas **c.** et **d.**, les triangles construits sont des réductions du triangle GMT.
Dans le cas **b.**, le triangle est le symétrique du triangle GMT par rapport à I.
Dans tous les cas, chaque côté du triangle GMT et son image sont parallèles.
Dans chacun des cas, le triangle GMT et son image sont deux triangles semblables.

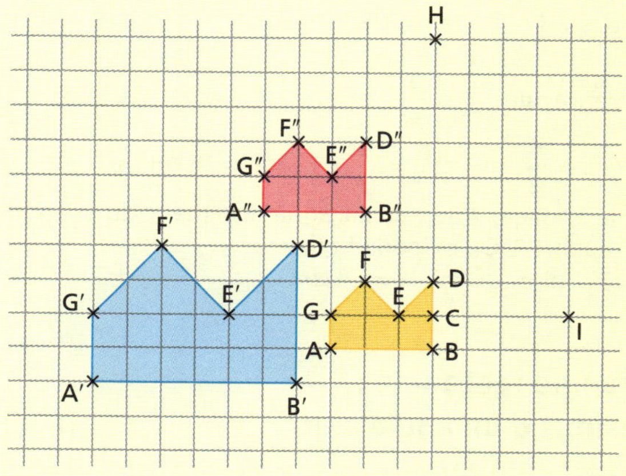

3. La figure F″ est obtenue à partir de la figure F par une translation.

41 Triangles semblables : agrandissement et réduction dans le plan p. 44

1 **1.** et **2.**

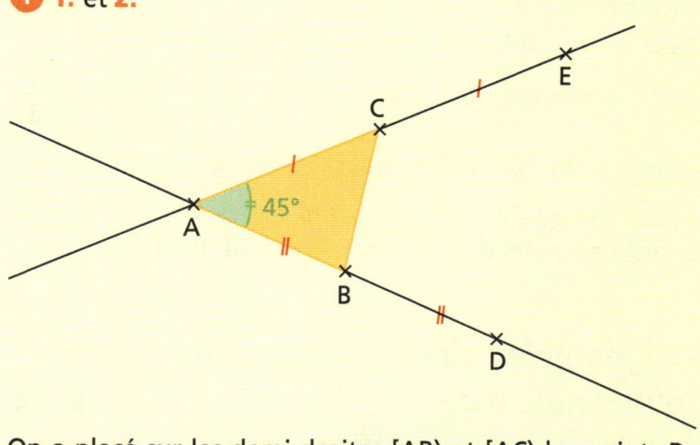

On a placé sur les demi-droites [AB) et [AC) les points D et E tels que AD = 2 × AB = 10 et AE = 2 × AC = 12.

3. Les points A, B et D d'une part et les points A, C et E d'autre part sont alignés dans le même ordre et puisque $\dfrac{AC}{AE} = \dfrac{1}{2}$ et $\dfrac{AB}{AD} = \dfrac{1}{2}$, les deux rapports de longueurs sont égaux. Donc d'après la réciproque du théorème de Thalès, les droites (BC) et (DE) sont parallèles.
Les triangles ABC et ADE sont des triangles semblables.

2 **1.** Périmètre = $2 \times (15 + 12) = 54$ cm. Aire = $15 \times 12 = 180$ cm^2.
2. Lors d'une réduction de rapport k, les longueurs sont multipliées par k. Le périmètre d'une figure est une grandeur qui est une longueur.

Le coefficient de réduction cherché k est $\frac{36}{54} = \frac{2}{3}$.

3. Le rectangle réduit aura une aire égale à :

$k^2 \times 180 = \left(\frac{2}{3}\right)^2 \times 180 = 80$ cm^2.

3 BCED a ses côtés opposés parallèles, donc BCED est un parallélogramme et AE = AD + DE = 6.

Dans le triangle ABD triangle rectangle en A, en appliquant le théorème de Pythagore, on trouve BD = 5.
Donc AE – BD = 1.
AE = $2 \times$ AD et AC = $2 \times$ AO, donc le rapport d'agrandissement du triangle ADO au triangle AEC est 2.

aire AEC = $\frac{AE \times DC}{2} = 12^2$

EC = BD = 5.
Les lettres sont F A B L E et le mot FABLE.

4 D'après le codage, le triangle AFG est une réduction du triangle ADE de rapport $\frac{1}{2}$.

Donc aire$_{AFG} = \left(\frac{1}{2}\right)^2 \times$ aire$_{ADE} = \frac{1}{4} \times$ aire$_{ADE}$.

Par différence, aire$_{FGED} = \frac{3}{4} \times$ aire$_{ADE}$.

D'où aire$_{ADE} = \frac{4}{3} \times$ aire$_{FGED} = \frac{4}{3} \times 12$ cm^2 = 16 cm^2.

D'après le codage, ABC est un agrandissement du triangle ADE de rapport 2. On en déduit que :
aire$_{ABC} = 2^2 \times$ aire$_{ADE} = 4 \times 16 = 64$ cm^2.

42 Triangle rectangle : cosinus d'un angle aigu _____ p. 45

1

angle	35°	70°	10°	72°	30°
Cosinus de l'angle :	arrondi au dixième : 0,8	tronqué au millième : 0,342	arrondi au millième : 0,985	tronqué au dixième : 0,3	arrondi au millième : 0,866

2 l'hypoténuse ; adjacent ; opposé.

3 AB = $5 \times \cos(40°)$.

4 Dans le triangle BAC rectangle en C, $\cos(\widehat{ABC}) = \frac{BC}{AB}$.

Après avoir remplacé par les valeurs numériques $\cos(5°) = \frac{BC}{75}$.

D'où BC = $75 \times \cos(5°)$ m. BC ≈ 74,7 m.
La distance entre les deux arbres est d'environ 74,7 m.

43 Trigonomie : sinus et tangente d'un angle aigu _____ p. 46

1 $\tan(\widehat{FEG}) = 3$ signifie que $\frac{FG}{FE} = 3$. Cela signifie que :
FG = $3 \times$ FE.
On peut construire un triangle EFG rectangle en F avec FE = 1 et FG = 3.
On peut construire un triangle E′F′G′ rectangle en F′ avec F′E′ = 2 et F′G′ = 6.

2 **1. 3. 4.**

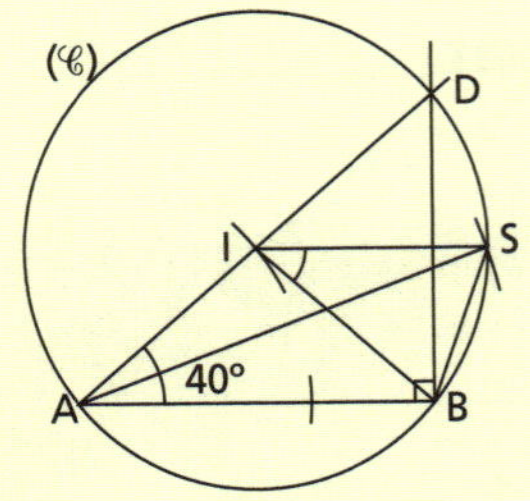

2. Dans le triangle ABD rectangle en B, on a :
$\tan\widehat{BAD} = \frac{\text{côté opposé}}{\text{côté adjacent}} = \frac{BD}{AB}$ d'où $\tan 40 = \frac{BD}{9}$.

On a donc : BD = $9 \times \tan 40$.
À l'aide d'une calculatrice, on obtient : BD ≈ 7,6 cm.
On contrôle ce résultat sur la figure en mesurant.
3. Le triangle ABD étant rectangle en B, son cercle circonscrit (𝒞) est le cercle de diamètre [AD].
Le centre I du cercle (𝒞) est donc le milieu du segment [AD].
5. I est le point d'intersection de la bissectrice de l'angle $\widehat{BAD}$ avec le cercle, donc $\widehat{SAI} = \frac{\widehat{BAD}}{2} = \frac{40}{2} = 20°$.

SIA est un triangle isocèle en I (car I est le centre du cercle circonscrit au triangle ABD), on sait que $\widehat{SAI} = 20°$, donc $\widehat{ISA} = 20°$.
La somme des 3 angles d'un triangle est égale à 180°.
Dans le triangle SIA, $\widehat{SIA} = 180° - 2 \times 20° = 140°$.
De même le triangle BIA est un triangle isocèle en I avec $\widehat{BAI} = 40°$. Donc $\widehat{IBA} = 40°$.
Par conséquent, $\widehat{BIA} = 180° - 2 \times 40° = 100°$
On peut alors calculer la mesure de l'angle $\widehat{SIB}$.
$\widehat{SIB} = \widehat{SIA} - \widehat{BIA} = 140 - 100 = 40°$.

3 Le triangle APB est rectangle en P donc $\tan(\widehat{ABP}) = \frac{AP}{PB}$

Or le point P appartient au segment [AD] donc :
AP = AD – PD = 0, 27 – 0, 15 = 0, 12 m.

Et donc $\tan\widehat{ABP} = \frac{0,12}{5} = 0,024$. $\widehat{ABP}$ = arctan 0, 024 ≈ 1, 37°.
1 < 1,37 < 1,5, le projet de madame Martin vérifie cette condition.

44 Trigonométrie : la calculatrice _____ p. 47

1

	sin(40°)	tan(85°)	tan(20°)	sin(85°)	cos(45°)
Valeur tronquée au centième	0,64	11,43	0,36	0,99	0,70
Valeur arrondie au dixième	0,6	11,4	0,4	1,0	0,7

2

Valeur du sinus	0,1	0,75	0,4	$\frac{1}{3}$
Mesure de l'angle tronquée au centième	5,73	48,59	23,57	19,47
Mesure de l'angle arrondie au dixième	5,7	48,6	23,6	19,5

3

Valeur de la tangente	2,5	0,1	115	682
Mesure de l'angle en degrés tronquée au centième	68,19	5,71	89,50	89,91
Mesure de l'angle en degrés arrondie au dixième	68,2	5,7	89,5	89,9

4 **1. 2.** et **3.**

	Valeur arrondie au dixième de degré	Mesure au rapporteur
Angle $\widehat{FEG}$	71,6	71,5
Angle $\widehat{JIK}$	11,3	11,5

45 Trigonométrie : calcul d'une longueur, calcul d'un angle p. 48

1 Dans le triangle ABC rectangle en B, $\tan\widehat{ACB} = \dfrac{AB}{BC}$
$\tan(36°) = \dfrac{AB}{8}$, d'où $AB = 8 \times \tan(36°)$ et $AB \approx 5{,}8$ cm.

2 **1.** Dans le triangle BHC rectangle en H, on applique le théorème de Pythagore :
$BC^2 = BH^2 + HC^2$.
$6{,}5^2 = BH^2 + 5{,}2^2$,
d'où $BH^2 = 42{,}25 - 27{,}04$ et $BH = \sqrt{15{,}21} = 3{,}9$ cm.

2. $\sin\widehat{HBC} = \dfrac{HC}{BC}$; $\sin\widehat{HBC} = \dfrac{5{,}2}{6{,}5}$ et $\widehat{HBC} \approx 53°$.

Dans le triangle BAH rectangle en H, $\tan\widehat{ABH} = \dfrac{AH}{BH}$.

$\tan\widehat{ABH} = \dfrac{2}{3{,}9}$ et $\widehat{ABH} \approx 27°$.

3 Dans le triangle ABC rectangle en C, $\sin\widehat{ABC} = \dfrac{AC}{AB}$.
$\sin(5°) = \dfrac{AC}{75}$, d'où $AC = 75 \times \sin(5°)$ m et $AC \approx 6{,}54$ m.

46 Relations trigonométriques p. 49

1 On sait que $\cos 60° = \dfrac{1}{2}$. On peut donc calculer sin60° et tan60°.
On sait que : $(\cos 60°)^2 + (\sin 60°)^2 = 1$, soit en remplaçant $\cos 60°$ par $\dfrac{1}{2}$.
$\left(\dfrac{1}{2}\right)^2 + (\sin 60°)^2 = 1$. Cela signifie que $(\sin 60°)^2 = 1 - \dfrac{1}{4}$,
d'où $(\sin 60°)^2 = \dfrac{3}{4}$ et $\sin 60° = \sqrt{\dfrac{3}{4}}$, soit $\sin 60° = \dfrac{\sqrt{3}}{2}$
D'autre part, $\tan 60° = \dfrac{\sin 60°}{\cos 60°}$ et donc :

$$\tan 60° = \dfrac{\dfrac{\sqrt{3}}{2}}{\dfrac{1}{2}} = \dfrac{\sqrt{3}}{2} \times \dfrac{2}{1} = \sqrt{3}$$

$\cos 60° = \dfrac{1}{2}$; $\sin 60° = \dfrac{\sqrt{3}}{2}$ et $\tan 60° = \sqrt{3}$.

2 1re méthode : on sait que : $\tan a = \dfrac{\sin b}{\cos b}$.
Cela signifie que : $\sin a = \cos a \times \tan a$.
Donc $\sin a = \dfrac{3}{4} \times \dfrac{\sqrt{7}}{3}$. On a : $\sin a = \dfrac{\sqrt{7}}{4}$.

2e méthode : pour un angle quelconque, la somme des carrés de son cosinus et de son sinus est égale à 1.
Donc on a : $(\cos a)^2 + (\sin a)^2 = 1$. On sait que $\cos a = \dfrac{3}{4}$.

Donc $\left(\dfrac{3}{4}\right)^2 + (\sin a)^2 = 1$. Cela signifie que : $(\sin a)^2 = 1 - \dfrac{9}{16}$.
D'où $(\sin a)^2 = \dfrac{7}{16}$. On sait que le sinus d'un angle aigu est positif, donc $\sin a = \dfrac{\sqrt{7}}{4}$.

3 On sait que : $\tan b = \dfrac{\sin b}{\cos b}$. Or $\cos b = 3 \sin b$.
Donc $\tan b = \dfrac{\sin b}{3 \sin b}$ d'où $\tan b = \dfrac{1}{3}$.
Pour un angle quelconque, la somme des carrés de son cosinus et de son sinus est égale à 1.
Donc on a : $(\cos b)^2 + (\sin b)^2 = 1$.
On sait que $\cos b = 3 \times \sin b$.
On a : $(3 \sin b)^2 + (\sin b)^2 = 1$. Cela signifie que $10 (\sin b)^2 = 1$.
D'où $(\sin b)^2 = 0{,}1$.
On sait que le sinus d'un angle aigu est positif, donc $\sin b = \sqrt{0{,}1}$.

On a $\dfrac{\sin b}{\cos b} = \dfrac{1}{3}$ et $\sin b = \sqrt{0{,}1}$,
et $\cos b = 3 \sin b$ donc $\cos b = 3\sqrt{0{,}1}$.

4 $A = (\cos x + \sin x)^2 - (\sin x - \cos x)^2$
$A = (\cos x)^2 + 2 \times \cos x \times \sin x + (\sin x)^2 - [(\cos x)^2 - 2 \times \cos x \times \sin x + (\sin x)^2]$
$A = 1 + 2 \cos x \sin x - 1 + 2 \cos x \sin x$, d'où $A = 4 \cos x \sin x$.

5 $\tan 60° = \sqrt{3}$ d'où $\dfrac{1}{1 + (\tan 60°)^2} = \dfrac{1}{1 + (\sqrt{3})^2} = \mathbf{\dfrac{1}{4}}$

et $\cos 60° = \dfrac{1}{2}$, $(\cos 60°)^2 = \left(\dfrac{1}{2}\right)^2 = \mathbf{\dfrac{1}{4}}$.

On sait que $\tan \widehat{c} = \dfrac{\sin b}{\cos b}$. On a donc :

$$\dfrac{1}{1 + (\tan c)^2} = \dfrac{1}{1 + \left(\dfrac{\sin c}{\cos c}\right)^2} = \dfrac{1}{\dfrac{(\cos c)^2 + (\sin c)^2}{(\cos c)^2}} = (\cos c)^2$$

47 Sphère : définition et observation p. 50

1

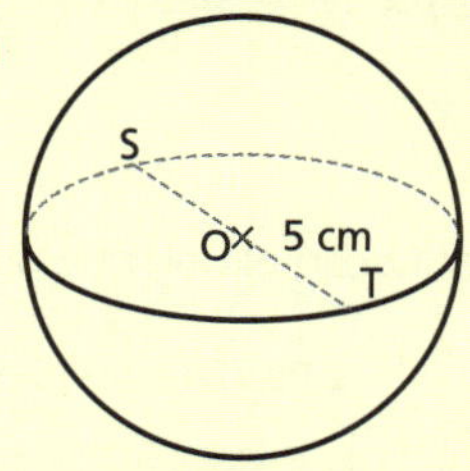

Un grand cercle passant par S et T est un cercle de diamètre [ST] avec ST = 10 cm.

2 **1.** La figure formée par l'arc $\widehat{AB}$ passant par J est un demi-cercle de rayon 3,5 cm.
2. On dessine un quart de cercle de centre O et de rayon 3,5 cm et d'extrémités I et J.
3. On dessine un cercle de centre O et de rayon 3,5 cm.
4. OA = 3,5 cm ; AB = 7 cm ; OI = 3,5 cm.

3 **1.** Les points Q, O et C sont dans un même plan.
$\widehat{QOC} = 46° + 34° = 80°$.
L'angle $\widehat{QOC}$ mesure 80°.
2. Soit l la longueur du méridien comprise entre Québec et Santiago.
$l = \dfrac{80}{360} \times 2\pi \times 6\,400$; $l = \dfrac{25\,600}{9}\pi$; $l \approx 8\,940$.
La longueur du méridien comprise entre Québec et Santiago est environ 8 940 km.

48 Sphère : aire, volume p. 51

1

Rayon de la sphère ou boule	12 cm	4,5 dm	6 370 km
Aire de la sphère	576π cm²	81π dm²	$162\ 307\ 600\pi$ km²
Volume de la boule	$2\ 304\pi$ cm³	$121{,}5\pi$ dm³	$\dfrac{\mathbf{1\,033\,899\,412\,000\pi}}{\mathbf{3}}$ km³

Rayon de la sphère ou boule	38 mm	5 dam
Aire de la sphère	$5\ 776\pi$ cm²	100π dam²
Volume de la boule	$\dfrac{\mathbf{219\,488\pi}}{\mathbf{3}}$ mm³	$\dfrac{\mathbf{500\pi}}{\mathbf{3}}$ dam³

2 L'aire de la Terre est : $4\pi(6\,370)^2 = 162\,307\,600\pi$ km².
Les glaces occupent une superficie de :
$\dfrac{3}{100} \times 162\,307\,600\pi = 4\,869\,228\pi$ km².
Arrondies au millier de km², les glaces occupent 15 297 000 km².

3 **1.** Calcul du volume V_1 du cône (en cm³)

$V_1 = \dfrac{\pi r^2 \times h}{3}$ où r est le rayon du disque de base du cône et h est sa hauteur.

D'après les données de l'énoncé, r = 3 cm et h = 10 cm.

Donc : $V_1 = \dfrac{\pi \times 3^2 \times 10}{3} = \pi \times 3 \times 10$.

On a donc bien : $V_1 = 30\pi$ cm³.

2. Calcul du volume V_2 de la demi-boule (en cm³)

$V_2 = \dfrac{1}{2} \times \dfrac{4}{3}\pi r^3$ où r est le rayon de la demi-boule.

r = 3 cm, donc : $V_2 = \dfrac{1}{2} \times \dfrac{4}{3} \times \pi \times 3^3 = 2 \times 9 \times \pi = 18\,\pi$.

On a donc bien : $V_2 = 18\pi$ cm³.

Calcul du volume V de glace dans un cornet (en cm³)

$V = V_1 + V_2$ donc $V = 30\pi + 18\pi$, soit $V = 48\pi$ cm³.

3. Calcul du volume V′ de glace contenu dans un pot (en cm³) :

$V' = \pi R^2 \times h$ où R est le rayon du disque de base du pot cylindrique et h est sa hauteur.

Avec les données de l'énoncé, on a : R = 6 cm et h = 17 cm.

On a donc : $V' = \pi \times 6^2 \times 17 = \pi \times 36 \times 17$,

d'où $V' = 612\pi$ cm³.

$\dfrac{V'}{V} = \dfrac{612\pi}{48\pi} = 12{,}75$.

On en déduit que l'on peut préparer 12 cornets avec un pot.

4 **1.** Volume boule $= \dfrac{4\pi r^3}{3} = \dfrac{4\pi \times 4{,}2^3}{3} = 98{,}784\,\pi \approx 310$ cm³.

Volume cylindre $= \pi \times r^2 \times h = \pi \times 4{,}2^2 \times 5{,}6 = 98{,}784\,\pi \approx 310$ cm³.

Volume cube $= c^3 = 6{,}77^3 = 310{,}288\,733 \approx 310$ cm³.

Donc les arrondis au cm³ des volumes de ces trois boîtes sont égaux.

2. On calcule les aires de ces trois boîtes :

Aire boule $= 4\pi r^2 = 4\pi \times 4{,}2^2 = 70{,}56\pi \approx 222$ cm²

Aire cylindre $= 2\pi rh + 2 \times \pi r^2 = 2 \times \pi \times 4{,}2 \times 5{,}6 + 2\pi \times 4{,}2^2 = 82{,}32\pi \approx 259$ cm².

Aire cube $= 6 \times c^2 = 6 \times 6{,}77^2 = 274{,}\,997\,4 \approx 275$ cm².

La sphère est la boîte qui utilise le moins de matériau.

3. Bien que la sphère soit la boîte qui utilise le moins de matériau, elle n'est pas choisie par les industriels parce qu'elle n'est pas commode à entreposer et parce qu'elle n'est pas facile à fabriquer.

49 Section d'une sphère par un plan ___ p. 52

1 **1.** Le plan (P) coupe la sphère de centre O et de rayon 5 cm telle que h = 4 cm.

Donc l'intersection de ce plan et de la sphère est un cercle de centre O_1 et de rayon r.

On sait que : $r = \sqrt{R^2 - h^2}$ donc :

$r = \sqrt{5^2 - 4^2} = \sqrt{25 - 16} = \sqrt{9}$ donc $r = 3$.

Le rayon du cercle qui est l'intersection de la sphère et du plan mesure 3 cm.

2. La circonférence de ce cercle formé est $3 \times 2 \times \pi = 6\pi$ cm.

L'aire du disque formé est $3^2 \times \pi = 9\pi$ cm².

2 **1. a.** On considère sur la figure A, un point de la section, donc tel que MA = r. Le triangle OMA est un triangle rectangle en M, on applique le théorème de Pythagore et $OA^2 = OM^2 + MA^2$. On sait que OA = 10 cm et MA = 4 cm.

$r^2 = 10^2 - 4^2$; $r^2 = 84$ et $r = \sqrt{84}$; $r \approx 9{,}2$ cm.

b. La surface de l'eau correspond à la section d'une boule par un plan, c'est donc un disque.

c. La surface de l'eau est donc un disque de rayon $\sqrt{84}$ cm.

Son aire est donc $\pi \times (\sqrt{84})^2 = 84\pi$ cm². $84\pi \approx 264$ cm².

2. Au niveau des pointillés, l'eau occupe une demi-boule de rayon 10 cm, le volume est donc : $\dfrac{1}{2} \times \dfrac{4\pi \times 10^3}{3} \approx 2\,094$ cm³.

Arrondi au L, ce volume est d'environ 2 L.

3 **1.** Le volume d'un cube de 10 cm d'arête est : $10^3 = 1\,000$ cm³.

Le volume d'une boule de diamètre 10 cm est :

$\dfrac{4}{3}\pi\left(\dfrac{10}{2}\right)^3 = \dfrac{500\pi}{3}$ cm³.

Le volume de bois perdu est : $1\,000 - \dfrac{500\pi}{3}$ cm³. Arrondi au cm³, le volume de bois perdu est : 476 cm³.

2. Le triangle OO_1B est un triangle rectangle en O_1, avec OB = 5 cm et O_1B = 2,5 cm. On applique le théorème de Pythagore dans ce triangle et on a : $h^2 + 2{,}5^2 = 5^2$.

$h^2 = 25 - 6{,}25 = 18{,}75$. $h = \sqrt{18{,}75}$.

La valeur de h arrondie au mm est 4,3 cm.

50 Section d'une sphère par un plan : lien avec la Terre ___ p. 53

1 Les coordonnées géographiques sont celles de Venise.

2 **1.** L'équateur est un grand cercle de la Terre perpendiculaire à l'axe des pôles.

2. Les parallèles sont des sections de la Terre avec des plans parallèles au plan de l'équateur.

3 30ᵉ parallèle Nord : Houston (États-Unis), Le Caire (Égypte).
Équateur : Quito (Équateur), Makoua (République du Congo).
Tropique du Capricorne : Rio de Janeiro (Brésil), Tular (Madagascar).

4 **1.**

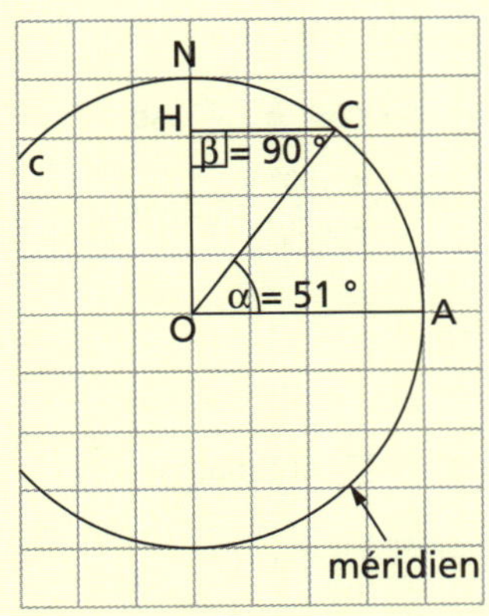

2. Dans le triangle OHC rectangle en H, on cherche HC, le rayon du parallèle passant par Calgary C, sachant que OC = 6 370 km et $\widehat{HCO} = \widehat{COA} = 51°$.

$\cos\widehat{HCO} = \dfrac{HC}{CO}$ et donc HC = 6 370 × cos (51°) ≈ 4 009 km.

3. La longueur du parallèle est $l = 2\pi$ HC ≈ 25 190 km.

4. La trajectoire du ballon est l'arc de cercle $\overset{\frown}{CN}$. Sa longueur est proportionnelle à l'angle au centre $\widehat{NOC}$ qui mesure 39°.

Pour 90°, l'arc $\overset{\frown}{AN}$ mesure $3\,185\pi$ km.

Donc l'arc $\overset{\frown}{NC}$ mesure : $\dfrac{39 \times 3\,185\pi}{90} \approx 4\,340$ km.

51 Section plane d'un pavé droit ___ p. 54

1 **1.** et **2.**

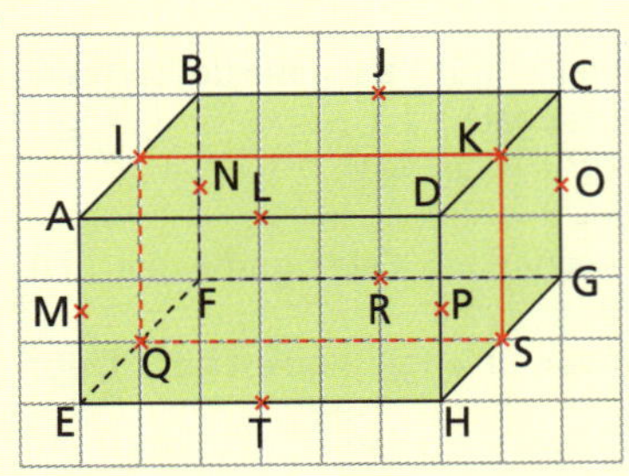

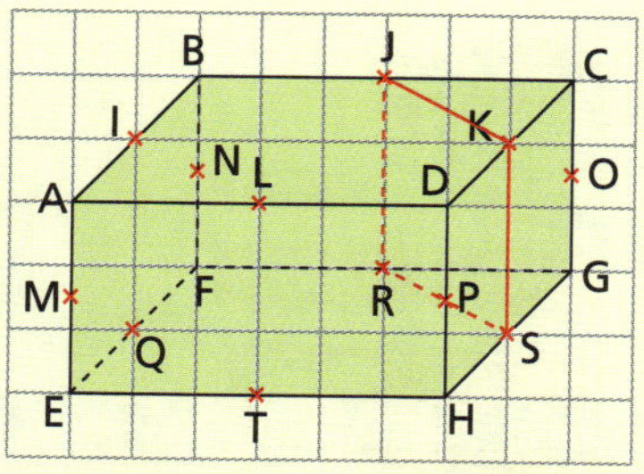

La section d'un pavé par un plan parallèle à une face est un rectangle de mêmes dimensions que la face. Donc la section du pavé par le plan passant par K et qui est parallèle à la face BCGF est un rectangle de dimensions 6 cm sur 3 cm.
La section d'un pavé par un plan parallèle à une arête est un rectangle. Donc la section du pavé par le plan parallèle à (AE) qui passe par K et J est un rectangle de dimensions JK et AE. On calcule la longueur de JK en utilisant le théorème de Pythagore dans le triangle CKJ rectangle en C. On obtient JK et donc la section est un rectangle de dimensions $\sqrt{15,25}$ cm sur 3 cm.

2 **1.** AIB est un triangle rectangle en B avec AB = 6 cm et IB = 3 cm.
2. La section AIJD du cube par un plan parallèle à l'arête [BC] et passant par les points A et I, est un rectangle de dimensions 3 cm et AI. On reporte la longueur AI au compas à partir de la construction du triangle AIB.

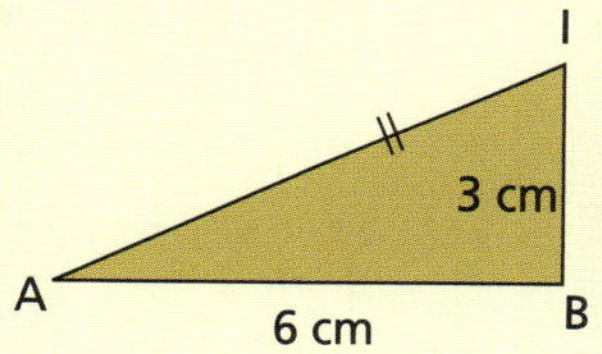

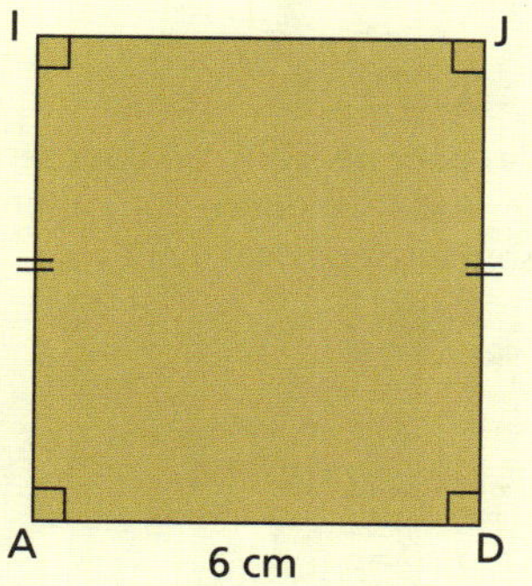

3. $\text{Aire}_{AIB} = \dfrac{AB \times IB}{2} = \dfrac{6 \times 3}{2} = 9 \text{ cm}^2$.
4. $\text{Volume}_{ABIDCJ} = \text{aire } AIB \times BC = 9 \times 6 = 54 \text{ cm}^3$.

52 Section plane d'un cylindre ______ p. 55

1 **1.** La section du cylindre par un plan qui passe par l'axe (OO′) est un rectangle de dimensions 6 cm sur 4 cm.
2. Pour construire cette section, on construit un rectangle de 6 cm sur 4 cm.
3. L'aire de la section est : $6 \times 4 = 24 \text{ cm}^2$.
4. La section du cylindre par un plan perpendiculaire à l'axe (OO′) est un cercle de rayon 2 cm.
5. Pour construire cette section, on construit un cercle de rayon 2 cm.
6. Son aire est : $\pi \times 2^2 = 4\pi \text{ cm}^2$.

2 **1.** un cercle de rayon 3,5 cm : le cône. **2.** un cercle de rayon 3 cm : la sphère, le cône et le cylindre. **3.** un rectangle de dimensions 8 cm et 3 cm : le parallélépipède, le cylindre. **4.** un rectangle de dimensions 8 cm et 4 cm : le parallélépipède, la pyramide, le cylindre.

53 Section plane d'une pyramide ou d'un cône ______ p. 56

1 **1.** et **2.** Dans le triangle SOA rectangle en O, SO = 6 cm et OA = 3 cm. La section est un cercle de centre O′, de rayon O′A′, on reporte cette longueur au compas ou on calcule O′A′ = 2 cm.

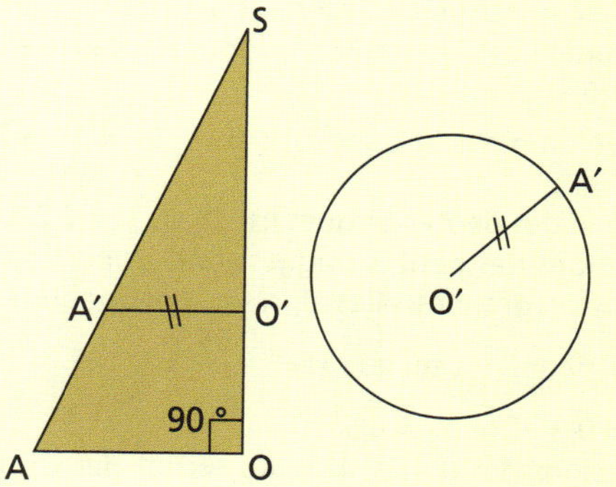

2 **1.** MNP est la section de la pyramide par un plan parallèle à la base, donc MNP est de même nature que la base ABC. MNP est un triangle rectangle en N.
2. et **3.**

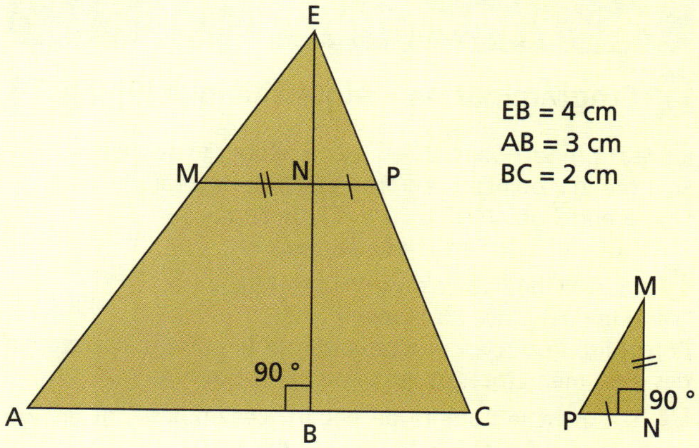

3 **1.** $\text{Volume}_{SABCD} = \dfrac{\text{aire}_{ABCD} \times SO}{3} = \dfrac{6 \times 4 \times 11}{3} = 88 \text{ cm}^3$.
2. SO′ = SO : 2. Donc SEFGH est une réduction de la pyramide SABCD de rapport $\dfrac{1}{2}$

et $\text{volume}_{SEFGH} = \left(\dfrac{1}{2}\right)^3 \text{volume}_{SABCD} = \dfrac{1}{8} \times 88 = 11 \text{ cm}^3$.
3. $\text{Volume}_{flacon} = \text{volume}_{SABCD} - \text{volume}_{SEFGH} = 88 - 11 = 77 \text{ cm}^3$.

54 Effet d'un agrandissement ou d'une réduction ______ p. 57

1 **1.** Si on multiplie les dimensions d'une figure par 3, alors l'aire de la figure initiale est multipliée par **3^2**, soit par **9**.
2. Si on multiplie les dimensions d'un solide par **2**, alors son aire est multipliée par **4** et son volume est multiplié par 8 car 8 est le cube de 2.
3. Lors d'une réduction l'aire d'une figure est passée de 63 cm² à 7 cm². Le coefficient k est tel que $k^2 = \dfrac{7}{63}$. Donc $k^2 = \dfrac{1}{9}$. Or $\dfrac{1}{9} = \left(\dfrac{1}{3}\right)^2$. Le coefficient de réduction k est donc $\dfrac{1}{3}$.

2 **a.** La figure orange est un agrandissement de la figure bleue, le coefficient k est le rapport des rayons des deux cercles. $k = 3 \div 1,5$ donc $k = 2$.
b. La figure orange est une réduction de la figure bleue, le coefficient k est tel que k^2 est égal au rapport des aires des deux figures. $k^2 = \dfrac{2,25}{9} = \dfrac{1}{4}$ donc $k = \dfrac{1}{2}$.

3 **1.** $0,8 < 1$, donc il s'agit d'une réduction, le rapport ou coefficient de réduction est $k = 0,8$.
2. a. Le périmètre est une longueur donc son périmètre est multiplié par 0,8.

b. $0{,}8^2 = 0{,}64$ donc son aire est multipliée par 0,64.
c. La diagonale est une longueur donc la diagonale est multipliée par 0,8.

4 **1.** Le volume des briques est : $10 \times 10 \times 20 = 2\,000$ cm³.
2 000 cm³ = 2L.
2. Le volume des petites briques est 25 cL, soit 0,25L.
Les dimensions des petites briques sont proportionnelles aux dimensions des grandes, elles représentent donc une réduction et le coefficient k est tel que $k^3 = \dfrac{0{,}25}{2} = 0{,}125$.
Or $0{,}125 = 0{,}5^3$. Donc $k = 0{,}5$.
Les dimensions des petites briques seront deux fois plus petites que celles des briques de volume 2 L,
soit 5 cm × 5 cm × 10 cm.

ALGORITHMIQUE ET PROGRAMMATION

55 Programmation – Algorithmique (1) _ p. 58

1 Si J1 prend 1 objet, J2 en prend 3 (dont le dernier).
Si J1 prend 2 objets, J2 en prend 2 (dont le dernier).
Si J1 prend 3 objets, J2 en prend 1 (le dernier).
Dans tous les cas, c'est J2 qui gagne.

2 Tracer la médiatrice du segment [AB].
Tracer la médiatrice du segment [BC].
Construire le cercle qui a pour centre le point d'intersection des deux médiatrices et qui passe par le point A.

3 **1.** – 2 est le nombre de départ. Les étapes sont les suivantes : $-2 + 4 = 2$; $2 \times (-2) = -4$; $4 + 4 = 0$
Le résultat est 0.
2. 5 est le nombre de départ. $5 + 4 = 9$; $9 \times 5 = 45$;
$45 + 4 = 49$. Le résultat est 49.

4 **1.** $4\,000 \times 1{,}03 = 4\,120$. En ayant placé 4 000 € pendant un an, on dispose de 4 120 €.
2. $4\,120 \times 1{,}03 = 4\,243{,}6$. En ayant placé 4 000 € pendant 2 ans, on dispose de 4 243,60 €.

56 Programmation – Algorithmique (2) _ p. 59

1

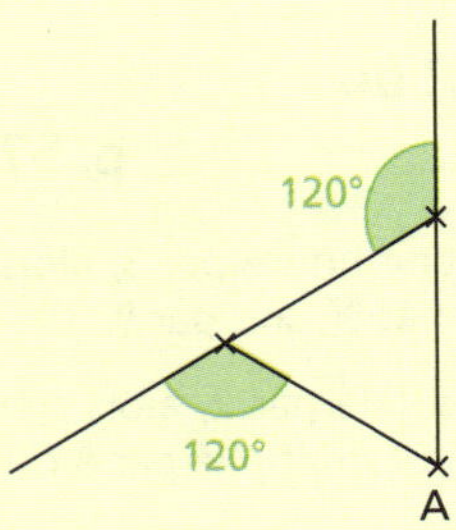

À la fin de l'algorithme, on se retrouve au point A.

2 Avancer d'une case, tourner de 90° à gauche, avancer de deux cases, tourner de 90° à gauche, avancer de trois cases, tourner de 90° à gauche, avancer de quatre cases, tourner de 90° à gauche, avancer de cinq cases.

3 Le programme calcule $4\,000 \times 1{,}03 = 4\,120$. Puis il attribue à x la valeur 4 120 et calcule alors $4\,120 \times 1{,}03 = 4\,243{,}6$.
Dans le contexte de l'exercice 4 de la fiche 55, ce programme calcule la somme dont on dispose en ayant placé 4 000 € à un taux de 3 % pendant 2 ans.

57 Scratch : prise en main _____ p. 60

1 Le programme affiche « Le reste est : » pendant 2 secondes puis « 19 ».
Il s'agit du reste dans la division euclidienne de 257 par 34.

2

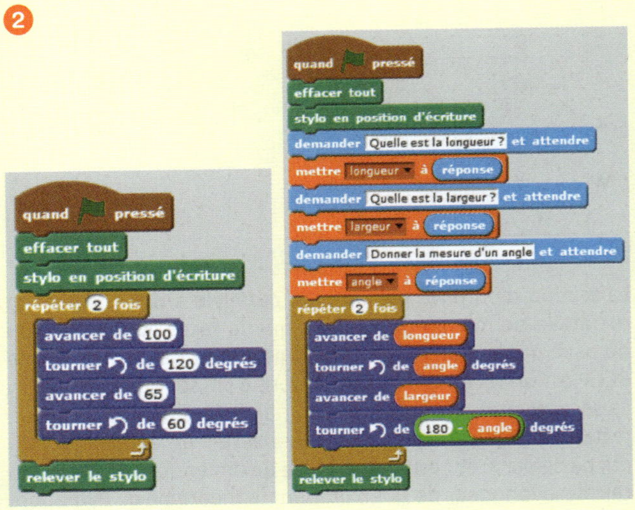

58 Programme avec Scratch _____ p. 61

1 **1.**

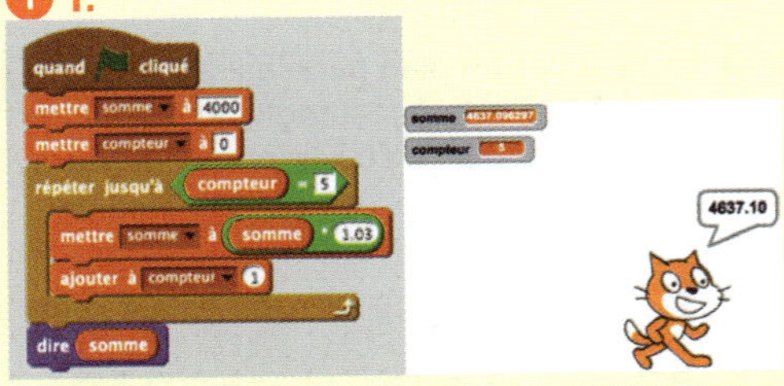

Au bout de 5 ans, on disposera de 4 637,10 €.
2. Pour connaître le nombre d'années au bout duquel la somme dépasse 6 000 € :

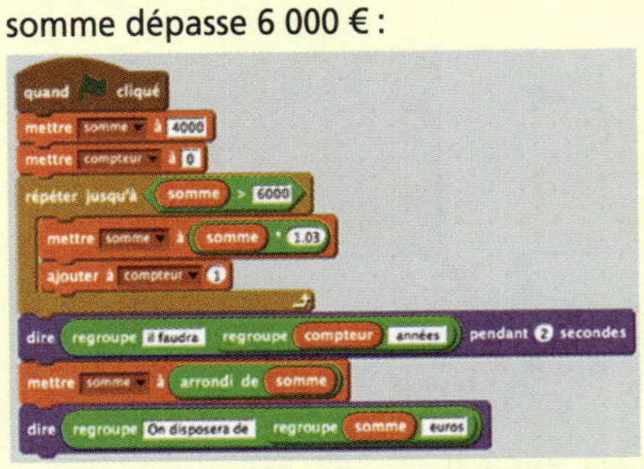

Il faudra 14 ans et on disposera alors de 6 050 €.

2

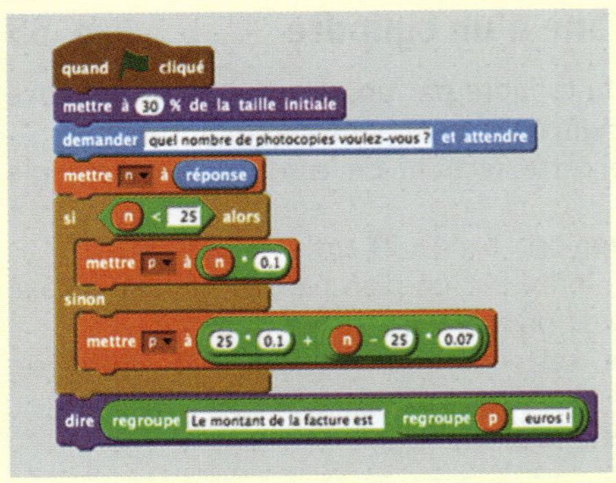

Pour un nombre de photocopies égal à 32, l'écran de réponse est :

3

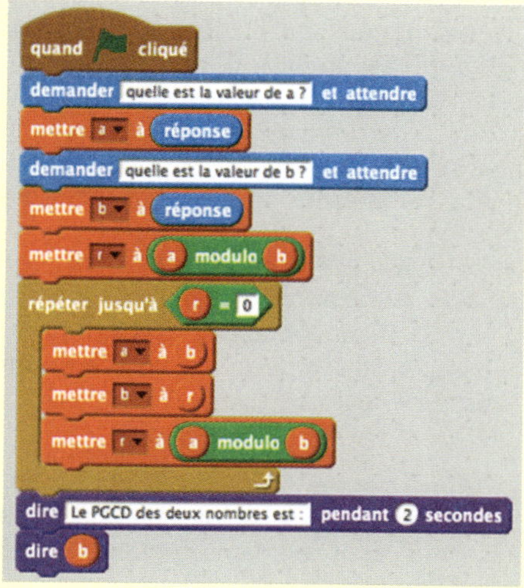

4

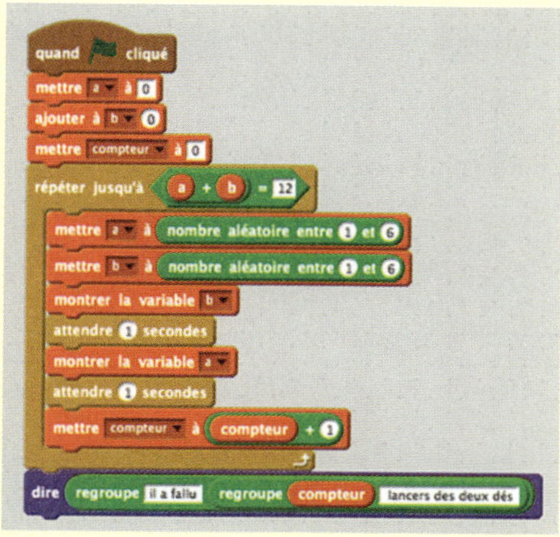

BREVETS BLANCS

Sujet du Brevet n° 1 ______ p. 63

Exercice 1

PARTIE A : 1. $f(0) = 3$ et la droite représentant f ne peut pas être horizontale ; **réponse A.**

2. $f(-2) = 2 \times (-2) + 3 = -4 + 3 = -1$; **réponse B.**

3. L'image de B1 se trouve en B2 ; dans la cellule B2 on cherche donc l'image de ce qui se trouve en B1 en entrant = 2*B1 + 3 ; **réponse B.**

PARTIE B : 1. $(2x - 1)(3x + 4) - 2x = (2x) \times (3x) + (2x) \times 4 - 1 \times (3x) - 1 \times 4 - 2x = 6x^2 + 8x - 3x - 4 - 2x = 6x^2 + 3x - 4$.

2. $CD^2 = 3{,}6^2 = 12{,}96$; $CE^2 = 4{,}2^2 = 17{,}64$ et $DE^2 = 5{,}5^2 = 30{,}25$.
$12{,}96 + 17{,}64 = 30{,}6$ et $30{,}6 \neq 30{,}25$ donc, d'après le théorème de Pythagore, on peut dire que le triangle CDE n'est pas rectangle.

Exercice 2

1. a. La distance moyenne parcourue par étape est :

$$\frac{166 + 188 + 187{,}5 + 200 + 202{,}5 + 119{,}5 + 93}{7} \approx 165{,}2 \text{ km.}$$

b. On commence par classer les distances par ordre croissant : 93 ; 119,5 ; 166 ; 187,5 ; 188 ; 200 ; 202,5. Il y a un nombre impair de distances, donc la médiane est la distance située « au milieu » soit la 4ᵉ, c'est-à-dire 187,5 km.

c. L'étendue de la série formée par les distances parcourues par étape est égale à 202,5 – 93 soit 109,5 km.

2. Il y a en tout 4 étapes sur 7 en profil accidenté soit un pourcentage de : $\frac{4}{7} \times 100 \approx 0{,}571 \times 100$, soit environ 57 % ; le journaliste a raison.

3. De 28 h 50 min à 29 h, il y a 10 min, et de 29 h à 30 h 12 min, il y a 1 h 12 min ; donc de 28 h 50 min à 30 h 12 min, il y a 1 h 22 min. Le dernier au classement a donc 1 heure et 22 minutes de retard par rapport au vainqueur.

4. L'Irlandais Sam Bennett a remporté la première étape en 3 h 51 min, soit $3 \times 60 + 51 = 231$ min. Sa vitesse moyenne est de $\frac{166}{231} \times 60 \approx 43$ km/h.

Exercice 3

1. Le triangle ABC est rectangle en B donc $\cos(\widehat{BAC}) = \frac{AB}{AC}$;
$\cos(60°) = \frac{AB}{8}$; $AB = 8 \times \cos(60°)$; AB = 4 cm.

2. Les points B, A, D d'une part, et C, A, E d'autre part sont alignés dans cet ordre :

$$\frac{AD}{AB} = \frac{9{,}6}{4} = 2{,}4 \text{ et } \frac{AE}{AC} = \frac{19{,}2}{8} = 2{,}4 \text{ donc } \frac{AD}{AB} = \frac{AE}{AC}.$$

D'après la réciproque du théorème de Thalès, on peut en conclure que les droites (BC) et (DE) sont parallèles.

3. La droite (DB) est perpendiculaire à la droite (BC), et les droites (BC) et (DE) sont parallèles. Or, quand deux droites sont parallèles, toute droite perpendiculaire à l'une est perpendiculaire à l'autre. On en déduit que la droite (DB) est perpendiculaire à la droite (DE).

4. L'aire du triangle ADE, rectangle en D, est : $\frac{DE \times AD}{2}$.

On calcule DE. Le triangle ADE est rectangle en D donc, d'après le théorème de Pythagore, on a :
$AE^2 = AD^2 + DE^2$ donc $DE^2 = 19{,}2^2 - 9{,}6^2$ donc $DE^2 = 276{,}48$ donc $DE = \sqrt{276{,}48}$.

$$\frac{DE \times AD}{2} = \frac{9{,}6 \times \sqrt{276{,}48}}{2} \approx 80$$; l'aire du triangle ADE vaut environ 80 cm².

Exercice 4

PARTIE A :

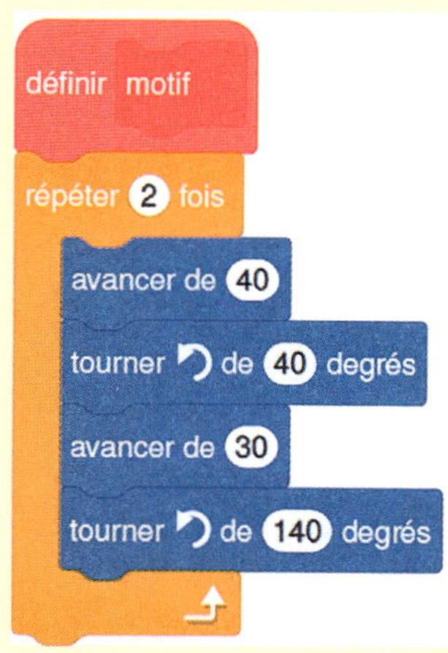

PARTIE B : 1. Pour lancer le programme de l'élève B, il faut appuyer sur la barre d'espace.

2. a. La figure 1 est obtenue avec le programme de l'élève A.

b. La figure 4 est obtenue avec le programme de l'élève B.

Exercice 5

1. a. $125 = 5 \times 5 \times 5 = 5^3$ et $175 = 5 \times 5 \times 7 = 5^2 \times 7$.

b. Les diviseurs communs de 125 et 175 sont 1, 5 et 25.

c. Avec ces conditions, 25 boîtes.

d. $125 = 5 \times 25$ donc il y aura 5 truffes au café dans chacune des 25 boîtes, et $175 = 7 \times 25$, donc il y aura 7 truffes à la noix de coco dans chacune des 25 boîtes.

2. • Une truffe est assimilée à une boule de diamètre 1,5 cm, donc de rayon 0,75 cm ; son volume est donc de :

$\frac{4}{3} \times \pi \times r^3 = \frac{4}{3} \times \pi \times 0{,}75^3$ cm³.

Le volume de 12 truffes est $12 \times \frac{4}{3} \times \pi \times 0{,}75^3 \approx 21{,}2$ cm³.

• La pyramide a une base carrée de côté 4,8 cm.

Son volume est $\frac{\text{aire de la base} \times \text{hauteur}}{3} = \frac{4{,}8 \times 4{,}8 \times 5}{3}$ = 38,4 cm³.

Le volume de la pyramide est de 38,4 cm³ ; celui des 12 truffes est d'environ 21,2 cm³.

Le volume non occupé par les truffes est d'environ 38,4 – 21,2 soit 17,2 cm³ ; il est inférieur au volume des 12 truffes donc la boîte en forme de pyramide convient.

• Le pavé droit a pour volume : 5 × 3,5 × 3,5 = 61,25 cm³.

Si on met 12 truffes dans cette boîte, le volume non occupé par les truffes est d'environ 61,25 – 21,2 soit 40,05 cm³ ; il est supérieur au volume des 12 truffes donc la boîte en forme de pavé droit ne convient pas.

Sujet du Brevet n° 2 p. 66

Exercice 1

1. $-\frac{7}{5} + \frac{6}{5} \times \frac{4}{7} = -\frac{7}{5} + \frac{24}{35} = -\frac{49}{35} + \frac{24}{35} = -\frac{25}{35} = -\frac{5}{7}$

L'affirmation 1 est fausse.

2. Les points G, A, R d'une part, et E, A, M d'autre part sont alignés dans cet ordre.

$\frac{AG}{AR} = \frac{9{,}8}{7} = 1{,}4$ et $\frac{AE}{AM} = \frac{4{,}2}{3} = 1{,}4$ donc $\frac{AG}{AR} = \frac{AE}{AM}$.

D'après la réciproque du théorème de Thalès, on peut en conclure que les droites (MR) et (GE) sont parallèles.

3. L'affirmation 3 est fausse : 2 × 7 × 9 = 126 mais 9 n'est pas un nombre premier.

4. Dans la recette de sauce de salade de Thomas, les volumes de moutarde, de vinaigre et d'huile sont dans le ratio de 1 : 3 : 7.

Il y a en tout 1 + 3 + 7 = 11 portions pour un volume total de 330 mL. Le volume de la portion est de 30 mL. Le volume d'huile utilisé pour 330 mL de sauce salade est donc égal à 7 × 30 = 210 mL. L'affirmation 4 est donc vraie.

Exercice 2

1. Le prix payé avec le tarif « liberté » est représenté par la droite (d_1) qui passe par l'origine, donc ce prix est bien proportionnel au nombre d'heures effectuées dans la salle de sport (la fonction associée est une fonction linéaire).

2. a. $f(5) = 25$. L'image de 5 par f est 25.

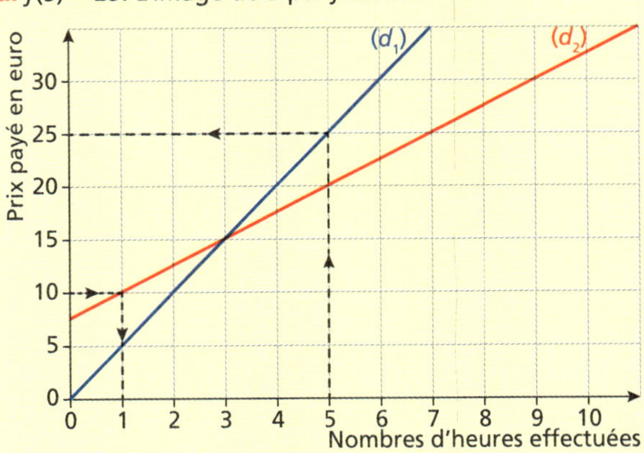

b. L'antécédent de 10 par la fonction g est 1.

3. Si la personne effectue moins de 3 heures dans la salle de sport, il est plus avantageux qu'elle choisisse le tarif « liberté », car la droite (d_1) est en dessous de la droite (d_2). Si la personne effectue 3 heures dans la salle, il est équivalent qu'elle choisisse l'un ou l'autre des deux tarifs. Si la personne effectue plus de 3 heures, il est plus avantageux qu'elle choisisse le tarif « abonné », car la droite (d_2) est en dessous de la droite (d_1).

4. Comme la droite (d_1) passe par l'origine, elle représente une fonction linéaire, donc $f(x) = ax$ avec a un réel.

$f(3) = 15$ donc $a = 15 \div 3 = 5$ et par conséquent $f(x) = 5x$.

$f(15) = 5 \times 15 = 75$. Le prix payé avec le tarif « liberté » pour 15 heures effectuées est de 75 euros.

Exercice 3

PARTIE A : 1. Il y a 24 données. La médiane est donc la moyenne entre la 12e et 13e donnée de la série rangée dans l'ordre croissant. D'après l'effectif cumulé croissant du tableau donné, la 12e et la 13e donnée sont 350, donc la médiane est de 350 mL. Ce qui signifie que 50 % des données sont des volumes inférieurs à 350 mL et que 50 % sont des volumes supérieurs à 350 mL.

2. L'étendue est égale à : 357 – 344 = 13 mL.

3. On a trouvé deux briques de 350 mL. La probabilité d'obtenir une brique contenant exactement 350 mL est donc égale à : $\frac{2}{24} = \frac{1}{12}$.

4. Nombre de briques ayant un volume compris entre 345 mL et 355 mL : 24 – (1 + 1 + 1) = 24 – 3 = 21.

Le pourcentage de briques pouvant être vendues est donc : $\frac{21}{24} \times 100 = 87{,}5$. L'entreprise peut vendre 87,5 % des briques.

PARTIE B : 1. Aire base 6,4 × 5 = 32 cm².

2. $V_{pavé} = L \times l \times h$. Soit $400 = 6{,}4 \times 5 \times h$ ou $400 = 32h$, d'où $h = 400 \div 32 = 12{,}5$ cm. Il faut une hauteur de 12,5 cm pour obtenir une brique de 400 cm³.

Exercice 4

1. a. (7 + 5) × (7 – 5) + 25 = 12 × 2 + 25 = 24 + 25 = 49.

b. (–4 + 5)(–4 – 5) + 25 = 1 × (–9) + 25 = –9 + 25 = 16. Avec –4 au départ, le résultat est 16.

2. a. $(x + 5)(x - 5) + 25$

b. On développe $(x + 5)(x - 5) = x^2 - 5^2 = x^2 - 25$.

c. D'après le calcul précédent : $(x + 5)(x - 5) + 25 = x^2 - 25 + 25 = x^2$. Sarah a raison.

Exercice 5

1. a. $135 = 6 \times 12{,}5 + 5p$, soit $135 = 75 + 5p$, $135 - 75 = 5p$ ou $60 = 5p$, c'est-à-dire $5 \times 12 = 5 \times p$, d'où $p = 12$ m.

b. On a 5 hauteurs de h pour un total de 32 m, soit : $5 \times h = 32$, d'où $h = 32 \div 5 = 6{,}4$ m. La hauteur de chaque escalator est de 6,4 m.

2. a. Dans le triangle RST, rectangle en R, on utilise le théorème de Pythagore, soit : ST² = RS² + RT² donc ST² = 12² + 6,4² = 184,96 donc $ST = \sqrt{184{,}96} = 13{,}6$. La longueur ST d'un escalator est de 13,6 m.

b. Dans le triangle RST rectangle en R, on applique la trigonométrie : $\cos(\widehat{RST}) = \frac{SR}{ST}$; soit $\cos(\widehat{RST}) = \frac{12}{13{,}6}$ et la mesure de l'angle $\widehat{RST}$ arrondie au degré est de 28°.

3. 6 = 5 fois ; 7 = avancer de 12,5 ; 9 = avancer de 13,6 ; 10 = tourner de 28 degrés.

32 Statistiques : étendue, médiane

→ Corrigés p.X

Observer et retenir

■ L'**étendue** d'une série statistique est la **différence entre les valeurs extrêmes** du caractère.

Exemple

Dans l'étude de la taille d'un groupe de 120 adolescents, l'étendue est l'écart de taille entre le plus grand d'entre eux et le plus petit.

■ La **médiane** d'une série statistique est la **valeur qui partage la population** étudiée en deux parties de même effectif.

● Pour déterminer la médiane d'une série, il faudra avoir rangé les données de la série dans l'**ordre croissant**. Un tableur possède la fonction Médiane.

Exemples

● Pour le groupe de 120 adolescents interrogés sur leur taille, la médiane sera entre les 60e et 61e données quand les données sont classées en ordre croissant.

● 13 élèves d'une classe de 3e ont mesuré le pH de l'eau à l'aide d'un pH-mètre. Voici les résultats obtenus : 6,99 ; 6,9 ; 7,05 ; 6,89 ; 6,94 ; 7,2 ; 7,19 ; 7,08 ; 7,22 ; 6,99 ; 6,99 ; 7,01 ; 7,02.

La médiane est la 7e donnée quand celles-ci ont été classées en ordre croissant.

6,89 ; 6,9 ; 6,94 ; 6,99 ; 6,99 ; 6,99 ; (7,01) ; 7,02 ; 7,05 ; 7,08 ; 7,19 ; 7,2 ; 7,22.

S'entraîner

1 ★★ **Damien exploite un marais salant, composé de carreaux de 4 m de côté dans lesquels se récolte le sel.** Chaque jour, il récolte du gros sel sur 25 carreaux. Le premier jour, afin de prévoir sa production, il relève la masse en kilogramme de chaque tas de gros sel produit par carreau.

Voici la série statistique obtenue :

34–39–31–45–40–32–36–45–42–34–30–48–43–32–39–40–42–38–46–31–38–43–37–47–33.

1. Calculez l'étendue de cette série statistique.

2. Déterminez la médiane de cette série statistique et interpréter le résultat.

3. Calculez la masse moyenne en kg des tas de gros sel pour ce premier jour.

2 ★★ **Voici le diagramme en bâtons des notes obtenues par une classe de 3e de 25 élèves lors d'un devoir.**

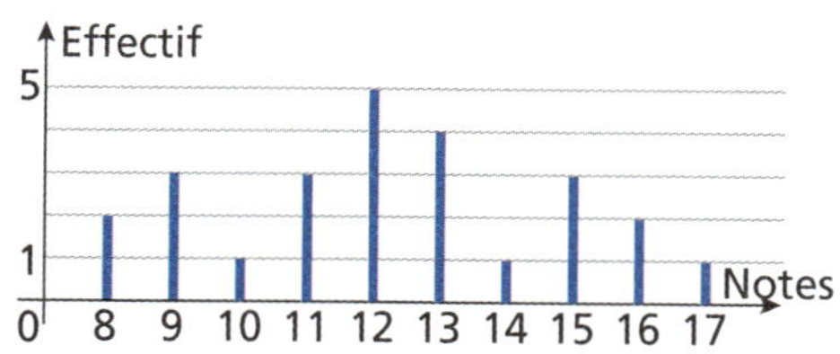

1. Calculez la moyenne des notes.

2. Calculez l'étendue des notes. Interprétez.

3. Déterminez la médiane des notes. Interprétez.

4. Le professeur estime que les résultats de la classe sont satisfaisants si au moins 50 % des élèves ont une note située à deux points au plus de la moyenne de la classe. Est-ce le cas ?

3 ★★ **Voici les tailles en cm d'adolescents qui participent à un stage de basket.**

165 ; 175 ; 187 ; 165 ; 170 ; 181 ; 174 ; 184 ; 171 ; 166 ; 178 ; 177 ; 176 ; 174 ; 176.

1. Saisissez ces données dans un tableur (voir page 62).

2. Quelle formule saisit-on dans la cellule C17 pour calculer la taille moyenne de ces sportifs ?

3. Saisissez la formule « = MEDIANE (A2 : A16) » dans la cellule C18. Interprétez le résultat affiché.

4. Quelle est l'étendue de cette série ? Interprétez. Saisissez dans la cellule C19 une formule permettant de calculer l'étendue de cette série.

Auto évaluation Très bien ☐ Bien ☐ Pas assez bien ☐

33 Probabilités : définitions, notions élémentaires

→ Corrigés p.X

Observer et retenir

■ Une expérience est dite **aléatoire** (du latin *alea* : hasard) lorsqu'elle a plusieurs résultats (ou issues) possibles et qu'on ne peut pas prévoir avec certitude quel résultat sera obtenu.

Exemple La face visible d'une pièce de monnaie au jeu de pile ou face.

■ Un **événement** peut être réalisé ou non lors d'une expérience.

■ La **probabilité** d'un événement (d'une issue) est un **nombre compris entre 0 et 1** (ou entre 0 % et 100 %, si on l'exprime en pourcentage).

La **somme des probabilités** de toutes les issues d'une expérience est égale à **1** (ou 100 %).

Exemple Lors du jet d'un dé à 6 faces non truqué, la probabilité d'obtenir la face « 4 » est $\frac{1}{6}$.

- Un événement est dit **impossible** s'il ne peut pas se produire. Sa probabilité est égale à 0.

Exemple Lors du jet d'un dé non truqué à 6 faces numérotées de 1 à 6, la probabilité d'obtenir la face « 8 » est égale à 0.

- Un événement est dit **certain** s'il se produit obligatoirement, sa probabilité est égale à 1.

Exemple Lors du jet d'un dé non truqué à 6 faces numérotées de 1 à 6, la probabilité d'obtenir une face entre 1 et 6 est égale à 1.

■ La probabilité d'un événement est égale au quotient : $\frac{\text{nombre de cas favorables de l'évènement}}{\text{nombre de cas possibles}}$.

■ **Lien entre fréquence et probabilité**

Lorsque l'on répète un grand nombre de fois une expérience aléatoire, la fréquence de réalisation d'un événement devient proche de sa probabilité. La probabilité peut être considérée comme sa fréquence théorique.

S'entraîner

1 ★ **Basile propose des bonbons à ses amis. Le sac contient 25 bonbons : 13 rouges, 5 verts et 7 jaunes. Son ami Victor n'aime que les bonbons verts. S'il prend un bonbon sans regarder, quelle est la probabilité pour qu'il soit satisfait du bonbon tiré ?**

....

....

2 ★★ **Dans une classe, chacun des 25 élèves réalise l'expérience : « je lance une pièce pour le jeu pile ou face », les résultats obtenus sont 14 face et 11 pile.**

1. Quelle est la fréquence du résultat « face » ?

....

2. Si on lance la pièce une fois supplémentaire, a-t-on plus de chances d'obtenir face que pile ?

....

3. Quelle est la probabilité d'obtenir face ?

....

4. Si on réalise l'expérience un très grand nombre de fois, de quelle valeur se rapprochera la fréquence de réalisation de l'événement « obtenir face » ?

....

3 ★★★ **On considère un dé à 6 faces. Sur chacune des faces, on écrit une lettre du mot « ORANGE ». On lance le dé et on lit la lettre qui se trouve sur la face supérieure.**

1. Quelle est la probabilité d'obtenir une lettre du mot « OISEAU » ?

2. Quelle est la probabilité d'obtenir une lettre du mot « ORGANE » ? Que peut-on dire de cet événement ?

3. Quelle est la probabilité d'obtenir une lettre du mot « KIWI » ? Que peut-on dire de cet événement ?

Auto évaluation Très bien ☐ Bien ☐ Pas assez bien ☐

34 Probabilités : expérience à une épreuve

→ Corrigés p. X

Observer et retenir

- L'**événement contraire** d'un événement A est celui qui se réalise lorsque A ne se réalise pas.
La somme des probabilités d'un événement et de son contraire est égale à **1**.

Exemple Lors du jet d'un dé à 6 faces non truqué, la probabilité de l'événement A « obtenir la face 4 » est $\frac{1}{6}$.
L'événement contraire de A est « obtenir une face qui ne soit pas 4 », la probabilité de cet événement est $\frac{5}{6}$.

- Deux événements sont **incompatibles** s'ils ne peuvent pas se réaliser en même temps.
Exemple Lors du jet d'un dé non truqué à 6 faces, numérotées de 1 à 6, l'événement B « obtenir la face 2 » et l'événement C « obtenir un nombre impair » sont des événements incompatibles.

- Lorsque deux événements sont incompatibles, la probabilité pour que l'un ou l'autre se réalise est égale à la somme de leurs probabilités.
Exemple La probabilité de l'événement B ou C correspond à la probabilité que la face soit 2 ou un nombre impair. $P(B \text{ ou } C) = P(B) + P(C) = \frac{1}{6} + \frac{1}{2} = \frac{4}{6} = \frac{2}{3}$.

S'entraîner

1 ★ **On lance un dé à 6 faces numérotées de 1 à 6. On observe la face visible.**

1. Quel est l'événement contraire de « obtenir 5 » ?

....

2. Les événements « obtenir 5 » et « obtenir un nombre pair » peuvent-ils se réaliser en même temps ? ....

3. Les événements « obtenir 4 » et « obtenir un nombre inférieur à 5 » sont-ils incompatibles ?

....

2 ★★ **On tire au hasard une bille dans une urne contenant 25 billes numérotées de 1 à 25.**

1. a. Combien de billes portent un numéro pair ?

....

b. Déduisez-en la probabilité d'extraire une bille avec un numéro pair. ....

2. Quelle est la probabilité d'extraire une bille sur laquelle est inscrit un diviseur de 24 ? ....

3 ★★★ **On lance un dé à 12 faces numérotées de 1 à 12. On observe le numéro de la face visible.**

1. Quelle est la probabilité des événements suivants :

a. Obtenir un nombre pair ? ....

b. Obtenir un multiple de 4 ? ....

c. Ne pas obtenir un multiple de 3 ? ....

2. Si on lance le dé un très grand nombre de fois, de quelle valeur la fréquence de l'événement : « on obtient un multiple de 5 » se rapproche-t-elle ?

4 ★★★ **Tom lance cinquante fois deux dés à six faces (numérotées de 1 à 6) parfaitement équilibrés. Il note les sommes obtenues à chaque lancer. Reportez-vous au tableur, page 62, pour voir ses résultats.**

1. Quelle formule a-t-il saisie dans la cellule M2 pour vérifier qu'il a bien relevé 50 résultats ?

2. Tom a saisi dans la cellule B3 la formule = B2/M2. Il obtient un message d'erreur quand il la tire dans la cellule C3. Pourquoi ?

3. Tom déduit de la lecture de ce tableau que s'il lance ces deux dés, il n'a aucune chance d'obtenir la somme 12. A-t-il tort ou raison ?

Auto évaluation Très bien ☐ Bien ☐ Pas assez bien ☐

35 Probabilités : expérience à deux épreuves

→ Corrigés p. XI

Observer et retenir

■ Une expérience aléatoire à deux épreuves est une **succession de deux épreuves**.

Exemple Dans son armoire, Coline a deux jeans : un bleu et un rouge ; et quatre T-shirts : un rouge, un bleu, un noir, un orange. Elle choisit au hasard un T-shirt et un jean. Le tableau suivant résume toutes les combinaisons possibles :

T-shirt / Jean	R	B	N	O
B	BR	BB	BN	BO
R	RR	RB	RN	RO

Dans le tableau, BR signifie que le jean est bleu et le T-shirt est rouge.

Les 8 issues de l'expérience apparaissent dans ce tableau. La probabilité de l'événement : « Coline a pris un jean et un T-shirt de la même couleur» est $\frac{2}{8}$, c'est-à-dire 2 cas sur les 8 possibles, soit $\frac{1}{4}$.

■ Cette façon de représenter l'expérience et les issues des deux épreuves permet de **dénombrer** toutes les issues possibles et celles qui réalisent l'événement envisagé.
On pourra construire un tableau, ou établir une liste des issues, ou chercher à les dénombrer par une autre méthode.

S'entraîner

1 ★ Thomas possède une montre qu'il compose en assemblant des cadrans et des bracelets de plusieurs couleurs. Pour cela, il dispose de deux cadrans : un rouge et un jaune ; et de quatre bracelets : un rouge, un jaune, un vert et un noir.

1. Il choisit au hasard un cadran et un bracelet pour composer sa montre.

Combien y a-t-il d'assemblages possibles ? ....

2. Déterminez la probabilité d'obtenir une montre toute rouge. ....

3. Déterminez la probabilité d'obtenir une montre d'une seule couleur. ....

4. Déterminez la probabilité d'avoir une montre de deux couleurs. ....

2 ★★ Un sac contient 4 boules numérotées de 1 à 4, indiscernables au toucher.
On tire au hasard successivement 2 boules avec remise (on remet la première boule dans le sac avant de tirer la seconde). On forme avec les numéros un nombre à deux chiffres (la première boule donnera le chiffre des dizaines et la seconde celui des unités).

1. Quel nombre forme-t-on si la première boule tirée porte le numéro 3 et la seconde le numéro 4 ? ....

2. Quelle est la probabilité d'obtenir :

a. Le nombre 15 ? ....

b. Un multiple de 3 ? de 11 ? ....

c. Un nombre premier ? ....

Aide
Pour les questions b à c, on pourra construire un tableau qui serait la synthèse de l'expérience réalisée.

3 ★★★ On reprend la même expérience qu'à l'exercice 2 mais sans remettre la première boule tirée dans le sac.

Quelle est la probabilité d'obtenir :

1. Le nombre 15 ? ....

2. Un multiple de 3 ? de 11 ? ....

3. Un nombre premier ? ....

Auto évaluation Très bien ☐ Bien ☐ Pas assez bien ☐

36 Tableur : utilisation

→ Corrigés p. XI

Observer et retenir

■ Un **tableur** est un logiciel qui permet d'effectuer des calculs automatisés et de construire des diagrammes dans une feuille de calcul.

- Chaque case (appelée **cellule**) de la **feuille de calcul** est repérée par une lettre pour la colonne et un nombre pour la ligne.
- Pour **saisir une formule** dans une cellule, on doit commencer par le symbole **=**.

Exemple On veut construire un tableau de valeurs de l'expression $x^2 + 5$ à partir de $x = 0$ de 0,5 en 0,5.

– Se placer dans la cellule A1 pour écrire x et dans la cellule B1 pour $x^2 + 5$.

– Pour la colonne des x de 0,5 en 0,5. On saisit 0 dans la cellule A2, puis dans la cellule A3, « = A2 + 0.5 ». Se positionner sur la cellule A3, puis cliquer sur le carré noir de la cellule sélectionnée et « tirer » vers le bas, ce qui a pour effet de recopier la formule dans les cellules qui sont alors sélectionnées.

– Se placer ensuite dans la cellule B2 pour construire la 2e colonne, saisir la formule : « =A2^2 + 5 » et tirer cette formule pour la recopier dans les cellules de la même colonne.

A3 | f_x =A2+0,5

	A	B	C	D
1	x	$x^2 + 5$		
2	0			
3	0,5			
4				

B2 | f_x =A2^2+5

	A	B	C
1	x	$x^2 + 5$	
2	0	5	

f_x =A2^2+5

	A	B	C
1	x	$x^2 + 5$	
2	0	5	
3	0,5	5,25	
4	1	6	
5	1,5	7,25	
6	2	9	
7	2,5	11,25	
8	3	14	
9	3,5	17,25	
10	4	21	

S'entraîner

1 ★ **Voici les entrées enregistrées dans une piscine la première semaine d'avril :**

	A	B	C	D	E	F	G
1	jour	mardi	mercredi	jeudi	vendredi	samedi	total
2	nombre d'entrées	47	127	49	65	212	

1. Quelle formule doit-on saisir dans la cellule G2 afin d'obtenir le nombre total d'entrées à la piscine pendant cette semaine ?

....

2. Calculez le pourcentage que représente le nombre d'entrées du mercredi par rapport à la semaine entière. Arrondissez à l'unité.

....

....

2 ★★ **Voici les résultats d'une classe pour un devoir :**

Notes	2	5	8	9	11	12	15	17
Effectif	1	3	3	4	5	3	6	2

Dans un tableur, saisissez les données dans deux colonnes, comme le tableur de la page 62. Sélectionnez l'ensemble des cellules complétées. Dans le menu « insertion », sélectionnez « diagramme », puis suivez les instructions du logiciel pour obtenir un diagramme en bâtons.
Dans la cellule C2 : saisissez la formule : « =A2*B2 », puis tirez cette formule jusqu'à la cellule C9.
Dans la cellule B10, saisissez la formule « =SOMME(B2 :B9) », dans la cellule C10, la formule « =SOMME(C2 :C9) » puis en D10 la formule « =C10/B10 ». Que calcule-t-on en D10 ? ....

Auto évaluation Très bien ☐ Bien ☐ Pas assez bien ☐

37 Grandeurs composées

→ Corrigés p.XI

Observer et retenir

■ Quand on effectue le produit de deux grandeurs, on obtient **une grandeur produit**.

- Les grandeurs produit sont des produits de **grandeur simple**.
- L'unité de la grandeur produit dépend des unités dans lesquelles sont exprimées les grandeurs simples.

Exemples

- Aire d'un rectangle : longueur × largeur, l'unité d'aire est le m^2 ($m \times m$) ou mm^2 ...
- Énergie électrique : l'énergie électrique E consommée par un appareil de puissance P en kW, pendant t heures est : $E = P \times t$.

Achille regarde en moyenne 3,5 h la télévision par jour. La puissance de son téléviseur est de 100 W.
L'énergie électrique consommée est : 3,5 × 100 = 350 Wh = 0,35 kWh.

- Les nuitées dans l'hôtellerie : nuitées = nombre de personnes × nombre de nuits.
- Le trafic aérien se calcule en multipliant le nombre de passagers par la distance parcourue.

■ Quand on effectue le quotient de deux grandeurs, on obtient **une grandeur quotient**.
L'unité de la grandeur quotient dépend des unités dans lesquelles sont exprimées les grandeurs simples.

Exemples

- Vitesse moyenne : distance parcourue ÷ durée du parcours.

Un randonneur parcourt 5 km en 1 h 15 min. Sa vitesse moyenne en km/h est : 5 ÷ 1,25 = 4 km/h.

- Débit : la pompe filtrante d'une piscine a un débit de 8 m^3/h.

S'entraîner

1 ★ **Trafic aérien : sur un vol Paris-Rome (1 100 km), le trafic est de 343 200 passagers × kilomètres.**
Combien y a-t-il de passagers dans ce vol ?

....

2 ★ **La lumière nous parvient du Soleil en 8 min 30 s à la vitesse de 300 000 km/s.**
Calculez la distance séparant la Terre du Soleil.

....

3 ★★ **Masse volumique**
On sait que chaque cm^3 de bois de pin a une masse de 0,9 g, on dit alors que la masse volumique du bois de pin est de 0,9 g/cm^3, celle du bois du châtaignier est de 0,86 g/cm^3. Un cube en bois de 5 cm d'arête a une masse de 107,5 g. Le cube est-il en pin ou en châtaignier ?

....

....

4 ★★★ **1.** Un avion transporte 122 passagers. Pour relier Paris à Marseille, il émet 11 834 kg de CO_2 (gaz carbonique). On dit que son efficacité environnementale est de 97 kgCO_2/voyageur. Comment a-t-on obtenu ce résultat ?

....

2. Écrivez une relation liant l'efficacité environnementale (notée EE), le nombre de passagers (noté N) et les émissions de CO_2 (noté C).

....

3. Sur ce trajet, un TGV transporte 420 passagers et a une efficacité environnementale de 3 kgCO_2/voyageur. Combien de kg de CO_2 le TGV émet-il pour ce trajet ? ....

4. Pour se rendre de Paris à Marseille, une voiture émet 180 kg de CO_2. Son efficacité environnementale est de 45 kgCO_2/voyageur. Combien de personnes se trouvent à bord de la voiture ? ....

Auto évaluation — Très bien ☐ Bien ☐ Pas assez bien ☐

38 Théorème de Thalès

→ Corrigés p.XII

Observer et retenir

■ SI les points A, M, B et A, N et C sont alignés et SI (MN) et (BC) sont des droites parallèles, ALORS les triangles AMN et ABC ont des longueurs proportionnelles, c'est-à-dire : $\frac{AM}{AB} = \frac{AN}{AC} = \frac{MN}{BC}$

■ Voici les configurations possibles. Il est essentiel de les mémoriser pour être capable de les identifier.

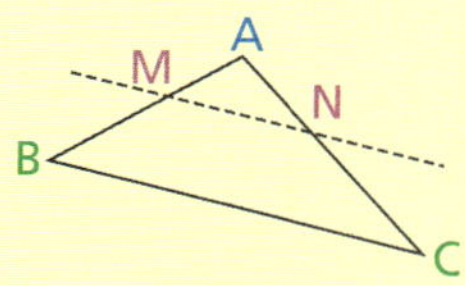

M et N appartiennent respectivement aux côtés [AB] et [AC] du triangle ABC.

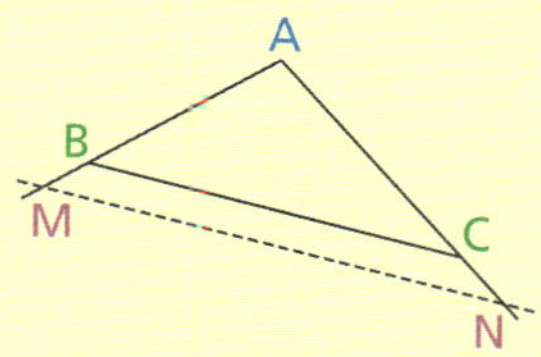

M et N appartiennent respectivement aux demi-droites [AB) et [AC) et non aux côtés [AB] et [AC] du triangle.

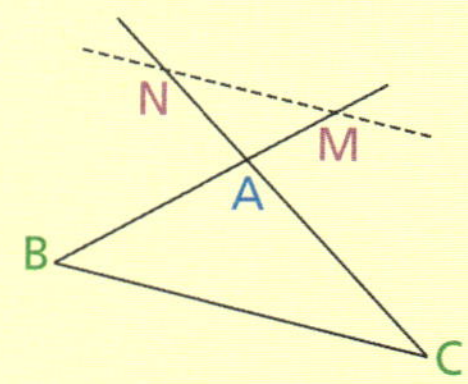

M et N appartiennent respectivement aux droites (AB) et (AC), en dehors des demi-droites [AB) et [AC).

■ Le coefficient k désigne l'un des trois rapports :
- si $k < 1$, le triangle AMN est une réduction du triangle ABC
- si $k > 1$, le triangle AMN est un agrandissement du triangle ABC
- son effet sur les longueurs : $AM = k \times AB$ $AN = k \times AC$ $MN = k \times BC$

● Dire que les triangles ABC et AMN ont des **côtés proportionnels**, c'est dire que ABC et AMN sont des **triangles semblables**.

Remarque
Le théorème permet de calculer une longueur en utilisant la situation de proportionnalité.

S'entraîner

1 ★ **1.** Construisez un triangle DEF tel que DE = 6 ; DF = 5,4 et EF = 4,8. K est un point de [DE) tel que DK = 8. La droite parallèle à (EF) passant par K coupe (DF) en L.

2. Calculez les longueurs DL et LK. Pour cela, vous compléterez les phrases suivantes :

Pour les triangles DEF et DKL, L est un point de .... et K est un point de .... tels que les droites .... et .... soient ....

D'après le théorème de Thalès, on a

$\frac{\dots}{DK} = \frac{\dots}{\dots} = \frac{\dots}{KL}$. Donc on a : $\frac{\dots}{8} = \frac{\dots}{\dots}$.

3. Que peut-on dire du triangle DLK par rapport au triangle DEF ?

4. Calculez le périmètre du quadrilatère EFLK.

2 ★★ **1. a.** Construisez un triangle EFG tel que EF = 5,4 cm ; EG = 7,2 cm et FG = 9 cm.

b. Soit M le point du segment [EF] tel que $EM = \frac{2}{3} \times EF$. Placez le point M.

c. Par M, on mène la parallèle à la base [FG] ; elle coupe le côté [EG] en N. Calculez EN.

2. Démontrez que le triangle EFG est rectangle en E et déduisez-en l'aire du triangle EMN.

3 ★★★ **La figure ci-contre n'est pas en vraie grandeur.**

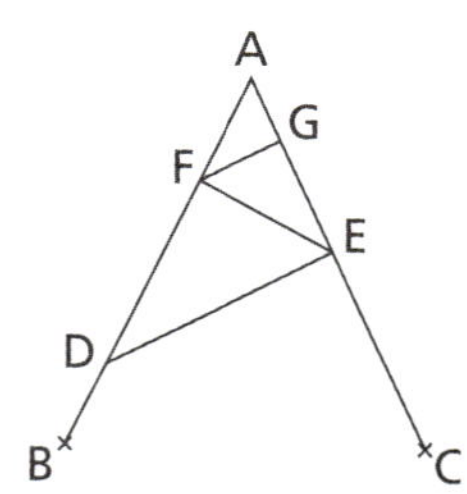

Le triangle ADE tel que AD = 7 cm, AE = 4,2 cm, DE = 5,6 cm. F est le point de [AD] tel que AF = 2,5 cm. B est le point de [AD) et C est le point de [AE) tels que : AB = AC = 9 cm. La droite (FG) est parallèle à la droite (DE).

1. Réalisez une figure en vraie grandeur.

2. Prouvez que ADE est un triangle rectangle en E.

3. Calculez la longueur FG.

Auto évaluation Très bien ☐ Bien ☐ Pas assez bien ☐

39 Réciproque du théorème de Thalès

→ Corrigés p.XII

Observer et retenir

■ Dans l'une des configurations de Thalès, si on montre que les rapports $\frac{AM}{AB}$ et $\frac{AN}{AC}$ sont différents, on peut conclure que **les droites (MN) et (BC) ne sont pas parallèles**.

■ En revanche, (d) et (d') étant deux droites sécantes en A :
si d'une part les points A, M et B sur (d) et d'autre part les points A, N et C sur (d') sont alignés dans le même ordre et si $\frac{AM}{AB} = \frac{AN}{AC}$, alors **les droites (MN) et (BC) sont parallèles**.

■ La réciproque du théorème de Thalès permet de démontrer que deux droites sont parallèles. Pour l'utiliser, on commence par calculer les deux quotients séparément.

S'entraîner

Pour les exercices 1 et 2, construisez un triangle ABC tel que BC = 7 cm, AB = 5 cm et AC = 6 cm. M et N sont tels que $AM = \frac{2}{5}AB$ et $AN = \frac{2}{5}AC$. Dans les deux cas, dites quelle est la position des droites (MN) et (BC).

1 ★ **M ∈ (AB), M ∉ [AB], N ∈ [AC].**

2 ★ **M ∈ (AB), M ∉ [AB], N ∈ (AC), N ∉ [AC].**

3 ★★ **Un centre nautique souhaite faire une réparation sur une voile.**
La voile a la forme du triangle PMW ci-dessous.

1. On souhaite faire une couture suivant le segment [CT].

a. Si (CT) est parallèle à (MW), quelle sera la longueur de cette couture ?

b. La longueur de fil nécessaire est le double de la longueur de la couture.
Est-ce que 7 m de fil suffiront ?

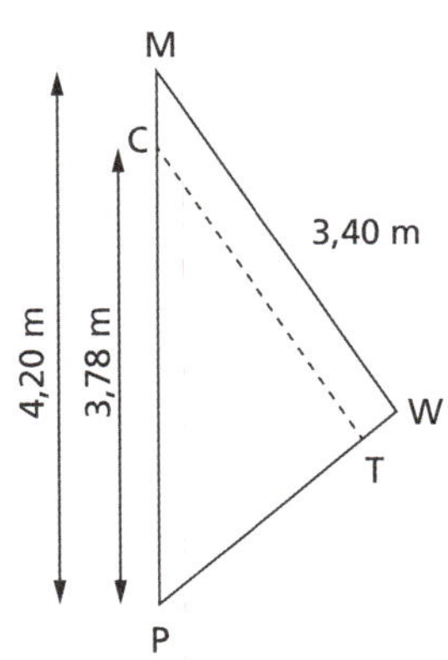

2. Une fois la couture terminée, on mesure PT = 1,88 m et PW = 2,30 m. La couture (TC) est-elle parallèle au bord de la voile (WM) ? ....

4 ★★★ **Sur la figure ci-dessous, qui n'est pas en vraie grandeur : E est un point du segment [RD] ; C est un point du segment [RU].**
RE = 3 cm ; ED = 1,5 cm ;
RC = 2 cm ; RU = 3 cm.

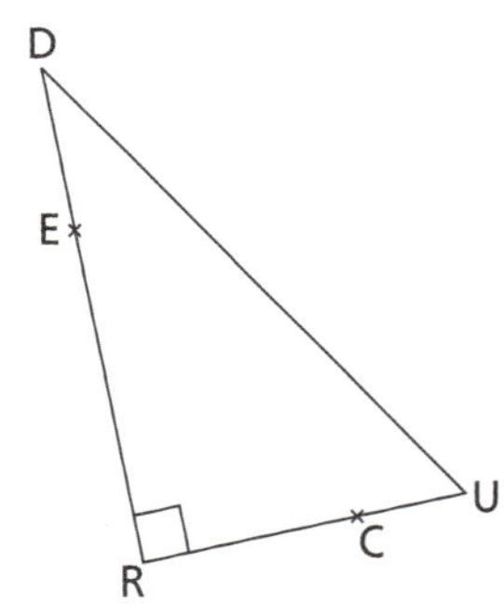

1. Montrez que les droites (EC) et (DU) sont parallèles.

....

2. Calculez le rapport d'agrandissement permettant de passer du triangle REC au triangle RDU.

....

3. Déduisez-en le coefficient permettant de passer de l'aire du triangle REC à l'aire du triangle RDU.

....

Auto évaluation   Très bien ☐   Bien ☐   Pas assez bien ☐

40 Homothéties

→ Corrigés p.XIII

Observer et retenir

■ Dans un logiciel de géométrie dynamique, la sélection de la commande HOMOTHÉTIE demande à quelle figure l'appliquer (donc quel objet transformer), à partir de quel centre et quel rapport. Si l'objet à transformer est le quadrilatère ABCD, le centre de l'homothétie étant le point I et le rapport 1/2, on obtient le quadrilatère A′B′C′D′. Vous pouvez, à l'aide d'un logiciel, modifier l'objet à transformer, le centre et le rapport de l'homothétie.

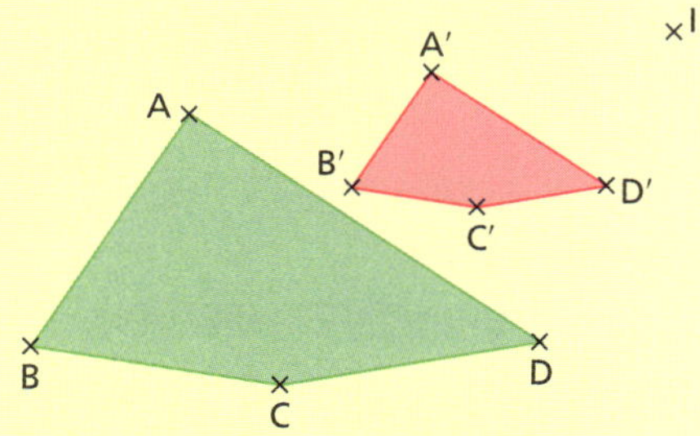

■ I étant un point et k un nombre non nul donnés, l'homothétie de centre I et de rapport k est la transformation géométrique qui à tout point M fait correspondre le point M′ tel que :
- les points I, M et M′ sont alignés,
- si k est positif, M′ est sur la même demi-droite d'origine I que M, c'est-à-dire sur la demi-droite [IM), et si k est négatif, M′ n'est pas sur la même demi-droite d'origine I que M,
- la longueur IM′ est égale à la distance à zéro de k fois (×) la longueur IM.

Exemple Ci-dessus k = 0,5. k est positif, donc A′ est sur la demi-droite [IA) et IA′ = 0,5 × IA.

Exemple Ci-dessus (A′B′) // (AB),(C′D′) // (CD) …
A′B′ = 0,5 × AB, C′D′ = 0,5 × CD …

Remarque
Si les points A et B sont transformés par une homothétie de rapport k en A′ et B′, alors les droites (A′B′) et (AB) sont parallèles et A′B′ est égale à la distance à zéro de k fois la longueur AB.

S'entraîner

1 ★ **1.** Construisez les transformés du triangle GMT par l'homothétie de centre I, de rapport :
(a) – 1,5 ; (b) – 1 ; (c) – 0,5 ; (d) 0,5 ; (e) 1,25. Pour chaque cas, reproduisez la figure dans un quadrillage et réalisez la transformation.

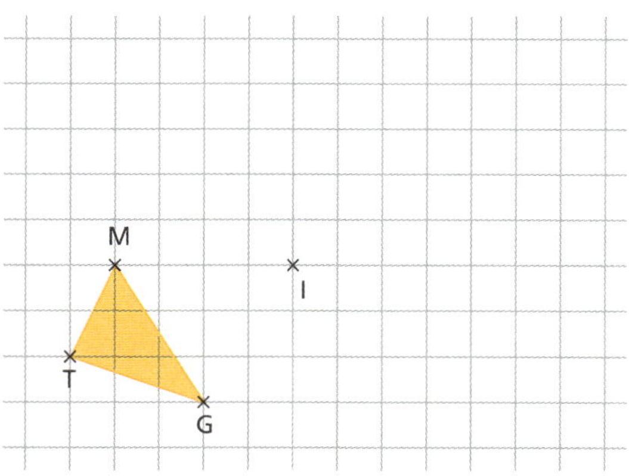

2. Quelles observations pouvez-vous formuler ?

....

2 ★ **1.** Construisez le transformé F′ de la figure F par l'homothétie de centre I et de rapport 2.

2. Construisez le transformé F″ de la figure F′ par l'homothétie de centre H et de rapport 0,5.

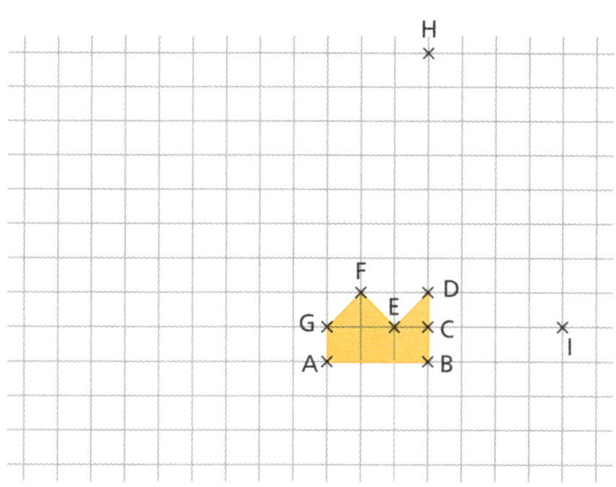

3. Par quelle transformation la figure F est-elle transformée en la figure F″ ? ....

Auto évaluation Très bien ☐ Bien ☐ Pas assez bien ☐

41 Triangles semblables : agrandissement et réduction dans le plan

→ Corrigés p.XIII

Observer et retenir

■ Deux triangles sont semblables s'ils ont la **même forme** mais pas forcément la même taille.

■ Deux triangles semblables ont les longueurs de leurs côtés **proportionnelles**.

Exemple Considérons les triangles semblables ABC et A'B'C', le rapport k, valeur commune de $\frac{A'B'}{AB}$, $\frac{A'C'}{AC}$ et $\frac{B'C'}{BC}$.

- Si $k < 1$, A'B'C' est une réduction de ABC.
- Si $k > 1$, A'B'C' est un agrandissement de ABC.

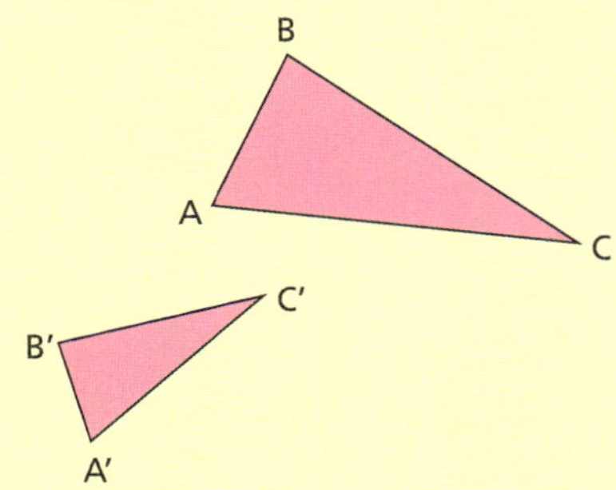

■ Dans un agrandissement ou une réduction, les **angles sont conservés**.

■ Dans un agrandissement ou une réduction de rapport k, les **longueurs** sont **multipliées par k**, les **aires** sont **multipliées par k^2**.

S'entraîner

1 ★ **1.** Construisez un triangle ABC, tel que AB = 5 cm ; AC = 6 cm et $\widehat{BAC} = 45°$.

2. Placez un point D sur la droite (AB) et un point E sur la droite (AC) tel que le triangle ADE soit un agrandissement de rapport 2 du triangle ABC.

3. Que pouvez-vous dire des droites (DE) et (BC) ? Justifiez votre réponse.

....

....

2 ★ **Réduction d'un rectangle.**
Un rectangle a pour dimensions 15 et 12 cm.

1. Calculez le périmètre et l'aire de ce rectangle.

....

....

2. Quel coefficient de réduction appliquez-vous pour obtenir un rectangle de 36 cm de périmètre ?

....

....

3. Déduisez l'aire de ce rectangle.

....

....

3 ★ **Dans la figure ci-contre, les droites (BD) et (CE) sont parallèles. Trouver un mot de cinq lettres (1 pour A ; 2 pour B ; 3 pour C, etc.)**

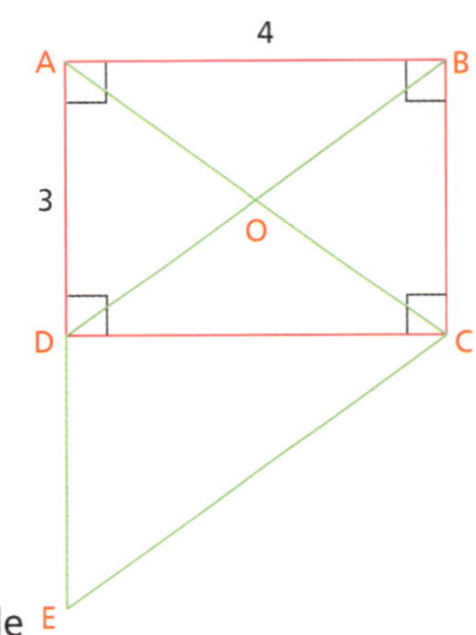

Lettre n° 1 : la longueur AE.
Lettre n° 2 : le nombre AE – BD.
Lettre n° 3 : le rapport d'agrandissement du triangle ADO au triangle AEC.
Lettre n° 4 : l'aire du triangle AEC.
Lettre n° 5 : la longueur EC.

Le mot est : ....

4 ★★ **Dans la figure ci-dessous, l'aire de la surface grisée est 12 cm². Quelle est l'aire du triangle ABC ?**

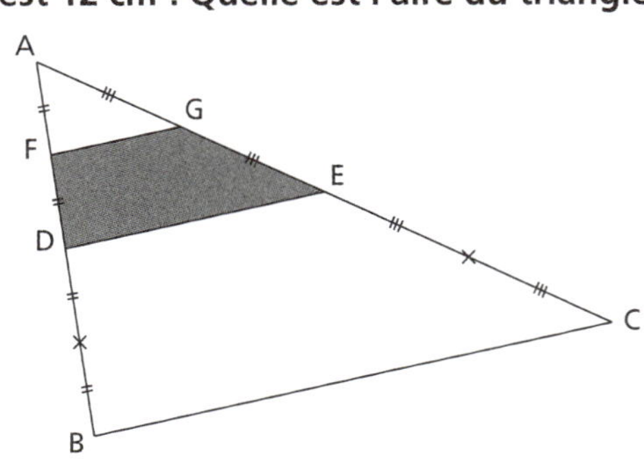

Auto évaluation Très bien ☐ Bien ☐ Pas assez bien ☐

42 Triangle rectangle : cosinus d'un angle aigu

→ Corrigés p. XIV

Observer et retenir

■ Un triangle rectangle possède deux angles aigus.
Dans le triangle ABC rectangle en B, on considère l'angle aigu $\widehat{ACB}$.
Le côté adjacent à l'angle $\widehat{ACB}$ est le côté [BC] et l'hypoténuse est [AC].
Le quotient de la longueur du côté adjacent à un angle aigu par la longueur de l'hypoténuse ne dépend que de l'angle.

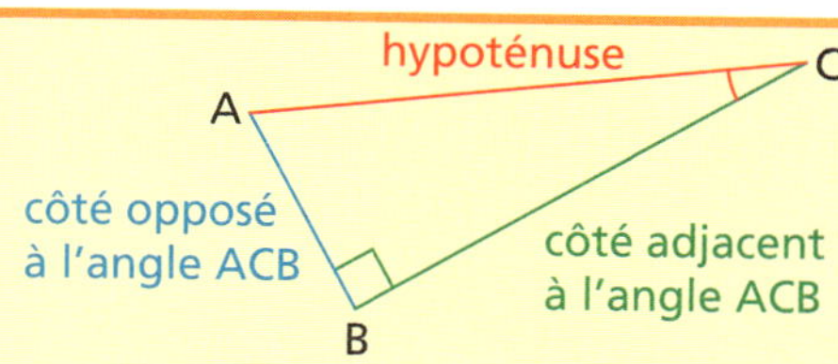

■ Dans le triangle ABC rectangle en B, $\cos(\widehat{ACB}) = \frac{BC}{AC}$.

■ La touche **cos** de la calculatrice donne une **valeur approchée du cosinus d'un angle aigu**.
Pensez à vérifier que la calculatrice est réglée en mode degré pour l'angle, sinon modifiez le réglage.

Exemple Pour cos(50°), la calculatrice affiche 0,642 787 609 687. Il ne s'agit pas de la valeur exacte de cos(50°). Mais 0,64 est la valeur arrondie au centième de cos(50°) .

Remarque
Le cosinus d'un angle aigu est un nombre compris entre 0 et 1.

Attention
Pour la plupart des valeurs, la calculatrice affiche seulement une **valeur approchée** et pas une valeur exacte.

■ Inversement, à partir d'un nombre compris entre 0 et 1, la calculatrice donne une valeur approchée de la mesure de l'angle aigu qui a pour cosinus ce nombre.
On saisira la touche **inv cos** (ou **arc cos** ou **cos⁻1**).

Exemple Je cherche la mesure de l'angle aigu dont le cosinus est 0,8. La calculatrice affiche 36,869 897 645 8. Ce n'est pas la valeur exacte de la mesure de l'angle aigu. La valeur arrondie au degré de l'angle est 37°.

S'entraîner

1 ★ **À l'aide de votre calculatrice, complétez le tableau.**

Angle	35°	70°	10°	72°	30°
Cosinus de l'angle	arrondi au dixième :	tronqué au millième :	arrondi au millième :	tronqué au dixième :	arrondi au millième : ....

2 ★ **DRG est un triangle rectangle en R. Complétez les phrases suivantes.**

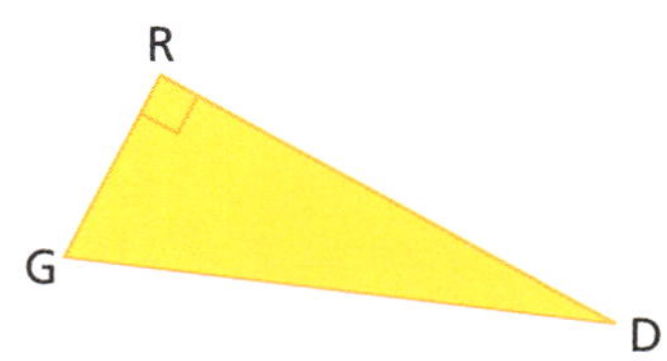

[DG] est .... du triangle rectangle.

Pour l'angle $\widehat{RGD}$, [GR] est le côté .... et [RD] est le côté ....

3 ★★ **À partir de l'égalité $\cos 40° = \frac{AB}{5}$, quelle égalité peut-on écrire ?**

a. $AB = \frac{\cos 40°}{5}$ **b.** $AB = \frac{5}{\cos 40°}$ **c.** $AB = 5 \times \cos(40°)$

4 ★★ **Dans un parc d'activités, une épreuve consiste à parcourir une distance, entre deux arbres, avec une tyrolienne. La situation est schématisée par le triangle rectangle ABC, A et B désignent les points de fixation du câble sur les arbres, le segment [AB] représente le câble. Il mesure 75 m de long, et fait un angle de 5° avec l'horizontale représentée par le segment [BC] sur le schéma.**
Calculez la distance BC entre les deux arbres.

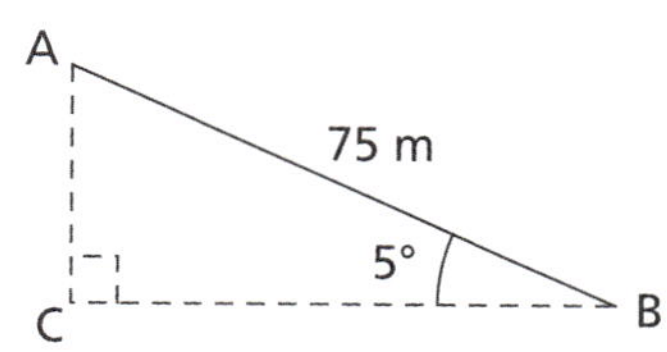

Auto évaluation Très bien ☐ Bien ☐ Pas assez bien ☐

43 Trigonométrie : sinus et tangente d'un angle aigu

→ Corrigés p. XIV

Observer et retenir

■ Dans un triangle rectangle, le **sinus** d'un angle aigu est le quotient de la longueur du côté opposé à l'angle par la longueur de l'hypoténuse.

■ Dans un triangle rectangle, la **tangente** d'un angle aigu est le quotient de la longueur du côté opposé à l'angle par la longueur du côté adjacent à l'angle.

Exemple Dans le triangle ABC rectangle en B, on considère l'angle aigu $\widehat{ACB}$.
Le côté adjacent à l'angle $\widehat{ACB}$ est le côté [BC]. Le côté opposé à l'angle $\widehat{ACB}$ est le côté [AB] et l'hypoténuse est [AC]. Donc, on a les formules :

$\cos(\widehat{ACB}) = \dfrac{BC}{AC}$; $\sin(\widehat{ACB}) = \dfrac{AB}{AC}$ et $\tan(\widehat{ACB}) = \dfrac{AB}{BC}$.

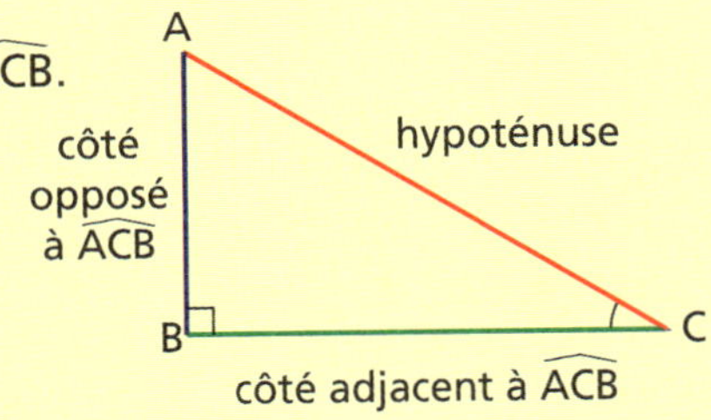

Dans les formules précédentes, les parenthèses autour de l'angle ont le même rôle que dans l'écriture de l'image d'un nombre par une fonction.

Remarques
- Le cosinus et le sinus d'un angle aigu sont des nombres compris entre 0 et 1.
- La tangente d'un angle aigu est un nombre positif.

S'entraîner

1 ★ **Construisez deux triangles rectangles EFG et E′F′G′ rectangles en F et F′ tels que $\tan(\widehat{FEG}) = 3$ et $\tan(\widehat{F'E'G'}) = 3$.**

Aide
$\tan(\widehat{FEG}) = 3$ signifie que $\dfrac{FG}{FE} = 3$.
Cela signifie que : $FG = 3 \times FE$.
On pourra faire une figure à main levée.

2 ★★ **Un triangle ABD rectangle en B est tel que AB = 9 cm et l'angle $\widehat{BAD} = 40°$.**

1. Tracez ce triangle.

2. Calculez la longueur BD en justifiant la démarche utilisée. On donnera une valeur arrondie au millimètre.

....

3. Construisez le cercle ($\mathscr{C}$) circonscrit au triangle ABD. On précisera la position du centre I de ce cercle.

4. Tracez la bissectrice de l'angle $\widehat{BAD}$. Elle coupe le cercle ($\mathscr{C}$) en S. Placez S sur la figure.

5. Déterminez la mesure exacte de l'angle $\widehat{SIB}$ en justifiant la démarche utilisée.

3 ★★★ **Madame Martin souhaite réaliser une terrasse.**

La terrasse a la forme d'un prisme droit dont la base est le quadrilatère ABCD et la hauteur est le segment [CG].

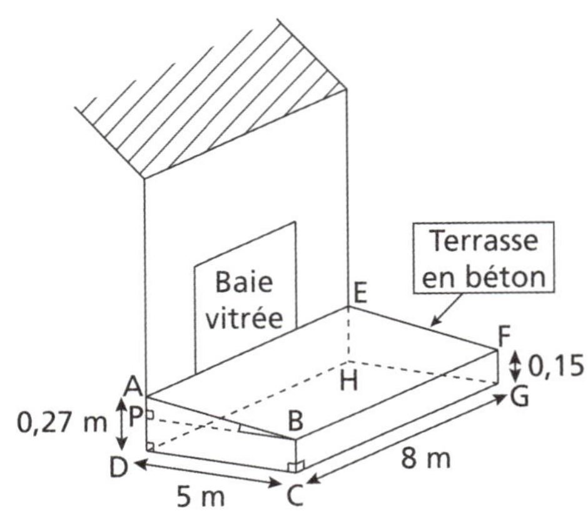

P est le point du segment [AD] tel que BCDP est un rectangle.
L'angle ABP doit mesurer entre 1° et 1,5°.
Le projet de Madame Martin vérifie-t-il cette condition ?

....

....

Auto évaluation Très bien ☐ Bien ☐ Pas assez bien ☐

44 Trigonométrie : la calculatrice

→ Corrigés p.XIV

Observer et retenir

■ La calculatrice fournit une valeur approchée du cosinus, du sinus ou de la tangente d'un angle aigu.

■ Les touches cos, sin et tan de la calculatrice donnent respectivement une valeur approchée du cosinus, du sinus, et de la tangente d'un angle aigu.
Pensez à vérifier que la calculatrice est réglée en mode degré, sinon il faut modifier le réglage.

■ Pour la plupart des valeurs, la calculatrice donne seulement une valeur approchée et non une valeur exacte.
Exemple Pour sin(40°), la calculatrice affiche 0,642 787 609 687. sin(40°) n'est pas égal à 0,642 787 609 687. Mais 0,64 est la valeur tronquée au centième de sin(40°), ou encore 0,643 est la valeur arrondie au millième de sin(40°).

■ Inversement, à partir d'un nombre compris entre 0 et 1, la calculatrice donne la mesure de l'angle aigu qui a pour cosinus ou pour sinus ce nombre. Pour un nombre positif, la calculatrice donne la mesure de l'angle aigu qui a pour tangente ce nombre.
Dans la plupart des cas, il s'agit d'une valeur approchée.

■ Les touches arc cos ou $\cos^{-1}$ (arcsin ou $\sin^{-1}$), (arctan ou $\tan^{-1}$) de la calculatrice donnent une valeur approchée de la mesure d'un angle aigu à partir de la valeur de son cosinus, de son sinus ou de sa tangente.

S'entraîner

1 ★ **Complétez le tableau suivant.**

	sin(40°)	tan(85°)	tan(20°)	sin(85°)	cos(45°)
Valeur tronquée au centième					
Valeur arrondie au dixième					

2 ★ **Complétez le tableau suivant.**

Valeur du sinus	0,1	0,75	0,4	1/3
Mesure de l'angle tronquée au centième				
Mesure de l'angle arrondie au dixième				

3 ★ **Complétez le tableau suivant.**

Valeur de la tangente	2,5	0,1	115	682
Mesure de l'angle en degrés tronquée au centième				
Mesure de l'angle en degrés arrondie au dixème				

4 ★★ **Dans l'exercice 1 de la fiche 43, vous avez construit un triangle EFG rectangle en F tel que tan($\widehat{FEG}$) = 3.**

1. À l'aide de la calculatrice, trouvez la valeur arrondie au dixième de degré de l'angle $\widehat{FEG}$.

2. Avec le rapporteur, mesurez l'angle $\widehat{FEG}$.

3. Dans l'exercice 2 de la fiche 43, vous avez construit un triangle IJK rectangle en J tel que sin ($\widehat{JIK}$) = 0,2.
Avec la calculatrice, trouvez la valeur arrondie au dixième de degré de l'angle $\widehat{JIK}$. Vérifiez avec le rapporteur.

Auto évaluation — Très bien ☐ Bien ☐ Pas assez bien ☐

45 Trigonométrie : calcul d'une longueur, calcul d'un angle

→ Corrigés p. XV

Observer et retenir

■ Dans le triangle ABC rectangle en B :

$\cos(\widehat{ACB}) = \dfrac{BC}{AC}$; $\sin(\widehat{ACB}) = \dfrac{AB}{AC}$ et $\tan(\widehat{ACB}) = \dfrac{AB}{BC}$.

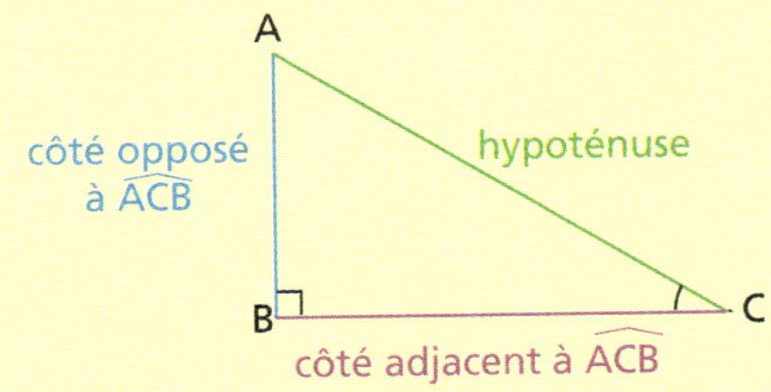

Ces égalités font intervenir **trois grandeurs** : les longueurs de deux côtés ainsi que la mesure d'un angle aigu du triangle. Elles permettront de trouver la valeur de l'une d'entre elles quand on en connaît deux.

Exemples

- Dans le triangle ci-contre, on veut calculer la longueur AC.

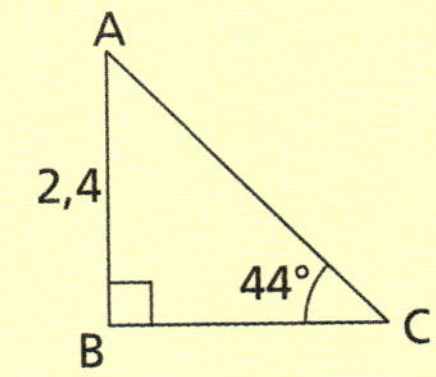

Méthode : on **connaît** la longueur AB et la mesure de l'angle $\widehat{ACB}$. On **cherche** la longueur de l'hypoténuse.
[AB] est le côté opposé de l'angle $\widehat{ACB}$. On choisit donc d'utiliser la formule du **sinus** pour l'angle $\widehat{ACB}$.

On écrit cette formule : $\sin(\widehat{ACB}) = \dfrac{AB}{AC}$. On remplace par les valeurs numériques : $\sin 44° = \dfrac{2,4}{AC}$.

Il s'agit d'une équation où l'inconnue est AC. $AC \times \sin 44° = 2,4$, d'où $AC = \dfrac{2,4}{\sin 44°}$. $AC \approx 3,5$ cm.

- Dans le triangle ci-contre, on veut calculer la mesure de l'angle $\widehat{STR}$.

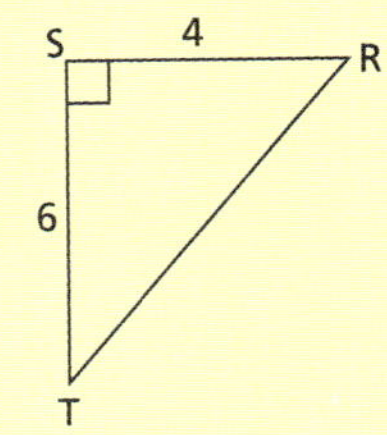

Méthode : on **connaît** les longueurs SR et ST. On **cherche** la mesure de l'angle $\widehat{STR}$.
[SR] et [ST] sont respectivement les côtés opposé et adjacent de $\widehat{STR}$. On choisit donc d'utiliser la formule de la **tangente** pour l'angle $\widehat{STR}$.

On écrit cette formule : $\tan\widehat{STR} = \dfrac{SR}{ST}$. On remplace par les valeurs numériques :

$\tan\widehat{STR} = \dfrac{4}{6}$. On utilise la touche invtan $\widehat{STR} \approx 34°$.

S'entraîner

1 ★ L'unité de longueur est le cm.
Calculez la longueur AB.
Arrondissez au millimètre près.

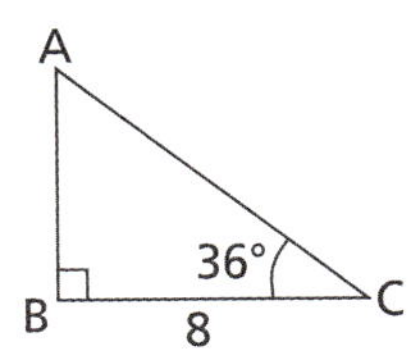

> **Aide**
> Pour choisir la formule de trigonométrie à utiliser, considérez les données numériques par rapport à l'angle $\widehat{ACB}$.

2 ★★ Ci-contre : BC = 6,5 cm ; AH = 2 cm et HC = 5,2 cm.

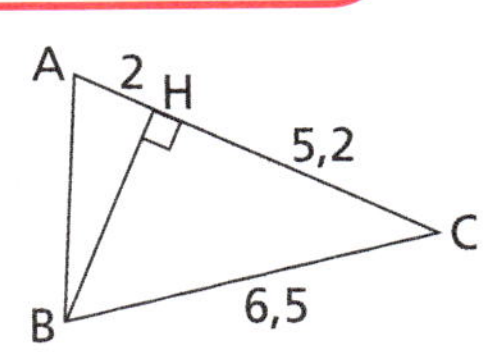

1. Calculez BH.
2. Déterminez la mesure de l'angle $\widehat{HBC}$ et celle de l'angle $\widehat{ABH}$. Arrondissez au degré près.

3 ★★ Dans un parc d'activités, une épreuve consiste à parcourir une certaine distance, entre deux arbres, avec une tyrolienne.

A et B désignent les points de fixation du câble sur les arbres, le segment [AB] représente le câble.

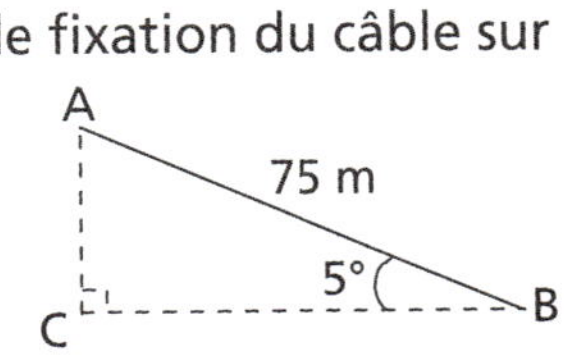

On sait que le câble mesure 75 m de long, qu'il fait un angle de 5° avec l'horizontale représentée par le segment [BC] sur le schéma.
Calculez la valeur, au cm près, de la différence de hauteur entre les deux plates-formes, représentée par le segment [AC] sur le schéma.

....

....

Auto évaluation : Très bien ☐ Bien ☐ Pas assez bien ☐

46 Relations trigonométriques

→ Corrigés p.XV

Observer et retenir

■ Pour un angle aigu, les valeurs de son cosinus, de son sinus et de sa tangente sont liées par les relations suivantes.

• Pour un angle aigu, le quotient du sinus de l'angle par le cosinus de cet angle est égal à la tangente de l'angle aigu.

Dans le triangle ABC rectangle en B, $\tan(\widehat{ACB}) = \dfrac{\sin(\widehat{ACB})}{\cos(\widehat{ACB})}$.

Remarque
Cette relation de trigonométrie permet de calculer l'un des trois nombres $\tan\widehat{ACB}$, $\sin\widehat{ACB}$ ou $\cos\widehat{ACB}$ si l'on connaît les valeurs de deux d'entre eux.

• Pour tout angle aigu, la somme des carrés de son cosinus et de son sinus est égale à 1.
Autrement dit : pour tout angle aigu α, on a : $(\cos \alpha)^2 + (\sin \alpha)^2 = 1$.
Cette égalité peut aussi s'écrire : $\cos^2 \alpha + \sin^2 \alpha = 1$.
On déduit de cette égalité : $\sin \alpha = \sqrt{1 - \cos^2\alpha}$ et $\cos \alpha = \sqrt{1 - \sin^2\alpha}$.

Remarque
Cette relation trigonométrique permet de calculer le sinus (ou le cosinus) d'un angle aigu sans connaître les dimensions du triangle.

S'entraîner

1 ★ **On sait que $\cos 60° = \dfrac{1}{2}$.**

1. Calculez sin60°.

....

....

2. Calculez tan60°.

....

....

2 ★ **Calculez de deux façons différentes $\sin a$ sachant que a est un angle aigu tel que $\cos a = \dfrac{3}{4}$ et $\tan a = \dfrac{\sqrt{7}}{3}$.**

....

....

3 ★★ **Sachant que b est un angle aigu, $\cos b = 3 \sin b$, calculez dans l'ordre $\tan b$; $\sin b$ et $\cos b$.**

....

....

....

Aide
Exprimez $\tan b$ en fonction de $\sin b$ et $\cos b$.

4 ★★ **Calculez l'expression suivante :**
$A = (\cos x + \sin x)^2 - (\sin x - \cos x)^2$, x étant la mesure d'un angle aigu.

....

....

....

....

....

5 ★★★ **Vérifiez que la relation :**

$$\frac{1}{1 + (\tan c)^2} = (\cos c)^2$$

est vraie pour l'angle c de mesure 60° à partir des valeurs de cos60° et tan60° déterminées ci-dessus.
Démontrez que la relation est vraie pour tout angle aigu de mesure c.

....

....

....

....

....

Auto évaluation — Très bien ☐ Bien ☐ Pas assez bien ☐

47 Sphère : définition et observation

→ Corrigés p. XV

Observer et retenir

■ Soit un point O fixé et un nombre positif R.
L'ensemble des points de l'espace situés à la distance R du point O est appelé **sphère** de centre O et de rayon R.

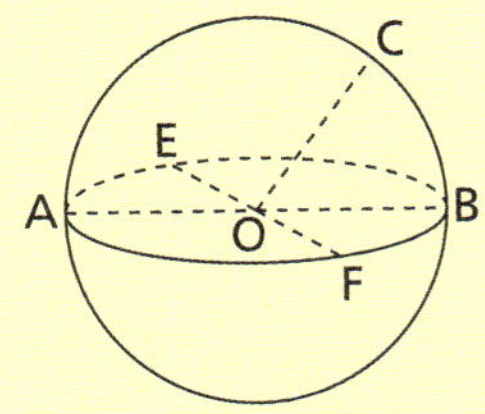

Exemple On représente une sphère en perspective.
Sur la sphère, un grand cercle est en réalité un cercle de centre O et de rayon R.
On le représente en perspective par une ellipse.
Ci-contre : OA = OB = OC = OE = OF = R.

■ Un **diamètre** de la sphère de centre O et de **rayon** R est un segment passant par le point O et dont les extrémités sont des points de la sphère.

Exemple Sur la figure, [AB] et [EF] sont des diamètres, on a alors : AB = EF = 2 × R.

■ La **boule** de centre O et de rayon R est formée par l'ensemble des points situés à une distance inférieure ou égale à R du point O.

Exemples Un ballon de football, une balle de tennis peuvent être considérés comme des sphères. Une orange est considérée comme une boule.
La Terre peut être assimilée à une boule ayant un rayon de 6 400 km mais, en réalité, elle est légèrement aplatie aux pôles.
Pour se repérer sur Terre, les êtres humains ont imaginé de « grands cercles ». Les plus connus sont l'équateur, perpendiculaire à l'axe des pôles, et les méridiens.

S'entraîner

1 ★ **Complétez la figure en plaçant le point S diamétralement opposé au point T.**
Représentez en vraie grandeur un grand cercle passant par S et T.

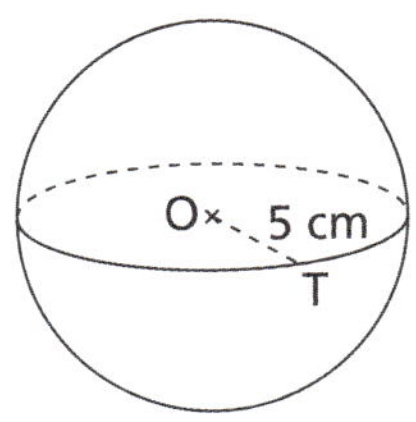

2 ★★ **On considère une orange de 3,5 cm de rayon. On a enlevé un morceau de ce fruit comme l'indique la figure ci-contre. On sait que l'angle $\widehat{JOI}$ mesure 90°.**

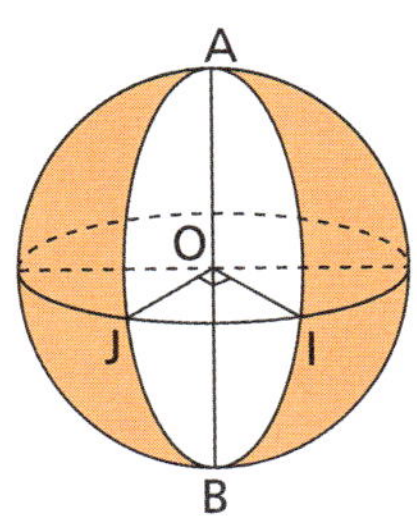

1. Représentez en grandeur réelle l'arc $\overset{\frown}{AB}$ passant par J.

2. Représentez en grandeur réelle l'arc $\overset{\frown}{IJ}$ contenu dans le plan (OIJ).

3. Représentez en vraie grandeur le grand cercle passant par I et J.

4. Complétez : OA = ..., AB = ..., OI = ...

3 ★★★ **Le rayon de la Terre est de 6 400 km. Voici les coordonnées géographiques de deux villes :**
Québec (Canada) 46°N, 72°O et Santiago (Chili) 34°S, 72° O.
Québec (Q) et Santiago (C) sont situées sur un même méridien sur la Terre repéré par 72°O.

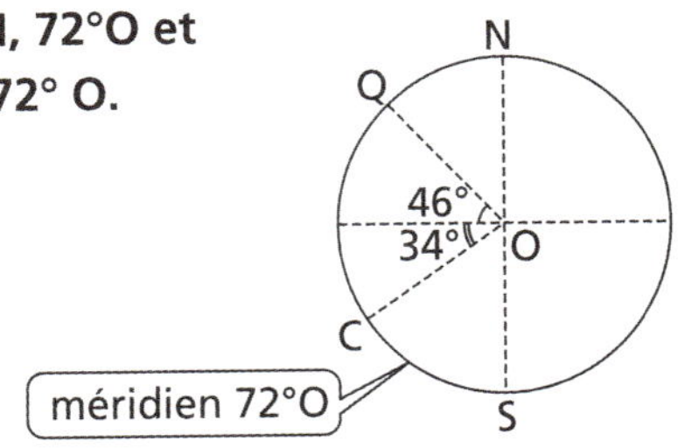

1. Calculez l'angle $\widehat{QOC}$.

....

....

2. La partie du méridien entre ces deux villes est un arc de cercle. Quelle est la longueur de cet arc de cercle ? Arrondir à la dizaine de km.

....

....

Auto évaluation Très bien ☐ Bien ☐ Pas assez bien ☐

48 Sphère : aire, volume

→ Corrigés p. XV

Observer et retenir

■ L'**aire** d'une sphère de rayon R est égale à $4\pi R^2$.

■ Le **volume** d'une boule de rayon R est égal à $\frac{4}{3}\pi \times R^3$.

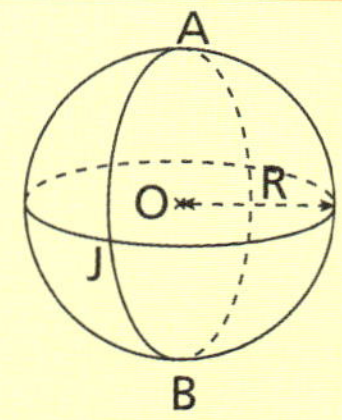

Exemple

Volume d'un ballon de basket d'un rayon de 12 cm :

$V = \frac{4\pi \times 12^3}{3} = 2\,304\pi$ cm³. La valeur exacte du volume est $2\,304\pi$ cm³.

Une valeur approchée au cm³ est $V \approx 7\,238$ cm³, soit environ 7 L.

S'entraîner

1 ★ **Complétez le tableau suivant. (Donnez des valeurs exactes.)**

Rayon de la sphère ou de la boule	12 cm	4,5 dm	6 370 km	38 mm	5 dam
Aire de la sphère	.... cm²	.... dm²	.... km²	.... mm²	.... dam²
Volume de la boule	.... cm³	.... dm³	.... km³	.... mm³	.... dam³

2 ★★ **Le rayon de la Terre mesure environ 6 370 km. Les glaces occupent 3 % de sa surface. Calculez l'aire des glaces en km².**

....

....

3 ★★ **Un glacier vend des cornets constitués d'un cône totalement rempli de glace et surmonté d'une demi-boule de glace (voir figure 1 ci-dessous).**

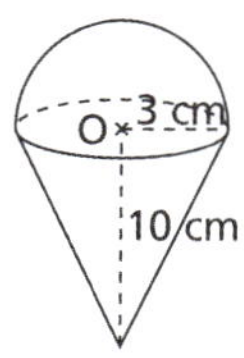

Figure 1

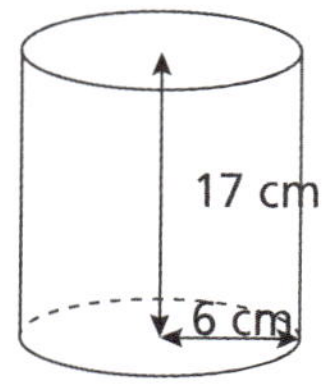

Figure 2

1. Montrez que le volume du cône en cm³ est 30π cm³.

2. Montrez que le volume de la demi-boule en cm³ est 18π. Déduisez-en le volume total de glace qu'il y a dans un cornet complètement rempli de glace.

3. Pour préparer ses cornets, le glacier dispose de pots de glace cylindriques pleins (voir figure 2 ci-dessus). Quel volume de glace contient un pot ? Combien peut-on préparer de cornets avec un pot ?

> **Rappel**
>
> Volume du cône $= \frac{\pi r^2 h}{3}$.
>
> Volume du cylindre $= \pi r^2 h$.
>
> (h désigne la hauteur et r le rayon).

4 ★★★ **Voici trois boîtes creuses fabriquées avec le même matériau.**

1. Vérifiez que les arrondis au cm³ des volumes de ces trois boîtes sont égaux.

2. Déterminez la boîte qui utilise le moins de matériau.

3. Expliquez pourquoi les industriels ne choisissent pas cette boîte, pourtant écologique.

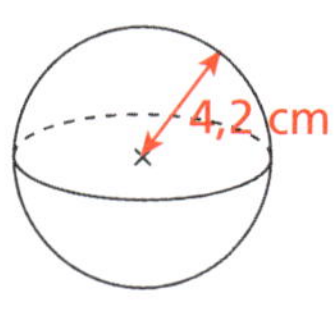

Une boule

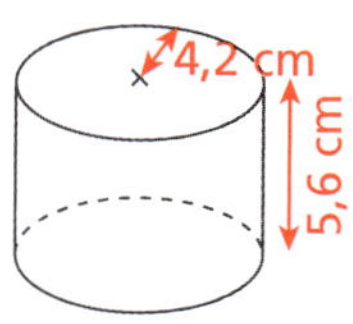

Un cylindre

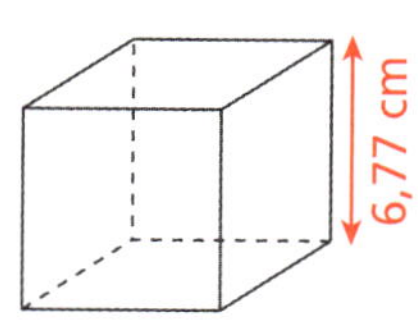

Un cube

Auto évaluation Très bien ☐ Bien ☐ Pas assez bien ☐

ESPACE ET GÉOMÉTRIE

49 Section d'une sphère par un plan

→ Corrigés p. XVI

Observer et retenir

- On imagine que l'on coupe un solide par un plan. La **section** est la trace de la coupe sur le solide.
- La section d'une sphère par un plan est un **cercle**.

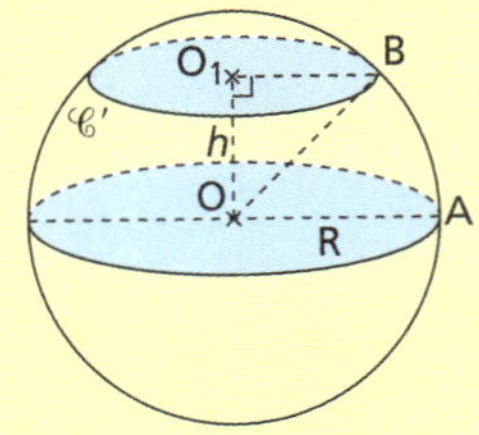

Exemple

Dans la figure ci-contre, 𝒞' est le cercle de centre O_1 passant par B.
La longueur du segment $[OO_1]$ est appelée la distance du plan au centre O de la sphère.
On la note : $OO_1 = h$.
Étant donné que le triangle OO_1B est un triangle rectangle, on a, d'après le théorème de Pythagore :
$OB^2 = OO_1{}^2 + O_1B^2$. Par conséquent, si R désigne le rayon de la sphère et r le rayon du cercle de la section, on a : $\mathbf{R^2 = r^2 + h^2}$.

Remarque
Cette égalité permettra de calculer l'un des trois nombres R, r ou h si l'on connaît deux d'entre eux.

- Si un plan coupe une boule, la section est un disque.

S'entraîner

1 ★ **On considère une sphère de centre O et de 5 cm de rayon. Le plan (P) coupe la sphère. La distance du plan (P) au centre de la sphère est h = 4 cm.**

1. Calculez le rayon du cercle qui est la section de la sphère par le plan.

....

....

2. Calculez la circonférence du cercle et l'aire du disque formé.

....

....

2 ★★ **Bulle, le poisson de Clothilde, est dans un bocal ayant la forme d'une sphère tronquée (fixée sur un socle). Le rayon de la sphère est de 10 cm. La distance de la surface plane de l'eau au centre O de la sphère est 4 cm.**

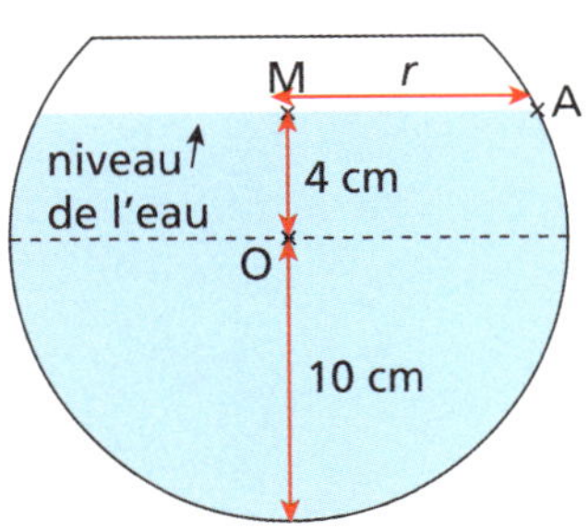

1. a. Calculez r (donnez la valeur arrondie au mm près).
b. Quelle est la forme de la surface plane de l'eau ?
c. Calculez l'aire de cette surface (arrondir le résultat au cm²).

2. Calculez le volume d'eau nécessaire pour remplir le bocal au niveau des pointillés (arrondir le résultat au cm³, puis au litre).

3 ★★ **Un menuisier doit tailler des boules en bois de 10 cm de diamètre pour les disposer sur une rampe d'escalier. Il confectionne d'abord des cubes de 10 cm d'arête dans lesquels il taille chaque boule.**

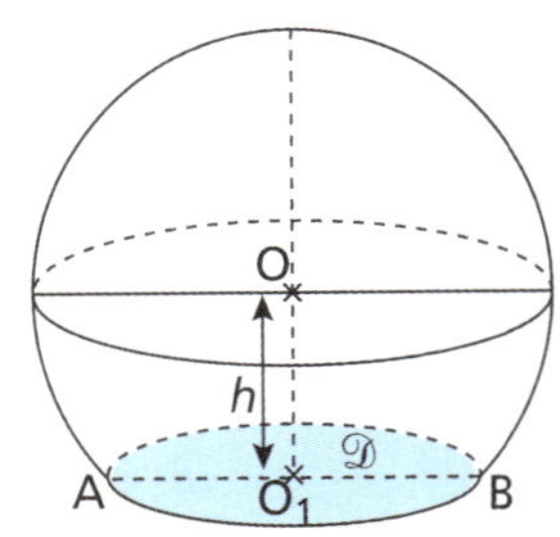

1. Dans chaque cube, déterminez le volume (au cm³ près) de bois perdu, une fois la boule taillée.

2. Il découpe ensuite la boule de centre O suivant un plan pour la coller sur son emplacement. La surface ainsi obtenue est un disque de centre O_1 et de diamètre AB = 5 cm. Calculez à quelle distance h du centre de la boule il doit réaliser cette découpe. Arrondissez h au millimètre.

Auto évaluation Très bien ☐ Bien ☐ Pas assez bien ☐

50 Section d'une sphère par un plan : lien avec la Terre

→ Corrigés p.XVI

Observer et retenir

■ La Terre est assimilée à une boule de rayon d'environ 6 400 km.

● Pour se repérer sur la Terre, les hommes ont conçu des lignes qui sont les **parallèles** et les **méridiens**.

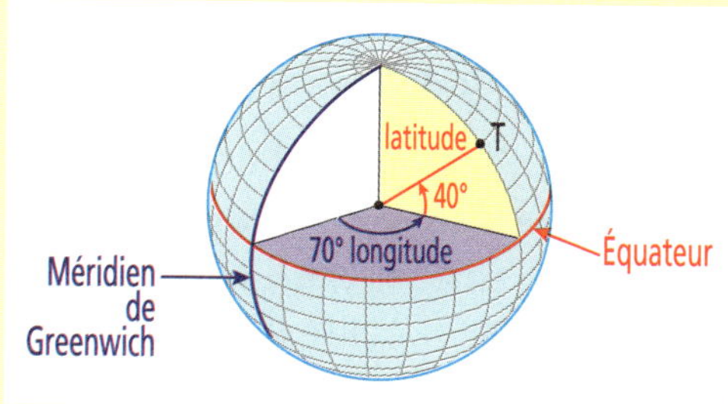

■ Un point de la Terre est repéré par deux coordonnées qui sont des angles.

● La latitude : de 0 à 90°, c'est l'angle formé par un rayon de l'équateur et le segment qui joint le point considéré sur la sphère au centre de la Terre. Elle détermine la position d'un cercle appelé un parallèle, et une direction Nord ou Sud. Sur la Terre, le parallèle 0 est l'équateur.

● La longitude : de 0 à 180°, c'est l'angle mesuré le long de l'équateur terrestre entre le méridien du lieu considéré et le méridien d'origine. Elle détermine la position d'un demi-cercle appelé méridien, et une direction Est ou Ouest. Sur la Terre, le méridien 0 est le méridien de Greenwich.

Exemple Le point T a pour latitude 40° Nord et pour longitude 70° Est. T(40°N ; 70°E)

● Les coordonnées géographiques d'un lieu sur Terre sont le couple (latitude ; longitude).

Exemple Les coordonnées de Sydney (34°S ; 151°E).

■ Les **méridiens** sont des demi-cercles qui ont pour diamètre l'axe des pôles. Ils déterminent 24 fuseaux horaires.

● Chacune des 24 tranches est comprise entre deux méridiens dont la différence de longitude est 15°.

● Les tranches obtenues s'appellent fuseaux horaires. Il est midi au soleil en un lieu lorsque le soleil passe dans le méridien de ce lieu.

S'entraîner

1 ★ **Quel est ce lieu ?**

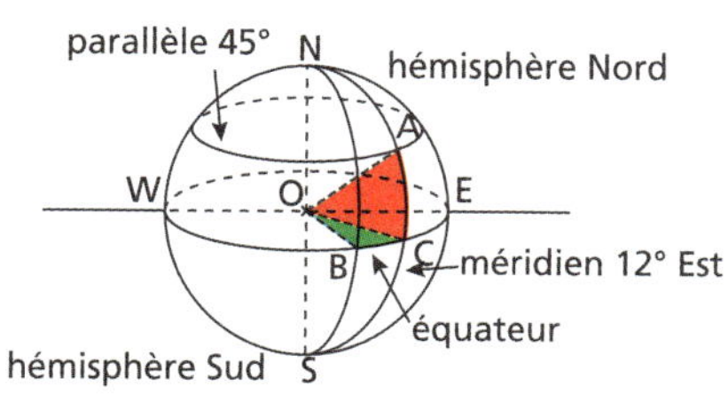

Les coordonnées du lieu A sont (45°N; 12°E) Recherchez sur Internet quel est ce lieu : ....

2 ★★ **Complétez les phrases suivantes.**

1. L'équateur est un grand cercle de la Terre perpendiculaire à l'axe ....

2. Les parallèles sont des sections de la Terre avec des plans .... au plan de l'équateur.

3 ★★ **Trouvez deux villes du globe qui soient :** sur le 30e parallèle Nord, sur l'équateur et sur le tropique du Capricorne.

4 ★★★ **Les coordonnées géographiques de la ville de Calgary (Canada) sont (51°N; 114°O). On prendra pour rayon de la Terre 6 370 km.**

1. Faites un schéma indiquant chacun de ces angles.

2. Calculez le rayon du parallèle passant par Calgary.

....

3. Calculez la longueur de ce parallèle en km. Arrondissez à la dizaine de km.

....

4. Dans le cadre d'une observation scientifique, un ballon part de Calgary en direction du pôle Nord en suivant un méridien. Calculez la distance parcourue. Arrondissez à la dizaine de km.

....

....

Auto évaluation Très bien ☐ Bien ☐ Pas assez bien ☐

51 Section plane d'un pavé droit

→ Corrigés p.XVI

Observer et retenir

On imagine que l'on coupe un solide par un plan. La section est la trace de la coupe sur le solide. La section d'un solide par un plan détermine une **figure plane**.

Section d'un pavé par un plan parallèle à une face

- **Propriété :** la section plane d'un pavé droit par un plan parallèle à une face est un **rectangle de mêmes dimensions** que la face.

Exemple On a réalisé la section de ce pavé par le plan parallèle à la face ADHE.
La section ainsi obtenue est le rectangle IJKL.
IJKL a les mêmes dimensions que ADHE.
Dans ce cas, sur la représentation en perspective, le rectangle IJKL est représenté par un parallélogramme.

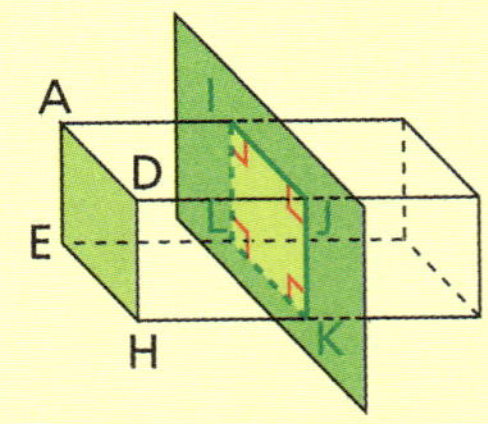

Section d'un pavé par un plan parallèle à une arête

- **Propriété :** la section plane d'un pavé droit par un plan parallèle à une arête est un **rectangle**.

Exemple On a réalisé la section de ce pavé par le plan parallèle à l'arête [DH].
La section ainsi obtenue est le rectangle MNOP.

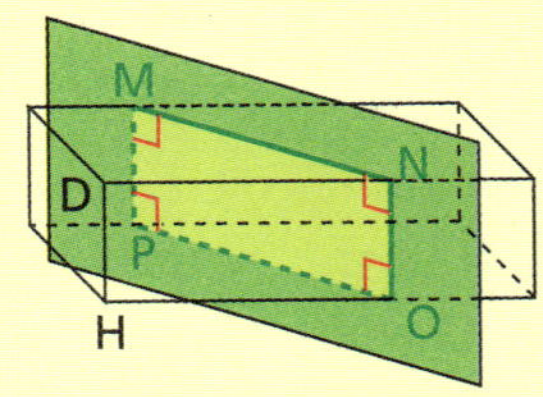

Remarque
Pour calculer les dimensions de la section, on utilisera, avec les données dont on dispose, des méthodes de géométrie plane.

S'entraîner

1 ★ **Ci-contre, un pavé sur lequel on a placé le milieu de chacune de ses arêtes. On donne BC = 6 cm ; AB = 5 cm et AE = 3 cm.**

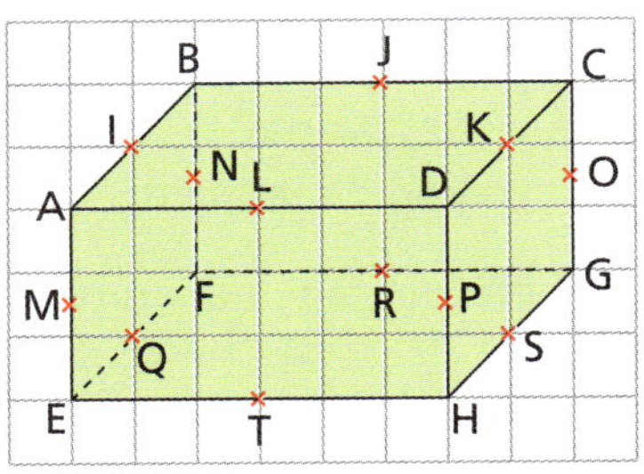

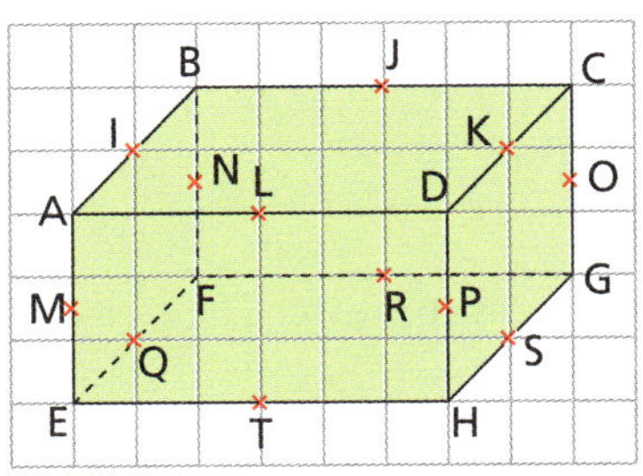

Fig 1. On coupe le pavé par le plan passant par K et qui est parallèle à la face BCGF.

Fig 2. On coupe le pavé par le plan parallèle à (AE) qui passe par K et J.

Dans chaque cas :

1. Précisez la nature de cette section.

2. Calculez les dimensions réelles du quadrilatère obtenu par cette section.

3. Représentez cette section en rouge sur les figures en perspective ci-contre.

4. Tracez cette section en vraie grandeur.

2 ★★ **Soit un cube ABCDEFGH de 6 cm de côté et I le milieu de [BF]. On considère la section AIJD du cube par un plan parallèle à l'arête [BC], passant par les points A et I.**

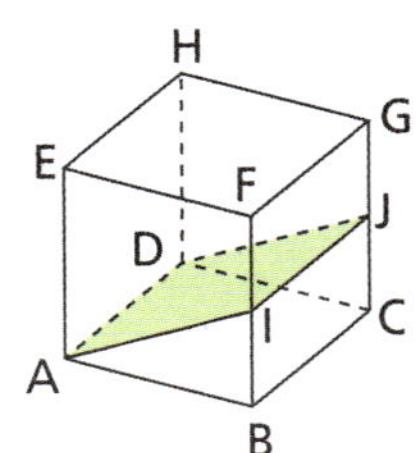

1. Tracez en vraie grandeur le triangle AIB.

2. Déduisez-en la construction en vraie grandeur de la section AIJD.

3. Montrez que l'aire du triangle AIB est égale à 9 cm^2.

4. La partie basse ABIDCJ du cube est un prisme droit. Calculez le volume du prisme droit ABIDCJ en cm^3.

Auto évaluation Très bien ☐ Bien ☐ Pas assez bien ☐

52 Section plane d'un cylindre

→ Corrigés p. XVII

Observer et retenir

■ **Section d'un cylindre par un plan perpendiculaire aux bases (ou encore parallèle à son axe)**

● **Propriété :** la section plane d'un cylindre de révolution droit par un plan perpendiculaire aux bases est un **rectangle**.

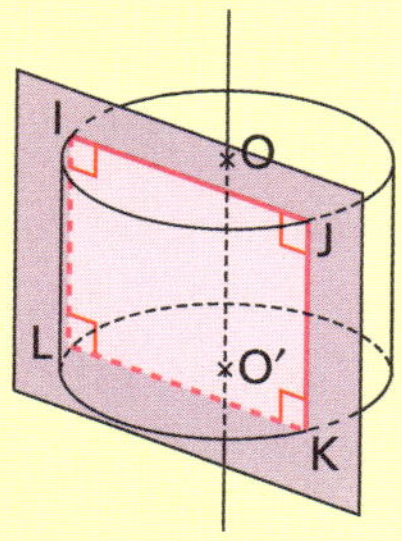

Exemple

On a réalisé la section de ce cylindre par un plan perpendiculaire aux bases.
La section ainsi obtenue est le rectangle IJKL.
Ci-contre, IL et JK sont des longueurs égales à la hauteur du cylindre.
Pour déterminer la longueur IJ, diverses méthodes pourront être utilisées (théorème de géométrie plane, utilisation de figures).
Si le plan passe par O, IJ et LK sont des longueurs égales au diamètre du cylindre.

■ **Section d'un cylindre par un plan parallèle aux bases (ou encore perpendiculaire à son axe)**

● **Propriété :** la section plane d'un cylindre de révolution droit par un plan parallèle aux bases est un **cercle de même rayon** que celui de la base.

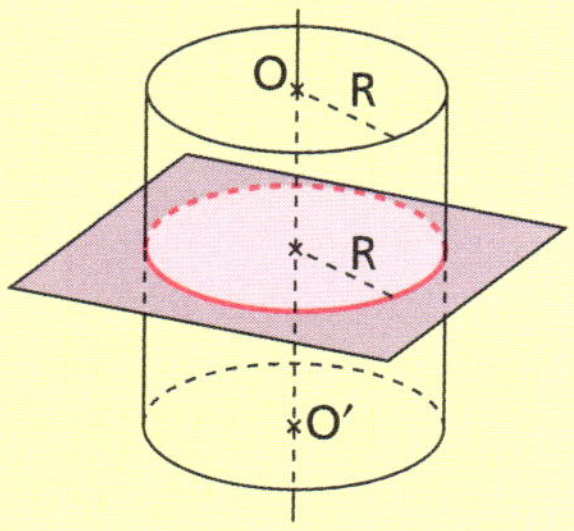

Exemple

On a réalisé la section de ce cylindre par un plan parallèle aux bases.
La section ainsi obtenue est un cercle de rayon R.

S'entraîner

1 ★ **La figure ci-dessous représente un cylindre de rayon 2 cm et de hauteur 6 cm.**

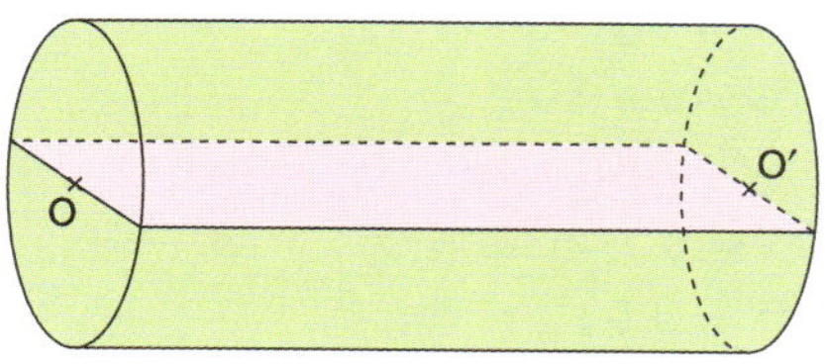

1. Quelle est la nature de la section du cylindre par le plan qui passe par l'axe (OO') de ce cylindre ?

....

2. Construisez cette section en vraie grandeur.

3. Calculez l'aire de la section. ....

4. Quelle est la section de ce cylindre par un plan perpendiculaire à l'axe (OO'), qui le coupe à mi-hauteur ?

....

5. Construisez cette section en vraie grandeur.

6. Calculez l'aire de cette section. ....

2 ★★★ **Parmi les solides suivants, indiquez ceux dont la section par un plan peut être :**

1. un cercle de rayon 3,5 cm ;
2. un cercle de rayon 3 cm ;
3. un rectangle de dimensions 8 cm et 3 cm ;
4. un rectangle de dimensions 8 cm et 4 cm.

Remarque
On peut faire cet exercice après avoir étudié les sections planes d'une pyramide, d'une sphère et d'un cône.

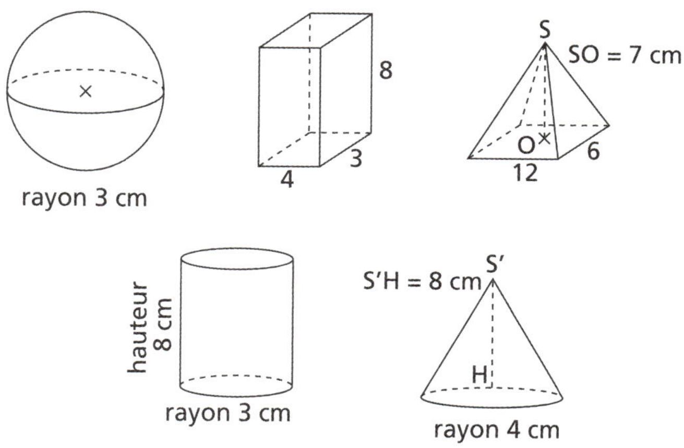

Auto évaluation Très bien ☐ Bien ☐ Pas assez bien ☐

53 Section plane d'une pyramide ou d'un cône

→ Corrigés p.XVII

Observer et retenir

■ La section plane d'une pyramide ou d'un cône par un plan parallèle à sa base est une **figure de même nature** que celle de la base.

■ La section d'une pyramide ou d'un cône par un plan parallèle à la base est une **réduction de la base**.

- La base de cette pyramide est le carré ABCD.
La section est donc un carré (le carré IJKL).
La pyramide SIJKL est une réduction de la pyramide SABCD.
Le rapport de réduction est $\frac{SI}{SA}$ ou encore $\frac{SJ}{SB}$ par exemple.

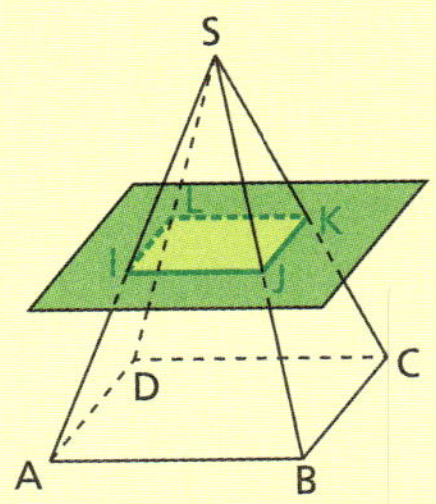

- La base de ce cône est un cercle de centre O et de rayon OA.
La section est donc un cercle également (de centre I et de rayon IJ).
Le rapport de réduction est

$\frac{SI}{SO}$ ou encore $\frac{SJ}{SA}$.

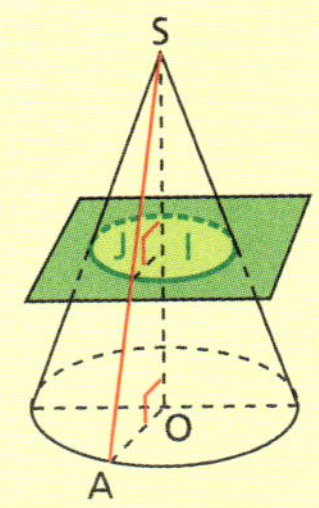

Remarque
Pour calculer des longueurs dans des solides de l'espace, on choisira un plan dans lequel on appliquera les théorèmes de géométrie plane.

■ Lors d'un agrandissement ou d'une réduction de rapport k,
les longueurs sont multipliées par k, les aires sont multipliées par k^2, les volumes sont multipliés par k^3.

S'entraîner

1 ★ On considère le cône ci-contre. On donne SO′ = 4 cm ; SO = 6 cm et OA = 3 cm.

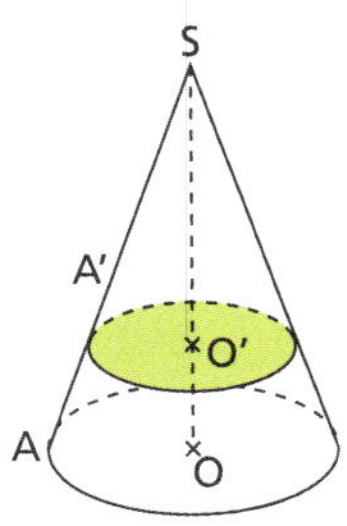

1. Tracez en vraie grandeur le triangle SOA et placer les points O′ et A′.

2. Utilisez la figure précédente pour construire la section du cône par le plan passant par O′ et parallèle à la base.

2 ★★ EABC est un tétraèdre (pyramide à base triangulaire) tel que BE = 4 cm. La base ABC est un triangle rectangle en B. MNP est la section de la pyramide par un plan parallèle à la base passant par le point N de [EB] tel que EN = 1,6 cm.

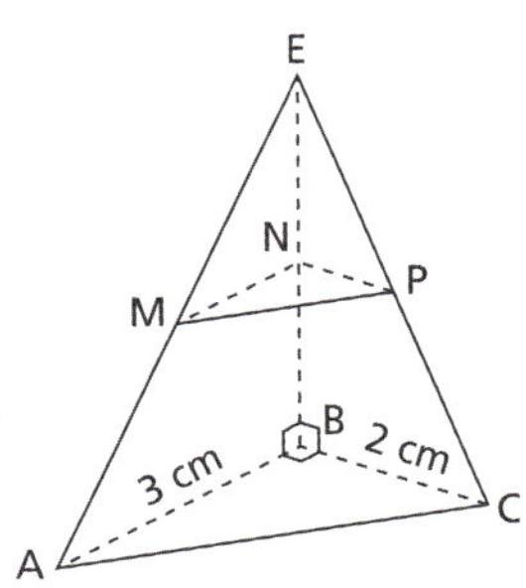

1. Quelle est la nature du triangle MNP ?

2. Tracez en vraie grandeur les triangles EAB et EBC. Sur EAB, placez M et N. Sur EBC, placez N et P.

3. Déduisez-en la construction du triangle MNP.

3 ★★★ Un fabricant de parfum veut commercialiser des flacons. On considère la pyramide SABCD de hauteur SO représentée ci-contre. La base ABCD est un rectangle. SO = 11 ; SO′ = 5,5 ; AB = 6 ; BC = 4.

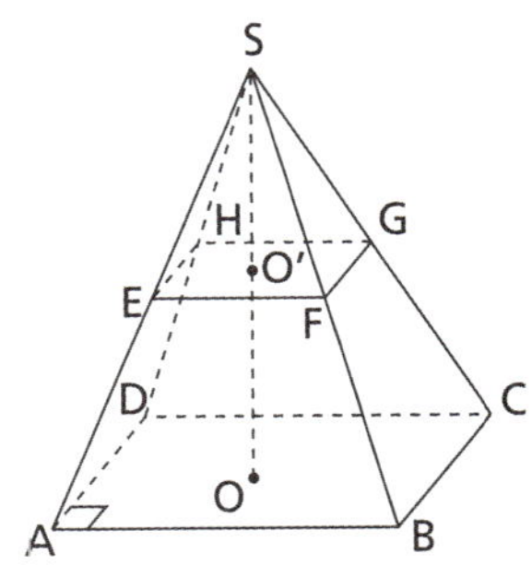

1. Calculez le volume de la pyramide SABCD.

....

2. On coupe la pyramide par un plan parallèle à sa base passant par le point O′ du segment [SO]. Calculez le volume de la pyramide SEFGH sans calculer les dimensions de cette pyramide.

....

3. Montrez que le volume du flacon obtenu en retirant la pyramide SEFGH à la pyramide SABCD est égal à 77 cm³. ....

Auto évaluation Très bien ☐ Bien ☐ Pas assez bien ☐

54 Effet d'un agrandissement ou d'une réduction

→ Corrigés p. XVII

Observer et retenir

■ Pour exprimer le coefficient k d'un agrandissement entre deux figures planes (géométrie plane), ou entre deux solides de l'espace, on repère deux longueurs correspondantes et $k = \frac{\text{longeur agrandie}}{\text{longueur initiale}}$.

- Pour un agrandissement, le coefficient k est **supérieur à 1**.

■ Pour exprimer le coefficient k d'une réduction entre deux figures planes (géométrie plane), ou entre deux solides de l'espace, on repère deux longueurs correspondantes et $k = \frac{\text{longeur réduite}}{\text{longueur initiale}}$.

- Pour une réduction, le coefficient k est **inférieur à 1**.

Rappel
Si les longueurs sont multipliées par k, les aires sont multipliées par k^2 et les volumes par k^3.

S'entraîner

1 ★ Complétez les phrases suivantes.

1. Si on multiplie les dimensions d'une figure par 3, alors l'aire de la figure initiale est multipliée par

....

2. Si on multiplie les dimensions d'un solide par

.........., alors son aire est multipliée par .... et son volume est multiplié par 8.

3. Lors d'une réduction l'aire d'une figure est passée de 63 cm² à 7 cm². Le coefficient de réduction est

donc ....

2 ★ Dans chacun des cas, précisez si on passe de la figure bleue à la figure orange par un agrandissement ou une réduction et donnez le coefficient.

a.

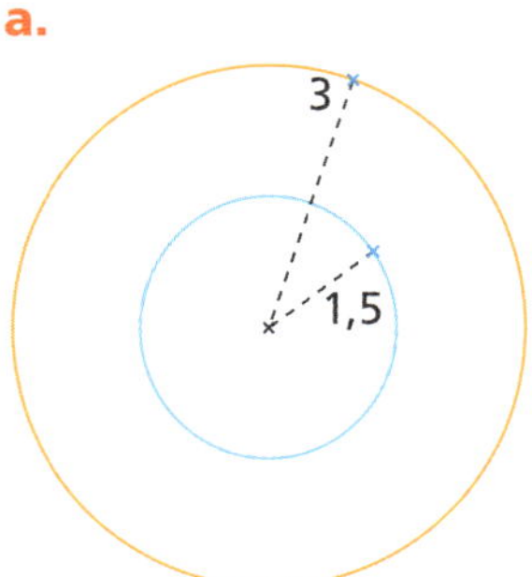

....

....

b.

....

....

3 ★★ On multiplie par 0,8 les dimensions d'un rectangle

1. Est-ce un agrandissement ou une réduction ?

....

2. Par quel nombre est multiplié :

a. Son périmètre ? ....

b. Son aire ? ....

c. Sa diagonale ? ....

4 ★★★ Dans une usine, on fabrique des briques pour conditionner des boissons. Les dimensions sont 10 cm × 10 cm × 20 cm.

On souhaiterait créer d'autres briques d'une contenance de 25 cL dont les dimensions seraient proportionnelles aux dimensions précédentes.

1. Calculez le volume en L des briques de dimensions 10 cm × 10 cm × 20 cm.

....

....

2. Calculez les dimensions des briques qui auront pour contenance 25 cL.

....

....

Auto évaluation Très bien ☐ Bien ☐ Pas assez bien ☐

55 Programmation – Algorithmique (1)

→ Corrigés p.XVIII

Observer et retenir

■ Pour certains jeux, il existe des stratégies gagnantes, c'est-à-dire des décisions à prendre à certains moments de la partie du jeu qui assurent le joueur de gagner.

Exemple **Le jeu de NIM**

Matériel de jeu : on dispose sur une table 16 objets.

Règle du jeu : chacun leur tour, les deux joueurs ramassent un, deux ou trois objets sur la table.

But du jeu : le joueur qui ramasse le dernier objet remporte la partie.

Exemple de déroulement d'une partie : les numéros indiquent les objets pris : un à l'étape n° 1 par le joueur rouge, deux à l'étape n° 2 par le joueur bleu, etc., un à l'étape 8 par le joueur bleu.

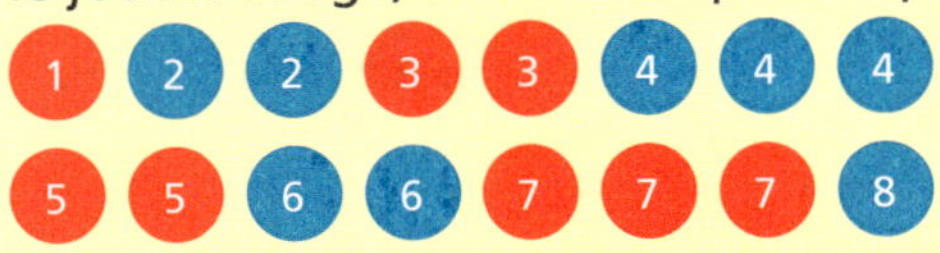

C'est donc le joueur bleu qui gagne.

Le jeu de Nim est sans suspense : le premier à jouer perd, car le deuxième joueur peut gagner à tous les coups. La **stratégie gagnante** est de laisser 4, 8, 12 ou 16 objets à l'adversaire (un multiple de 4).

■ Un algorithme est une stratégie gagnante permettant de trouver la solution à un problème donné.

Exemple Ci-dessus le problème est « comment gagner au jeu de Nim ? »

■ Faire fonctionner l'algorithme, c'est suivre les instructions dans l'ordre.

- Pour obtenir un même résultat, il existe plusieurs algorithmes possibles.
- Un algorithme a un début et une fin.

Exemple Une recette de cuisine peut être considérée comme un algorithme : une suite d'étapes (les instructions) permettant de passer d'un ensemble d'ingrédients (les données) à un plat (le résultat).

S'entraîner

1 ★ **Vérifiez l'efficacité de la stratégie gagnante au jeu de Nim.**

Considérons le dernier tour pour exemples. Il reste 4 objets et c'est au joueur 1 (J1) de jouer.

Montrez que le joueur 2 (J2) est forcément gagnant.

> **Aide**
> Faites des schémas pour visualiser les situations.

....

....

2 ★★ **Détaillez, en utilisant le langage naturel, les instructions qui permettront à partir des données : 3 points A, B et C non alignés, d'obtenir comme résultat : le cercle passant par les 3 points.**

....

....

3 ★★ **On donne le programme de calcul suivant :**

- choisir un nombre
- lui ajouter 4
- multiplier la somme obtenue par le nombre choisi
- ajouter 4 à ce produit
- écrire le résultat

1. Quel est le résultat si le nombre choisi est – 2 ?

2. Quel est le résultat si le nombre choisi est 5 ?

4 ★★ **Le client d'une banque place une somme de 4 000 € à un taux d'intérêt de 3 % par an.**

On considère l'instruction : « multiplier le nombre par 1,03 ».

1. Si l'on applique cette instruction à 4 000, que calcule-t-on ?

2. Si l'on applique l'instruction au résultat de la question précédente, que calcule-t-on ?

Auto évaluation Très bien ☐ Bien ☐ Pas assez bien ☐

56 Programmation – Algorithmique (2)

→ Corrigés p. XVIII

Observer et retenir

■ Un **algorithme** est un enchaînement d'instructions, données dans un certain ordre, qui, une fois exécuté, permet d'obtenir un résultat.

Exemple **Utilisation d'un algorithme dans la vie quotidienne :**

– Pourriez-vous m'indiquer le chemin pour aller à la piscine ?

– Allez tout droit jusqu'au prochain carrefour, prendre à droite au carrefour, puis la troisième rue à gauche.

■ Un algorithme se décompose en **trois phases** :

– la première phase est la **phase d'entrée** : on entre des données (ou des variables) ;

– la deuxième phase est la **phase de traitement** : il s'agit d'une suite d'instructions ;

– la troisième phase est la **phase de sortie** : un résultat est obtenu.

■ Quand une instruction est répétée plusieurs fois, on pourra utiliser une instruction de répétition (une **boucle**).

Exemple Répète 2 fois les instructions : multiplie par 2, puis additionne 3.

Ce programme, appliqué au nombre 5, calculera l'expression suivante :

$(5 \times 2 + 3) \times 2 + 3$ et donnera pour résultat 29.

S'entraîner

1 ★ Représentez l'itinéraire suivi à partir du point A en suivant l'algorithme suivant.

1. Avancer de 10 pas
2. Tourner à gauche d'un angle de 120°
3. Avancer de 10 pas
4. Tourner à gauche d'un angle de 120°
5. Avancer de 10 pas

2 ★★ Rédigez un algorithme permettant de tracer la spirale ci-dessous.

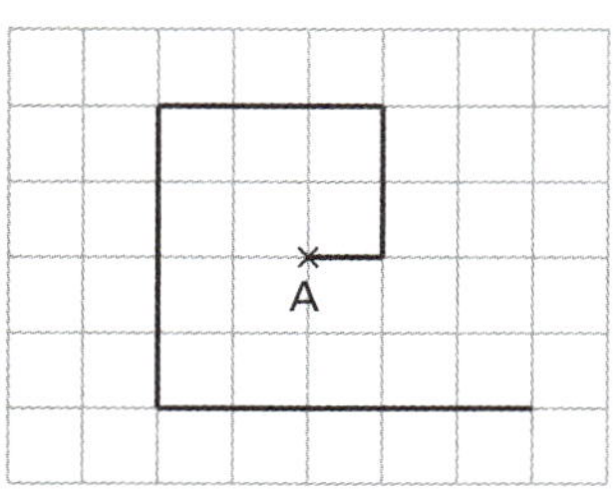

....

....

....

....

....

3 ★★ Voici un programme :

x est une variable.
Lire la valeur de x
Répéter 2 fois :
À x, attribuer la valeur de $x \times 1{,}03$
Donner la valeur de x.

Si l'on saisit pour x le nombre 4 000, que fait ce programme ? Faites le lien avec l'exercice 4 de la fiche 55.

....

....

....

....

....

....

....

....

....

....

....

57 Scratch : prise en main

→ Corrigés p.XVIII

Observer et retenir

■ Scratch est un logiciel de programmation par blocs.

● Le principe est d'emboîter des briques et ainsi de construire des programmes mettant en exécution des objets : le chat, par exemple.

L'écran est partagé en trois espaces

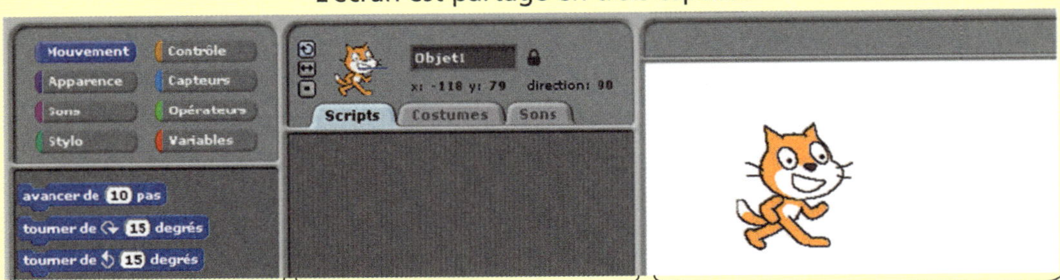

Espace menu Espace script Espace exécution

■ Dans l'espace Menu, il existe plusieurs types de menus repérés par des couleurs spécifiques.

● Le **menu Données (en orange)** : permet de définir les variables qui seront nécessaires dans l'algorithme. Pour cela, on utilise l'onglet « nouvelle variable », et on donne le nom de son choix à cette nouvelle variable.

● Le **menu Contrôle (en jaune)** : permet de contrôler l'exécution du programme.

● Le **menu Mouvement (en bleu)** : permet de déplacer l'objet de différentes façons.

● Le **menu Opérateurs (en vert)** : permet de réaliser beaucoup d'opérations mathématiques qui seront utiles dans les algorithmes.

On glisse les briques dans l'espace script en les emboîtant l'une dans l'autre par un système d'encoche.

Exemple Avec le programme suivant, on observera successivement, dans l'Espace exécution, après avoir cliqué sur le drapeau vert :

Conseil

Pour vous approprier ce logiciel, faites des essais en sélectionnant des briques pour construire un programme et en observant leurs effets quand on fait fonctionner le programme.

S'entraîner

1 ★ **Que permet de calculer ce programme ?**

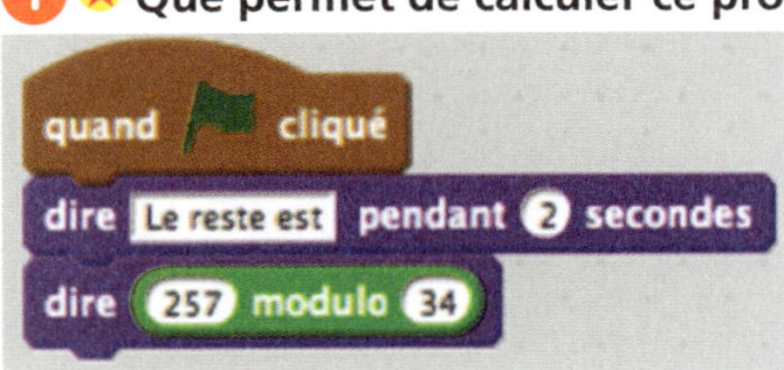

2 ★★ **Proposez un programme qui permettra de tracer un parallélogramme avec des côtés de longueur 100 et 65 formant un angle de 120°. Puis un programme permettant de tracer un parallélogramme après avoir demandé de saisir la longueur des côtés et la mesure de l'angle formé par ces côtés.**

Auto évaluation Très bien ☐ Bien ☐ Pas assez bien ☐

58 Programmer avec Scratch

→ Corrigés p.XVIII

Observer et retenir

■ On a découvert dans la fiche 57 le logiciel Scratch et quelques-uns de ses menus.
Une **variable** est un nom associé à une valeur. La valeur de la variable peut varier tout au long du programme. Dans un même programme, deux variables ne peuvent pas avoir le même nom.
Les variables peuvent être des mots, des nombres, des lettres.

■ Deux notions permettent de construire des programmes qui peuvent rapidement devenir assez complexes :

- la **notion de boucle** RÉPÉTER.... : pour répéter une instruction (un ordre) un certain nombre de fois ou jusqu'à une condition d'arrêt.

- La **notion de condition** (test) SI ..... ALORS ou encore SI....ALORS....SINON : pour aller directement à l'instruction correspondant au résultat de la comparaison.

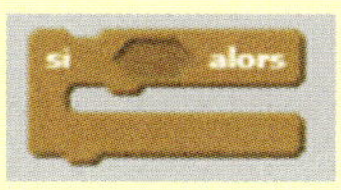

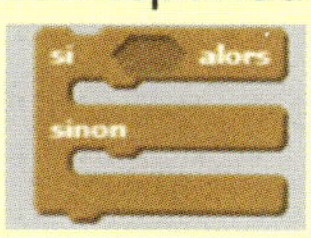

S'entraîner

1 ★ Un client place 4 000 € à un taux d'intérêt de 3% par an.

1. Complétez le programme ci-dessous pour que le résultat soit le montant de la somme au bout de 5 ans.

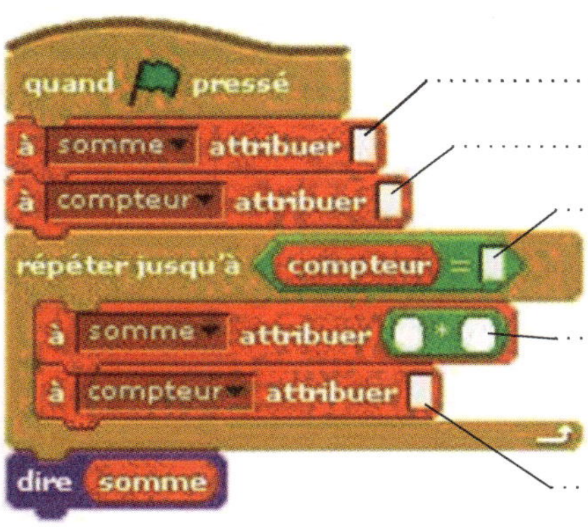

2. Modifiez le programme pour déterminer le nombre d'années nécessaire pour disposer d'une somme supérieure à 6 000 €.

....

....

....

2 ★★ Dans un magasin de reprographie, les 25 premières photocopies sont facturées 10 centimes l'unité, les suivantes 7 centimes l'unité.
Écrivez sur une feuille à part un programme qui saisit le nombre de photocopies à réaliser et affiche ensuite le montant de la facture en euros.

3 ★★★ On lance deux dés cubiques.
Programmez le lancer de ces deux dés jusqu'à ce que la somme des chiffres annoncées par les dés soit égale à 12. Affichez le nombre de coups nécessaires pour obtenir cette somme.

> **Aide**
> Dans le menu « Opérateurs de l'espace script » : utilisez « Nombre aléatoire de 1 à 6 ».
> Cela simulera le lancer d'un dé en donnant un nombre entier entre 1 et 6.

....

....

....

....

Auto évaluation Très bien ☐ Bien ☐ Pas assez bien ☐

Tableurs des exercices

32 Statistiques : étendue et médiane

p. 35

	A	B
1	taille en cm	
2	165	
3	175	
4	187	
5	165	
6	170	
7	181	
8	174	
9	184	
10	171	
11	166	
12	178	
13	177	
14	176	
15	174	
16	176	

34 Probabilités : expérience à une épreuve

p. 37

B3 f_x =B2/M2

	A	B	C	D	E	F	G	H	I	J	K	L	M
1	somme obtenue	2	4	5	6		7	8	9	10	11	12	total
2	nombre d'apparitions	3	1	4	6	9	9	7	3	5	3	0	50
3	fréquence d'apparition	0,06											

36 Tableur : utilisation

p. 39

	A	B
1	**notes**	**effectif**
2	2	1
3	5	3
4	8	3
5	9	4
6	11	5
7	12	3
8	15	6
9	17	2

Brevets blancs

L'épreuve de mathématiques, composée d'exercices indépendants les uns des autres, éventuellement sur une thématique commune, est notée sur 100 points.

Sujet du Brevet n° 1

→ Corrigés p. XIX

d'après Centres étrangers, 2022

Exercice 1 *(19 points)*

Les deux parties de cet exercice sont indépendantes.

PARTIE A : Cette partie est un questionnaire à choix multiples (QCM). Pour chaque question, trois réponses sont proposées, une seule est exacte.
Recopier le numéro de la question et indiquer, sans justifier dans cette partie seulement, la réponse choisie.
Dans toute cette partie, on considère la fonction définie par : $f(x) = 2x + 3$.

<table>
<tr><th></th><th>Réponse A</th><th>Réponse B</th><th>Réponse C</th></tr>
<tr><td>1. La représentation graphique de cette fonction est :</td><td>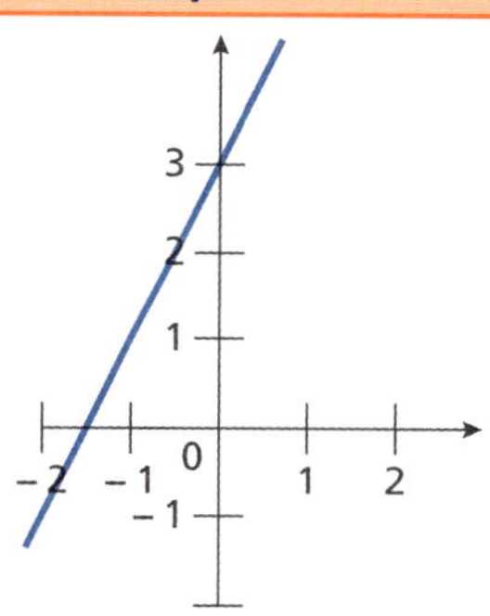
</td><td>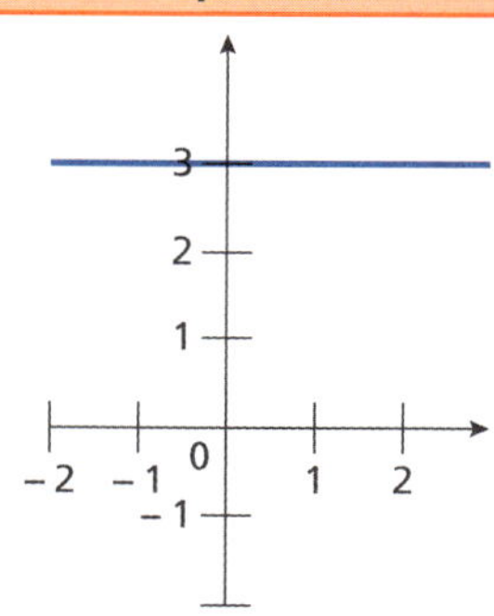
</td><td>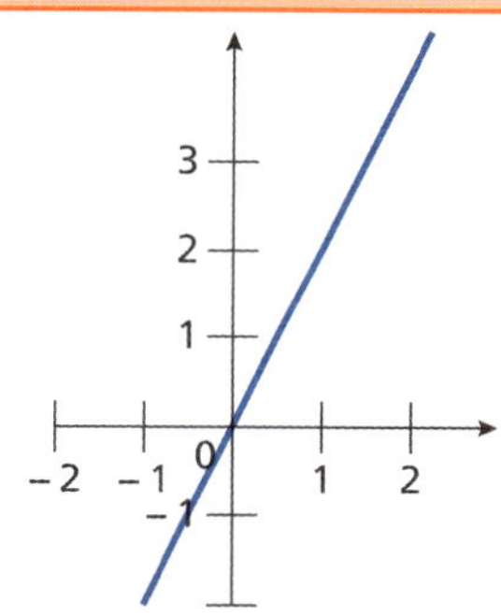
</td></tr>
<tr><td>2. L'image de −2 par la fonction f est…</td><td>−7</td><td>−1</td><td>3</td></tr>
<tr><td><table><tr><td></td><td>A</td><td>B</td><td>C</td></tr><tr><td>1</td><td>x</td><td>−2</td><td>−1</td></tr><tr><td>2</td><td>$f(x)$</td><td></td><td></td></tr></table>3. Dans cette feuille de calcul extraite d'un tableur, la formule à saisir dans la cellule B2 avant de l'étirer vers la droite est :</td><td>= 2*A1 + 3</td><td>= 2*B1 + 3</td><td>= 2*(−2) + 3</td></tr>
</table>

PARTIE B :

1. Montrer que : $(2x - 1)(3x + 4) - 2x = 6x^2 + 3x - 4$.
2. On considère le triangle CDE tel que : CD = 3,6 cm ; CE = 4,2 cm et DE = 5,5 cm.
Le triangle CDE est-il rectangle ?

Exercice 2 *(20 points)*

Paris-Nice est une course cycliste qui se déroule chaque année et qui mène les coureurs de la région parisienne à la région niçoise. L'édition 2021 s'est déroulée en 7 étapes décrites sur la page suivante.

Étape	Date	Profil	Parcours	Distance
1	Dimanche 7 mars	Accidenté	Saint-Cyr-l'École → Saint-Cyr-l'École	166 km
2	Lundi 8 mars	Plat	Oinville-sur-Montcient → Amilly	188 km
3	Mercredi 10 mars	Accidenté	Chalon-sur-Saône → Chiroubles	187,5 km
4	Jeudi 11 mars	Plat	Vienne → Bollène	200 km
5	Vendredi 12 mars	Accidenté	Brignoles → Biot	202,5 km
6	Samedi 13 mars	Montagneux	Le Broc → Valdeblore La Colmiane	119,5 km
7	Dimanche 14 mars	Accidenté	Le Plan-du-Var → Levens	93 km

1. On étudie la série des distances parcourues par étape.
a. Calculer la distance moyenne parcourue par étape, arrondie au dixième de km.
b. Calculer la médiane des distances parcourues par étape.
c. Calculer l'étendue de la série formée par les distances parcourues par étape.
2. Un journaliste affirme : « Environ 57 % du nombre total d'étapes de cette édition se sont déroulées sur un parcours accidenté. » A-t-il raison ? Expliquer votre réponse.
3. L'Allemand Maximilian Schachmann a remporté la course en 28 h 50 min.
Le dernier au classement général a effectué l'ensemble du parcours en 30 h 12 min.
Combien de retard le dernier au classement a-t-il accumulé par rapport au vainqueur ?
4. L'Irlandais Sam Bennett a remporté la première étape en 3 h 51 min.
Déterminer sa vitesse moyenne en km/h, arrondie à l'unité, lors de cette étape.

Exercice 3 *(21 points)*

On considère la figure ci-contre, où toutes les longueurs sont données en centimètres.
Les points C, A et E sont alignés et les points B, A et D sont alignés.
La figure n'est pas représentée en vraie grandeur.

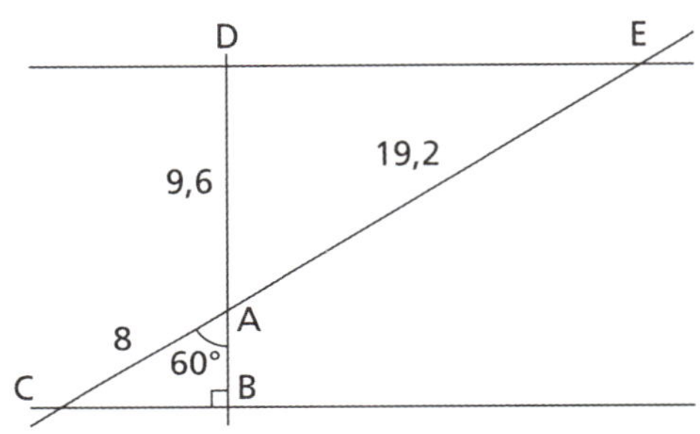

1. Prouver que le segment [AB] mesure 4 cm.
2. En utilisant la question précédente, démontrer que les droites (BC) et (DE) sont parallèles.
3. En déduire que la droite (DB) est perpendiculaire à la droite (DE).
4. Calculer l'aire du triangle ADE arrondie à l'unité.

Exercice 4 *(15 points)*

Dans cet exercice, toutes les longueurs sont exprimées en pixels.

PARTIE A : Un professeur donne à ses élèves un motif en forme de parallélogramme et le script, en partie rédigé, qui permet de tracer ce motif.
On précise que le lutin est au point de départ, comme indiqué sur la figure ci-dessous, et qu'il est orienté vers la droite :

Parallélogramme obtenu :

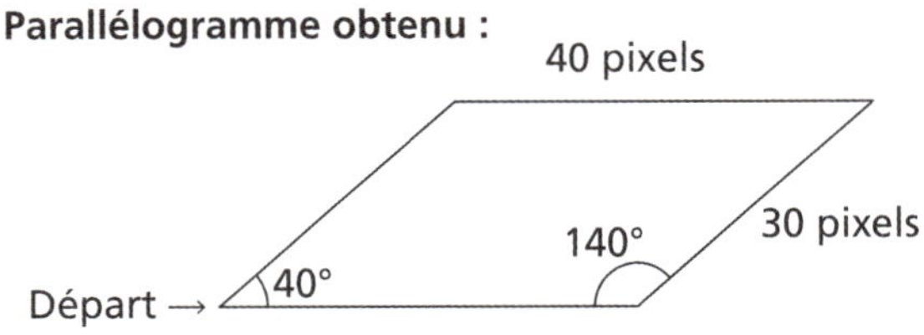

Script du motif

Recopier dans le bon ordre, sur votre copie, les instructions suivantes à insérer dans le script du motif permettant de tracer le parallélogramme ci-dessus :

PARTIE B : Le professeur demande ensuite à ses élèves d'intégrer ce script dans un programme de leur choix permettant de tracer des figures composées de plusieurs de ces motifs. Voici les programmes écrits par deux élèves :

Programme de l'élève A

Programme de l'élève B

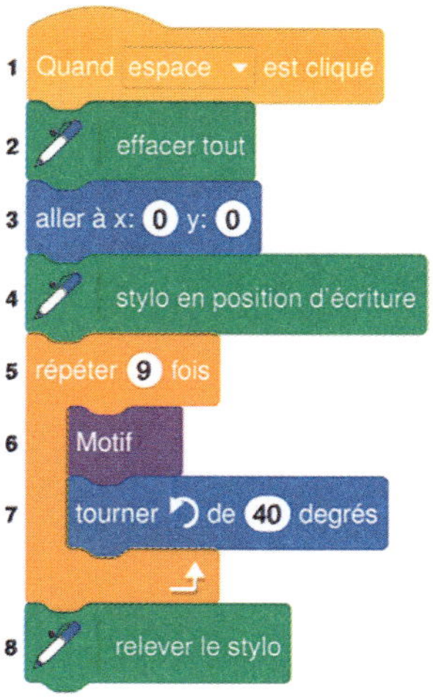

> **Rappels**
> « S'orienter à 90 » signifie que l'on est orienté vers la droite.

1. Quelle action au clavier permet de lancer le programme de l'élève B ?
2. Parmi les figures ci-contre, indiquer, sans justifier :
a. laquelle est obtenue avec le programme de l'élève A.
b. laquelle est obtenue avec le programme de l'élève B.

Figure 1	Figure 2

Figure 3	**Figure 4**
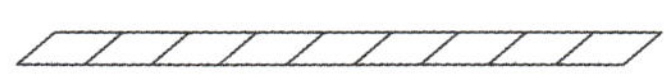	

Exercice 5 *(25 points)*

Pour fêter les 25 ans de sa boutique, un chocolatier souhaite offrir aux premiers clients de la journée une boîte contenant des truffes au chocolat.
Il a confectionné 300 truffes : 125 truffes parfumées au café et 175 truffes enrobées de noix de coco.
Il souhaite fabriquer ces boîtes de sorte que :
- le nombre de truffes parfumées au café soit le même dans chaque boîte ;
- le nombre de truffes enrobées de noix de coco soit le même dans chaque boîte ;
- toutes les truffes soient utilisées.

1. a. Décomposer 125 et 175 en produit de facteurs premiers.
b. En déduire la liste des diviseurs communs à 125 et 175.
c. Quel nombre maximal de boîtes pourra-t-il réaliser ?
d. Dans ce cas, combien y aura-t-il de truffes de chaque sorte dans chaque boîte ?
2. Le chocolatier souhaite fabriquer des boîtes contenant 12 truffes. Pour cela, il a le choix entre deux types de boîtes qui peuvent contenir les 12 truffes, et dont les caractéristiques sont données ci-contre.

Type A	Type B
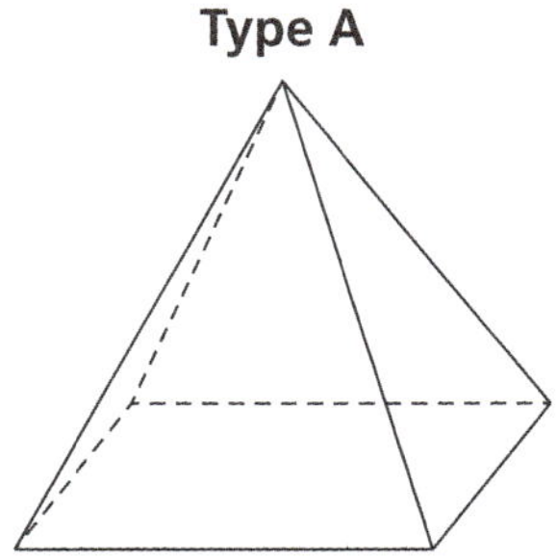	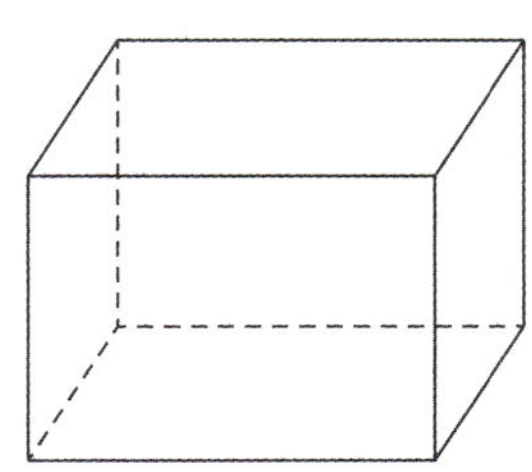
Pyramide à base carrée de côté 4,8 cm et de hauteur 5 cm	Pavé droit de longueur 5 cm, de largeur 3,5 cm et de hauteur 3,5 cm

Dans cette question, chacune des 12 truffes est assimilée à une boule de diamètre 1,5 cm.
À l'intérieur d'une boîte, pour que les truffes ne s'abîment pas pendant le transport, le volume occupé par les truffes doit être supérieur au volume non occupé par les truffes.
Quel(s) type(s) de boîte le chocolatier doit-il choisir pour que cette condition soit respectée ?

Sujet du Brevet n° 2

➜ Corrigés p. XX

d'après Polynésie, 2022

Exercice 1 *(20 points)*

Pour chacune des quatre affirmations suivantes, dire si elle vraie ou fausse en expliquant soigneusement la réponse.

1. Adriana doit effectuer le calcul suivant : $-\frac{7}{5}+\frac{6}{5}\times\frac{4}{7}$.

Affirmation 1 : Le résultat qu'elle obtient sous forme de fraction irréductible est $-\frac{4}{35}$.

2. Sur la figure ci-dessous, qui n'est pas à l'échelle, les points G, A et R sont alignés et les points E, A et M sont alignés.

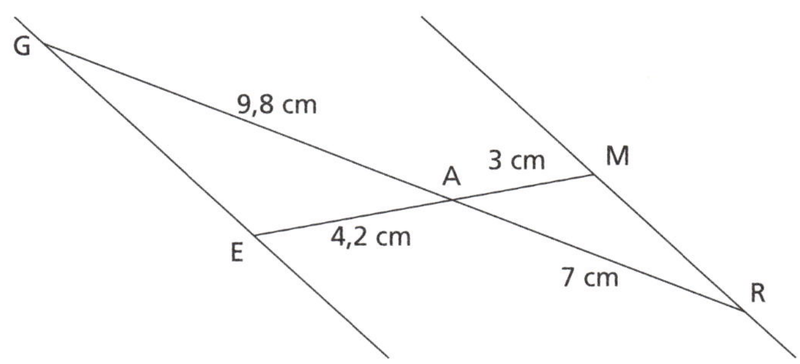

Affirmation 2 : Les droites (GE) et (MR) sont parallèles.

3. Affirmation 3 : La décomposition en produit de facteurs premiers de 126 est $2\times7\times9$.

4. Dans la recette de sauce de salade de Thomas, les volumes de moutarde, de vinaigre et d'huile sont dans le ratio de 1 : 3 : 7.

Affirmation 4 : Pour obtenir 330 mL de sauce de salade, il faut utiliser 210 mL d'huile.

Exercice 2 *(16 points)*

Le graphique ci-dessous représente les deux tarifs pratiqués dans une salle de sport, selon le nombre d'heures effectuées :

- la droite (d_1) est la représentation graphique du tarif « liberté » ;
- la droite (d_2) est la représentation graphique du tarif « abonné ».

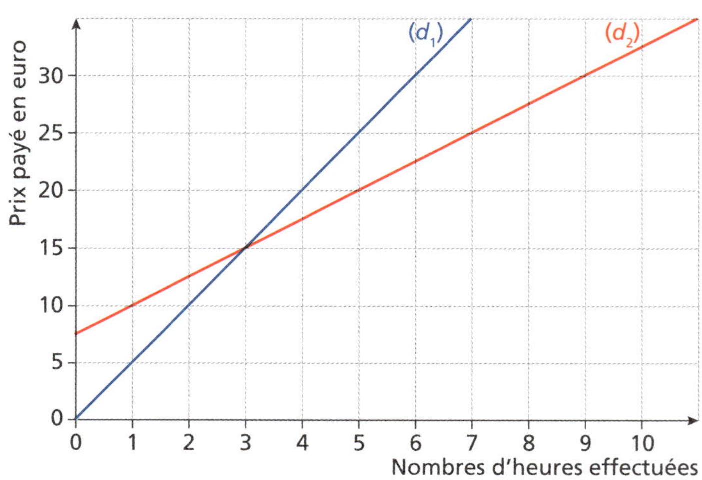

1. Le prix payé avec le tarif « liberté » est-il proportionnel au nombre d'heures effectuées dans la salle de sport ? Expliquer la réponse.
2. On appelle :
• f la fonction qui, au nombre d'heures effectuées, associe le prix payé en euro avec le tarif « liberté » ;
• g la fonction qui, au nombre d'heures effectuées, associe le prix payé en euro avec le tarif « abonné ».
Répondre aux questions suivantes par lecture graphique :
a. Quelle est l'image de 5 par la fonction f ?
b. Quel est l'antécédent de 10 par la fonction g ?
3. À l'aide du graphique, indiquer le tarif – parmi les deux proposés – qui est le plus avantageux pour une personne selon le nombre d'heures qu'elle souhaite effectuer dans la salle de sport.
4. Déterminer le prix payé avec le tarif « liberté » pour 15 heures effectuées. Expliquer la démarche, même si elle n'est pas aboutie.

Exercice 3 *(21 points)*

Les deux parties de cet exercice sont indépendantes.

Une entreprise produit et vend des jus de fruits contenus dans des briques en carton qui ont la forme d'un pavé droit.

PARTIE A : Briques de jus de pomme
Ces briques sont fabriquées pour contenir 350 mL de jus de pomme.
Lors d'un contrôle, 24 briques sont prélevées au hasard et analysées.
Le tableau ci-dessous donne le volume de jus de pomme (en mL) contenu dans ces briques :

Volume en mL	344	347	348	349	350	351	352	353	354	356	357
Effectif	1	2	4	4	2	3	1	2	3	1	1

1. Déterminer la médiane des volumes de cette série. Interpréter ce résultat.
2. Calculer l'étendue de cette série.
3. On prélève au hasard une brique parmi celles contrôlées. Quelle est la probabilité qu'elle contienne exactement 350 mL de jus de pomme ?
4. Lorsque le volume de jus de pomme contenu dans une brique est compris entre 345 mL et 355 mL, cette brique peut être vendue.
Quel est le pourcentage de briques que l'entreprise peut vendre parmi les briques contrôlées ?

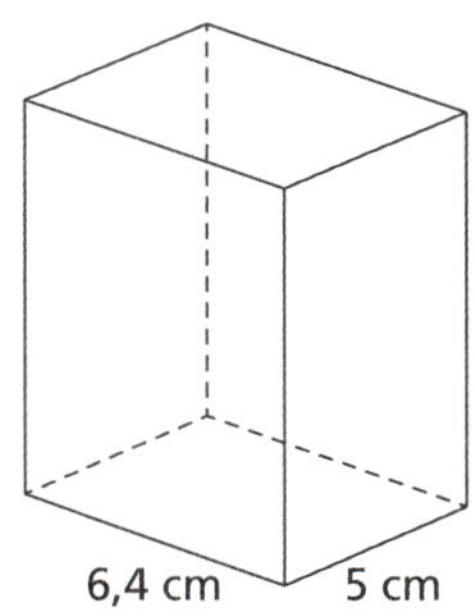

PARTIE B : Briques de jus de raisin
L'entreprise souhaite commercialiser une nouvelle brique en forme de pavé droit pour le jus de raisin. Sa base est un rectangle de longueur 6,4 cm et de largeur 5 cm.
1. Calculer l'aire de la base de cette brique.
2. Quelle doit être la hauteur de cette brique pour que son volume soit de 400 cm^3 ?

Exercice 4 *(20 points)*

On considère le programme de calcul ci-contre :

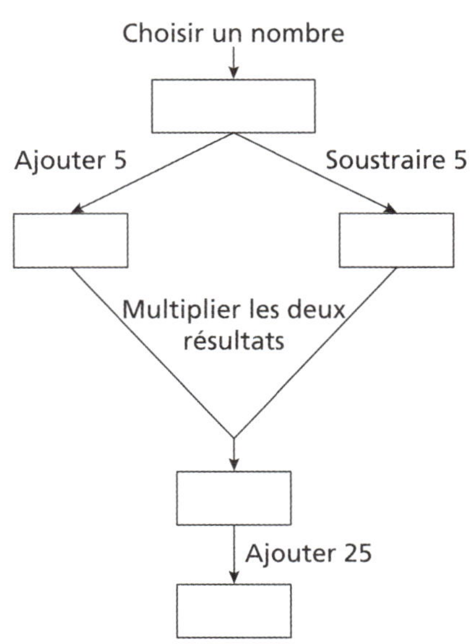

1. a. Si on choisit le nombre 7, vérifier que l'on obtient 49 à la fin du programme.
b. Si on choisit le nombre –4, quel résultat obtient-on à la fin du programme ?
2. On note x le nombre choisi au départ :
a. Exprimer, en fonction de x, le résultat obtenu.
b. Développer et réduire $(x + 5)(x - 5)$.
c. Sarah dit : « Avec ce programme de calcul, quel que soit le nombre choisi au départ, le résultat obtenu est toujours le carré du nombre de départ ». Qu'en pensez-vous ?

Exercice 5 *(23 points)*

Le centre Pompidou est un musée d'art contemporain à Paris.

Pour accéder aux étages, il faut utiliser un ensemble d'escalators extérieurs appelé « chenille ».

La chenille est composée de 5 escalators tous identiques (traits épais sur la figure ci-contre) et de 6 passerelles horizontales toutes identiques (traits fins horizontaux sur la figure ci-contre).

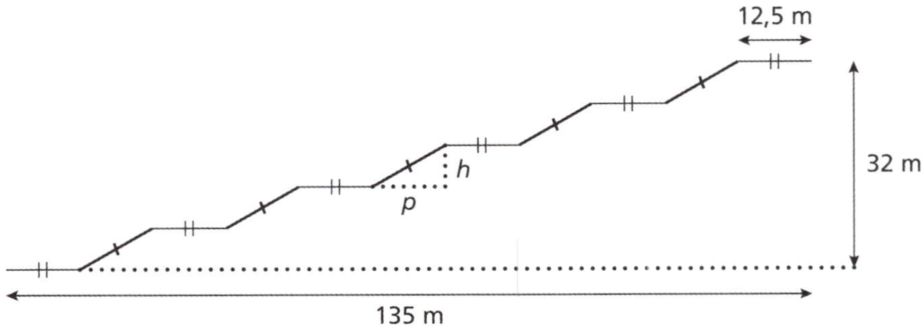

1. À l'aide de la figure ci-contre :

a. Vérifier que la profondeur p de chaque escalator est égale à 12 m.

b. Calculer la hauteur h de chaque escalator.

2. À l'aide du triangle RST ci-contre :

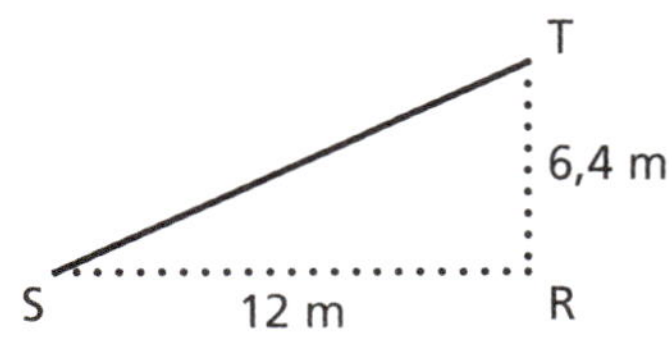

a. Prouver que la longueur ST d'un escalator est de 13,6 m.

b. Montrer que la mesure de l'angle formé par l'escalator avec l'horizontale (c'est-à-dire l'angle $\widehat{RST}$ arrondi au degré) est de 28°.

3. Sabine veut représenter la chenille grâce au logiciel Scratch. Elle a écrit le programme ci-dessous.
On précise que : 1 pas du logiciel correspond à 1 m dans la réalité.
Compléter les lignes 6, 7, 9, et 10, afin d'obtenir le tracé ci-dessous de la chenille :

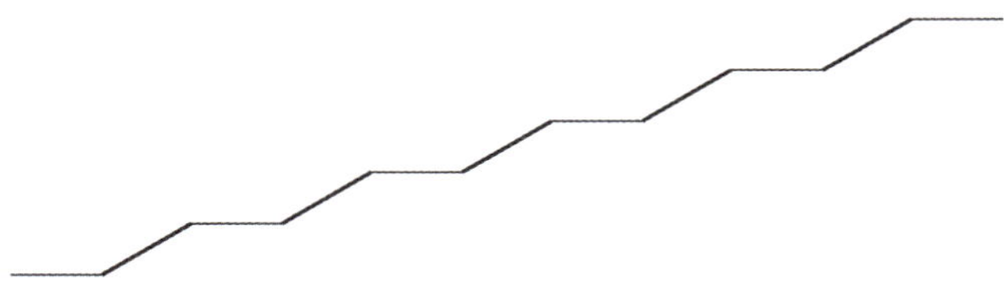

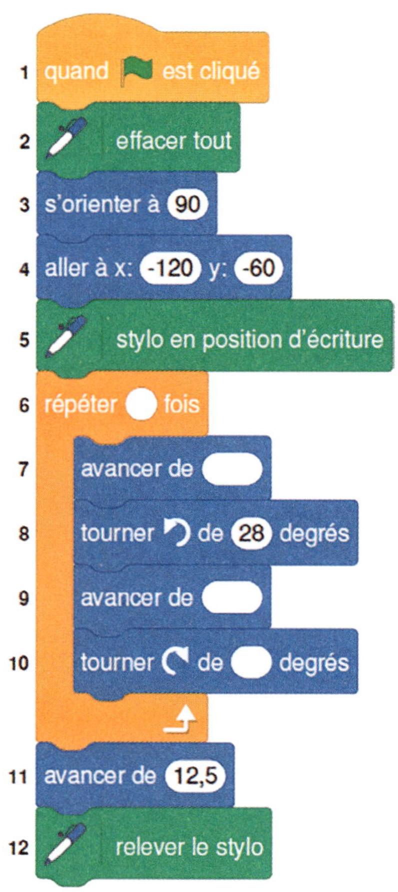

Rappels
« S'orienter à 90 » signifie que l'on est orienté vers la droite.